MR. C
后窗文库

THE LOST GIRLS OF PARIS

在巴黎失踪的女孩

[美国]
帕姆·杰诺芙
著
Pam Jenoff

鞠薇
译

译林出版社

图书在版编目（CIP）数据

在巴黎失踪的女孩 /（美）帕姆·杰诺芙(Pam Jenoff)著；
鞠薇译．—南京：译林出版社，2022.6
(后窗文库)
书名原文：The Lost Girls of Paris
ISBN 978-7-5447-9067-3

Ⅰ.①在… Ⅱ.①帕… ②鞠… Ⅲ.①长篇小说－美
国－现代 Ⅳ.①I712.45

中国版本图书馆 CIP 数据核字（2022）第 025282 号

在巴黎失踪的女孩 〔美国〕帕姆·杰诺芙／著 鞠 薇／译

责任编辑 祖朝志
装帧设计 任凌云
校　　对 戴小娥
责任印制 单 莉

原文出版 Park Row
出版发行 译林出版社
地　　址 南京市湖南路 1 号 A 楼
邮　　箱 yilin@yilin.com
网　　址 www.yilin.com
市场热线 025-86633278
排　　版 南京展望文化发展有限公司
印　　刷 江苏凤凰通达印刷有限公司
开　　本 880 毫米 ×1230 毫米 1/32
印　　张 11
版　　次 2022 年 6 月第 1 版
印　　次 2022 年 6 月第 1 次印刷
书　　号 ISBN 978-7-5447-9067-3
定　　价 69.00 元

在战争时期，真相是如此可贵，需要用谎言来护卫。

——温斯顿·丘吉尔

第一章　格雷丝

1946年，纽约

要不是犯了人生中第二个严重错误，格雷丝·希利永远不会发现那个手提箱。

周二上午9点20分，格雷丝原本应该乘坐开往市中心的早班巴士，从“地狱厨房”街区的出租屋前往她工作的下东区办公室。她是在去上班的路上，但不是从那个称为“家”的方向过来，而是匆匆穿行在麦迪逊大街，边走边将头发绾成发髻。尽管天气寒冷，她还是迅速脱掉外套，扯下里面的薄荷绿开衫。她不想让弗朗基注意到她穿着和昨天一样的衣服，从而怀疑她昨晚根本没有回家。

格雷丝在一家商店的橱窗前停住脚步，仔细打量自己印在玻璃上的影像。她真希望商店已经开门，可以进去买些脂粉掩盖脖子上的吻痕，再喷点样品香水，遮住昨夜的白兰地和马克的须后水的混合味道。此时此刻，每一次呼吸都让她感到眩晕而又羞愧。一个酒鬼坐在角落里睡着了，不时发出梦呓声。格雷丝看着他那毫无生气的苍白面庞，心里泛起一种同病相怜的感觉。邻近的巷子里传来敲打垃圾桶的声音，竟然与她脑袋里的砰砰声遥相呼应。整个纽约似乎都处在宿醉之中，或者不过是她自己搞糊涂了。

2月的狂风穿过麦迪逊大街，摩天大楼上的旗帜猎猎飘扬，一张皱巴巴的旧报纸沿着排水沟飞舞。听到圣阿格尼斯教堂9点半的钟声，格雷丝加快步伐，几乎小跑起来，衣领下的皮肤浸出了汗珠。中央车站赫然耸立在前方，再往前走一点，她就可以在42街左转，在市中心的莱克星顿大街搭乘特快巴士。

但是，当她接近43街十字路口时，前面的路被堵住了。三辆警车并排停在那里，封锁了麦迪逊大街，不准任何人再往南走。一开始，格雷丝怀疑发生了车祸，因为她注意到那辆黑色斯蒂庞克汽车斜停在街对面，引擎盖下冒出滚滚蒸汽。如今，市中心街道上的汽车越来越多，巴士、出租车和运送货物的卡车总是争道抢行。不过，事故似乎并没有涉及其他车辆。一辆救护车孤零零地停在拐角处，医护人员没有匆匆地跑来跑去，而是靠在车上抽着烟。

格雷丝走向一位身穿蓝色制服的警察，“请问，这条街会关闭很长时间吗？我上班迟到了。”

肥头大耳的警察从帽檐下轻蔑地看着她，仿佛女人有工作是很可笑的事，尽管在战争期间，所有女人都代替应征入伍的男人，在工厂尽职尽责地工作。“你不能走这条路，”他冷冰冰地回答，“短时间内不能通行。”

“发生了什么事?”她问，但警察转身走了。格雷丝向前迈了一步，伸长脖子望了一眼。

“一个女人被车撞死了。”旁边一名戴鸭舌帽的男子说。

看到破碎的挡风玻璃，格雷丝突然感到很不舒服。“真让人惋惜。”她叹息道。

“我没亲眼看见，”男子又道，“有人说她当场死亡，至少没有遭受痛苦。”

“至少”，这是汤姆死后格雷丝经常听到的一个词。至少她还年轻，至少他们没有孩子——好像这样就能减轻她的痛苦。有时候她想，孩子并不会成为负担，而是把汤姆的一部分生命留在了世上。

“你永远不知道下一秒会发生什么。”旁边的男子若有所思地说。格雷丝没有答话。汤姆的死也出乎意料。他计划出征前去纽约看望她，在从军事基地驶往佐治亚火车站的路上，他乘坐的吉普车翻车了。军方说他阵亡了，事实上，他只是遭遇了一场车祸。

一名记者按下照相机的快门，闪光灯闪了一下，格雷丝不由得眨了眨眼。她用手遮住眼睛，从人群中摸索着退出来，呼吸着充满香烟、汗水和香水气味的空气。

离开警方设的路障，格雷丝回头看了看，43街的西面也被封锁了，无法穿过马路。如果回到麦迪逊大街，绕到车站的另一边，至少要花半个小时，那会让她迟到更长时间。她又咒骂起昨晚。要不是马克，她不会站在这里，别无选择，只能抄近路穿过中央车站——她发誓永远不会再去的地方。

格雷丝转过身，中央车站赫然耸现在眼前，巨大的阴影笼罩着下面的人行道，通勤族络绎不绝地拥向各个入口。她想象着车站内的情景，阳光透过彩色玻璃窗射进大厅，接到了朋友或情侣的人们在大钟下热切地交谈着。让她不堪的不是这个地方，而是里面的人。女孩们涂着鲜红的口红，舌尖舔着牙齿，确保没有沾上颜色。她们握着手袋，心里充满期待。打扮得干干净净的孩子看到陌生的父亲显得有些紧张，这位父亲在孩子们还在蹒跚学步时就离开了家。身穿皱巴巴军装的士兵手里拿着枯萎的雏菊，从月台上一蹦一跳地走过来。这样的重逢永远不属于她了。

她应该停下，干脆回家。格雷丝渴望好好洗个澡，或者睡个午觉。但她必须去上班，弗朗基10点要和一家法国人面谈，需要她做笔录。之后，罗森伯格夫妇要来找房子。通常，这正是她喜欢这份工作的原因，将自己置身于别人的问题之中，但今天，她感受到了肩上沉甸甸的责任。

不，她必须往前走，别无选择。格雷丝挺起胸膛，朝中央车站走去。

她穿过车站大门。自从汤姆出事后，这是她第一次来中央车站。那天下午她从康涅狄格州来到这里，穿着她最漂亮的抽褶连衣裙，头发做成维多利亚公主卷，戴着平顶小圆帽。汤姆没有像预期的那样从费城抵达纽约，他应该在那里转车。她以为他错过了联运列车。当他也没有从下一班火车上下来时，她变得有些不安。她查看了车站中央问讯处旁边的留言板，以防汤姆来早了，或不知何故错过了他。她无法联系到他，也无法查问，除了等待，没有别的办法。她吃了一个热狗，弄脏了口红，嘴里变得发酸。她又站在报摊前看了第二遍报纸头条，然后是第三遍。一趟趟火车来了，又空了，士兵们从月台上潮水般涌过来，但始终不见汤姆的影子。当晚上8点半最后一列火车到达时，她已经急得快发疯了。汤姆绝不会让她这样苦等，到底发生了什么事？最后，一个赤褐色头发的中尉，她在汤姆的入伍典礼上见过他，带着恐惧的表情朝她走来，她一切都明白了。至今她仍记得，就在她即将瘫软下去时，那双陌生的手一把将她扶住。

车站现在看起来和那天晚上没什么两样，通勤族和旅客川流不息，井然有序，几个月前她在这儿遭受的心灵创伤没有留下一丝痕迹。“只管穿过去。”她对自己说，车站那头宽阔的出口像灯塔一样召唤着她，她不必停下来回忆一切。

有什么东西拽了一下她的腿，像是小孩的抓扯。格雷丝停下来，扭头看了看，发现尼龙长筒袜脱线了。是昨晚马克不小心弄的吗？脱线的地方越来越大，整个小腿像是被划了一道口子，她急需把长筒袜脱下来。

格雷丝朝低处的公共卫生间跑去。在经过一条长椅时，她被绊了一下，虽然没有摔倒，但脚还是扭到了，脚踝一阵剧痛。她一瘸一拐地回到长椅前，抬起脚，以为之前鞋跟没修好，又掉下来了。但鞋子完好无损，不，是长椅下面伸出来的东西绊到她了。一个棕色手提箱，随意地塞在长椅下面。她恼怒地环顾四周，心想谁这么不负责任，把它搁在这里。但是附近没有一个人，其他人从她身边走过时，丝毫没有留意地上的箱子。也许它的主人去了卫生间，或者去买报纸了。她把箱子整个推到长椅下面，免得再绊到别人，然后继续向前走去。

在女卫生间外面，格雷丝注意到一个身穿破烂军装的士兵坐在地上。刹那间，她庆幸汤姆生前没有去打仗，没有受到战争的摧残。她将永远拥有他最美好的形象，不会像现在看到的这个士兵，伤痕累累地回到家，努力装出一副勇敢的面孔。格雷丝从口袋里掏出最后一枚硬币，她本打算用它买杯咖啡，现在不得不放弃了。她把钱塞进士兵干裂的手掌里，不忍直视他。

格雷丝走进女卫生间，在隔间里脱下长筒袜，然后出来走到镜子前，抚平乌黑的秀发，重新涂上科蒂口红，双唇抿了抿，在丝滑的柔顺中品味着昨晚发生的一切。在旁边的水槽前，一个年轻女人用大衣盖住圆滚滚的肚子。现在到处都是孕妇，显然是她们与那些从战场上归来的士兵欢聚的结果。格雷丝感觉到，那个女人在打量她凌乱的外表，会心一笑。

意识到上班已经迟到太久了，格雷丝匆匆离开卫生间。当她再次穿过车站时，发现刚才差点绊倒她的手提箱还在长椅下面。她放慢脚步，走到手提箱前，四处张望。

见没人来领取，格雷丝跪下来查看手提箱。它并没有什么特别之处，与每天在车站出现的成千上万的手提箱别无二致，除了那个磨旧了的珍珠母把手甚是漂亮。只不过这个箱子没有被带出车站，而是孤零零地躺在长椅下。是丢弃还是遗落？她谨慎地思虑了片刻，想起战争期间定时炸弹装在旅行袋里的故事。但是一切都结束了，过去潜伏在每个角落的风险已经慢慢消退。

格雷丝仔细看了看手提箱，想弄清楚它的主人是谁。箱子侧面写着一个名字，她不安地回忆起弗朗基的一些客户，那些战争幸存者，德国人让他们在手提箱上写下自己的名字，谎称将来他们会找回自己的财物。这个箱子上只写着一个词：特里格。

格雷丝盘算着自己的选择：要么告诉行李员，要么干脆走开。上班已经迟到了，但好奇心驱使着她，也许里面会有标签。她拨弄着箱子的搭扣，突然啪的一声，搭扣似乎自己弹开了。她不由自主地把盖子抬起一点，回头瞥了瞥，觉得随时可能被人抓住。然后，她往箱子里看了看，里面收拾得整整齐齐，一把银质梳子和一块雅德莱薰衣草香皂塞在一角的上方，几件女人的衣服有棱有角地叠在一起。箱底还塞了一双婴儿鞋，但没有看到其他儿童衣物。

突然，格雷丝感到这是不可原谅的侵犯隐私的行为，于是迅速把手缩回来。就在这时，什么东西划破了她的食指，“哎哟！”她不禁叫了一声，手指上出现了一条口子，鲜血汩汩地流出来。她把手指放在嘴里，吮着伤口止血。然后，她伸出另一只手去够箱子，看看是什么割伤了她。剃刀还是小刀？原来，衣服下面有一个厚厚的信封，纸的锋利边缘划破了她的手指。“别动它！”一个声音似乎在说，但她还是忍不住打开了信封。

里面是一沓照片，用一块蕾丝巾仔细包裹着。格雷丝把它们抽出来时，手指上渗出的一滴血滴在蕾丝巾上，浸染开去。总共有12张照片，每张都是一个年轻女子的半身照，模样各不相同，不会是一家人。她们有的穿着军装，有的穿着挺括的衬衫或夹克，年龄都不超过25岁。

看着这些陌生人的照片，格雷丝觉得自己太随意了，甚至很不道德。她想把它们放回去，忘掉看到的一切。但最上面一张照片上的女孩吸引了她。这个女孩有一双摄人心魄的黑色眼眸。她是谁？

就在这时，车站外响起了警笛声。格雷丝感觉警察是冲她而来的，因为她擅自打开了别人的私人物品。她慌忙用蕾丝巾重新包住照片，想将它们放回手提箱，但是蕾丝巾窝成了一团，她没法将这沓照片装进信封。警笛声越来越响，没有时间了，她偷偷把照片塞进自己的背包，用脚把手提箱踢回长椅下面，直到看不见为止。

然后，她向出口走去，手指上的伤口阵阵作痛。“我早该知道，”她自言自语地说，“进车站不会有什么好事。”

第二章　埃莉诺

1943年，伦敦

处长勃然大怒。

他的大手重重地拍在长条会议桌上，震得茶杯哗啦哗啦直响，茶水溢出杯沿，一直流到桌子的另一端。往常开会时的说笑和闲聊都消失了。他的脸涨得通红。

“又有两名特工被俘了。”他吼道，顾不得放低声音。一个打字员经过走廊时停了下来，瞪大眼睛注视着这一幕，然后又匆匆走开了。埃莉诺急忙站起来关上门，用手挥挥头顶上的烟雾。

“是的，长官，”皇家空军上尉迈克尔斯结结巴巴地说，“这两名特工空降马赛几小时后就被捕了。目前没有任何消息，估计已经被杀了。”

“哪两个？”处长问道。格雷戈里·温斯洛，特别行动处处长，曾是一名陆军上校，在一战中享有盛誉，虽然年近六旬，依然威风凛凛，总部的人都称他“处长”。

迈克尔斯上尉似乎被这个问题弄糊涂了。对于那些在后方指挥任务的人来说，战地特工都是无名棋子。

但是，对于坐在他旁边的埃莉诺却不是这样。“哈里·詹姆斯，加拿大人，毕业于牛津大学莫德林学院。尤恩·彼得森，前皇家空军飞行员。”她对于进入战地的每个人都了如指掌。

“这是德军本月的第二起逮捕行动。”处长叼着烟斗，却没有点燃。

“第三起。”埃莉诺轻声纠正，不想再激怒他，但又不愿说谎。自从丘吉尔授权成立特别行动处，下令通过破坏和颠覆活动“点燃欧洲”，已经过去了近三年时间。从那时起，他们在欧洲部署了近300名特工，大多数人作为F区成员进入法国，目的是在盟军横跨英吉利海峡大进攻前，破坏德军的基础设施，武装法国游击队。

但是，在贝克街总部大楼之外，特别行动处并不被视为辉煌的成功。军情六处和其他一些传统政府机构颇为不满，认为其破坏活动是外行行为，对他们自己的秘密行动造成了损害。特别行动处的成功也很难量化，要么因为那些行动属于机密，要么因为它们的影响在大进攻前不会充分显现。最近情况变得不妙，越来越多的特工被逮捕。问题出在行动的规模上，陷入作茧自缚的困境？还是另有原因？

埃莉诺引起了处长的注意，他转过身来，问道：“到底怎么回事，特里格？是准备不足，还是出了差错？”

埃莉诺吃了一惊。在特别行动处成立后不久，她就以秘书的身份来到这里。获得这份工作绝非易事：她不仅是个女人，还是波兰籍犹太人，没有人认为她属于这里。她时常纳闷，自己怎么会从平斯克附近的小村庄来到伦敦的权力殿堂。但她说服处长给了她一个机会，凭借出色的工作能力，对细节一丝不苟和超常的记忆力，赢得了处长的信任。尽管她的头衔和薪水没有变，但她现在更像是一名顾问，处长从不让她和其他秘书坐在一起，而是坐在会议桌旁紧挨着他的右边。她怀疑这样做是因为他那边的耳朵有点聋，虽然他本人并不承认这一点。她总是在会后私下向他汇报情况，确保他没有遗漏任何信息。

不过，这是处长第一次当着众人的面征求她的意见。“恕我直言，长官，不是训练不足，也不是行动有误。”埃莉诺突然意识到每个人都在盯着她。她在特别行动处一向低调行事，尽量不引人注意，并对此颇感得意，但是此刻，可以说她的身份暴露了，人们带着怀疑的眼光看着她。

“那是因为什么？”处长问道，似乎比平时更加没有耐心。

“因为他们是男人。”埃莉诺字斟句酌地说，尽量稳住自己，希望处长明白她的意思，但又不会引起冒犯，“大多数法国年轻男子都不在城里了，被维希伪政府军抓了壮丁，或因不肯去而进了监狱。我们的特工现在不可能混进去。”

“那怎么办？我们应该让他们都躲起来吗？”

埃莉诺摇摇头。特工不能躲藏起来，他们只有与当地人交往才能获得信息。譬如，酒吧女侍者听到的警察喝醉后的闲聊，农妇注意到的经过田野的火车出现变化，等等，正是普通百姓的观察提供了这些真实的信息。特工需要与当地抵抗组织取得联系，加大打击德军的力度。不，F区特工不能躲在地窖或洞穴里行动。

“那么怎么办？”处长追问道。

“还有另一个选择……”她结结巴巴地说。他不耐烦地看着她。埃莉诺不是一个笨嘴拙舌的人，但她的想法太大胆，简直说不出口。她深吸了一口气，“派女人去。”

“女人？我不明白。”

几周前，当看到发报室的一个女孩快速破译了一条来自法国战地特工的电报时，她突然萌生了这个想法。她的才能被浪费了，埃莉诺想，这个女孩应该从战地发送电报。这个想法如此离奇，过了很长时间才在她的脑海中明晰起来。她并不想现在提出来，也许以后也不会提，然而，这个尚未成熟的想法还是说出来了。

“是的。”埃莉诺听说过女特工的故事。她们在欧洲东部独自行动，传送信息，帮助战俘逃跑。这样的事情在第一次世界大战中也发生过，涉及的范围之广超出大多数人的想象。但是，制订正式计划训练和部署女特工完全是另一码事。

“她们能做什么？”处长问。

“和男人一样的工作，”埃莉诺答道，对于必须解释那些显而易见的事情感到恼火，“送信，发报，武装游击队，炸毁桥梁。”女人已经发动起来，在国内战线上承担各种角色，除了护理伤员、站岗放哨，她们还会操纵高射炮、驾驶飞机。难道女人也能做这些事就这么难以理解？

“女子特工组？”迈克尔斯插了一句，毫不掩饰自己的怀疑。

埃莉诺没有理睬他，转过身面对着处长。"想想吧，长官，"她说，随着这个想法在脑海中越来越坚定，她变得激动起来，"在法国，年轻男人很少，但到处都有女人，她们可以混迹街头、商店和咖啡馆里。"

"你想去吗？"处长问。

"我留在这里更能发挥作用。至于已经在这里工作的其他女人……"她迟疑了一下，想起那些不知疲倦地为特别行动处工作的报务员。从某种程度上说，她们无可挑剔：技术娴熟，训练有素，全身心地投入这项事业。但是，这些完美品质也使她们在战地变得毫无用处，她们的思维已经固化，无法训练成特工，而且她们知道的东西太多，难以进行部署。"她们也不合适，需要重新招募。"

"可是我们到哪儿去找呢？"处长似乎对这个主意很感兴趣。

"和挑选男特工一样，"的确，他们没有可以征召女特工的军官队伍，"从陆军妇女队和急救护士队，大学和职业学校，或者工厂和街道去找。"挑选理想的特工不是靠一份简历或特殊的学位，更多的是凭感觉去物色合适的人选，"和男特工同样类型的人——聪明，适应力强，精通法语。"她补充道。

"她们得接受训练。"迈克尔斯指出，仿佛这是一个不可逾越的障碍。

"就像男特工一样，"埃莉诺反驳道，"没有人生来就知道怎么做。"

"然后呢？"处长问。

"然后部署她们。"

“长官，”迈克尔斯插嘴道，“《日内瓦公约》明确禁止妇女参战。”围坐在桌旁的人纷纷点头，似乎抓住了要点。

“公约禁止很多事情，”埃莉诺回敬道，她知道特别行动处的所有黑暗角落，该机构迫于战争压力，采取过种种投机取巧、绕开法律的做法，“可以让她们以急救护士队成员的身份作掩护。”

“我们是拿那些女人的生命冒险。”迈克尔斯指出。

“我不喜欢这个主意。”桌子另一端的一个人说。埃莉诺的心揪了起来，处长不是刚愎自用的领导，如果其他人都支持迈克尔斯，他可能会放弃这个想法。

“你喜欢每两周就有六个人落在德国人手里吗？”埃莉诺反唇相讥，被自己的大胆吓了一跳。

“我们可以试试，”处长异常果断地说，避免继续争论下去，然后转向埃莉诺，“在这条街上的诺格比大厦设立一个办公室，告诉我需要什么。”

“我？”她惊讶地问。

“你想的主意，特里格，就由你负责这该死的事。”回想起几分钟前讨论的伤亡情况，埃莉诺对处长的用词不禁感到一阵畏缩。

“长官，”迈克尔斯插话道，“我认为特里格小姐不够资格。无意冒犯。”他补充了一句，侧头看了她一眼。所有人都用怀疑的目光看着她。

“我不介意。”埃莉诺对周围男人的蔑视态度早已变得麻木。

“长官，”坐在桌子另一头的一位军官插嘴道，“我也觉得特里格小姐很不合适，她的背景……”桌子周围的人频频点头，一个个满脸狐疑，窃窃私语。埃莉诺能感觉到所有人都在打量她，怀疑她的忠诚。他们的表情似乎在说：这个女人不是我们中的一员，不可信赖。尽管她为特别行动处做了那么多事，他们仍对她充满敌意，视她为一个局外人，一个异类。这并不是因为缺乏努力，她挖空心思想要融入环境，消除自己的所有口音。她曾申请加入英国国籍，但被拒绝过一次，到底是什么原因，就连处长这样位高权重的人也无法确定。几个月前，她带着处长的推荐信，第二次提交了申请，希望能有所改变。到目前为止，还没有收到回复。

埃莉诺清了清嗓子，想要打退堂鼓，但处长先开口了。“埃莉诺，设立一个办公室，”他命令道，“尽快开始招募和训练那些女孩。”他抬起手，避免继续争论下去。

“是，长官！”她抬起头，紧紧注视着那双盯着她的眼睛。

会议结束后，埃莉诺等其他人都离开了，才走近处长，“长官，我不认为……”

“少说废话，特里格，我们都知道你是这项工作的最佳人选，包括那些军方人士，他们只是不愿承认，或是觉得匪夷所思。”

“但是，长官，就算这是真的，我是个局外人，没有任何影响力。”

“你是局外人，这正是你成为这个职位完美人选的原因之一。”他压低了声音，“我厌倦了整日钩心斗角。你不会让个人忠诚或其他顾虑影响你的判断。”她点点头，知道这是真的。她没有丈夫和孩子，没有外界的干扰，工作是唯一重要的事情，一直如此。

“你确定我不能去战地？”她问道，其实心里已经有了答案。尽管他希望由她负责这项行动让她受宠若惊，但这远远比不上成为一名战地特工。

“没有完整的身份材料，你去不了。”当然，他说得对。在伦敦，她也许可以隐藏自己的背景，但要拿到全部材料送她过去，尤其是现在，她的入籍申请还在等待审批，那完全是另一回事。“不管怎样，这个更重要。你现在是部门负责人，我们需要你招募、训练女特工。这个负责人必须是她们信任的人。”

“我？”埃莉诺知道，在特别行动处工作的其他女人认为她孤僻冷漠，她们不会请她吃午饭或喝茶，更不会向她吐露心事。

“埃莉诺，”处长继续说道，声音低沉而严肃，目光锐利，“很少有人在战争一开始就能找到自己的位置。”

处长说得太对了，她想，开始思索他要她做的事。这是一个掌舵的机会，可以纠正她目睹的所有错误。几个月来，她被迫坐在旁观席上，无力做任何事情。虽然比不上去战地，但是，这将是她大显身手的好机会。

“我们需要你弄清楚女孩们该去哪里，然后把她们派遣过去。”处长继续说道，好像一切都解决了，她已经答应了。埃莉诺内心感到矛盾，接受这一任务的前景很诱人，与此同时，她也十分清楚任务的艰巨性。目前男特工处境危险，在内心深处，她知道女特工是最好的解决办法，但要做好这方面的准备，需要付出巨大努力。她感到压力很大——那种参与和曝光——简直难以承受。

她抬起头，看着墙上阵亡特工的照片，这些年轻人为正义献出了宝贵的生命。她想象着德国情报机构，帝国保安部，在巴黎福煦大街法国总部的情景。帝国保安部由臭名昭著的党卫军少校汉斯·克里格勒领导，他曾是集中营的指挥官，埃莉诺从文件中了解到，此人极其狡猾残忍。有报道称，他利用当地人的孩子逼供，还把犯人吊起来，获得情报后，则任其吊死在那里。毫无疑问，就在他们说话的时候，他还在计划着让更多盟军特工落网。

埃莉诺知道，她别无选择，只能从命。“好吧。我要拥有绝对控制权。”她说。在订立条款时，先发制人很重要。

“没问题。”

“我只向你汇报。”在其他情况下，特别小组会通过处长的一名副手汇报。埃莉诺从眼角瞟了一眼在走廊徘徊的迈克尔斯，他和其他人显然很不满意她对处长的影响，而且这种影响会变得越来越大。“只向你汇报。”为了强调起见，她又重复了一遍，让她的话真正被听进去。

“没有其他人插手，”处长保证说，“只向我汇报。”她听得出，他已横下一条心，迫切地需要她来做这项工作。

第三章　玛丽

1944年，伦敦

玛丽怎么也没想到，她竟在卫生间被招募为特工了。

一小时前，玛丽坐在“城镇之家”一张靠窗的桌子旁，那是约克街上一家安静的咖啡馆，她经常光顾那里，在一天无休止的叮当声之后，享受片刻的安静。她在陆军部昏暗的附属楼里做打字员，一想到即将到来的周末，她嘴角露出微笑，想象着5岁苔丝的可爱模样，小家伙的那颗小歪牙肯定又长出一些了。玛丽只有周末才能见到女儿，在中间的这段日子里，思念之情难以排遣。她想和苔丝一起去乡下，在小溪边玩耍，捡石头。但是，得有人待在这里挣钱，以防她们在迈达谷的老房子丧失抵押品赎回权或年久失修。当然，前提是它没有被炮弹炸毁。

远处传来一阵轰隆隆的响声，震得桌上的盘子哗啦直响。玛丽吃了一惊，本能地伸手去拿防毒面具，自从伦敦大轰炸结束后，再也没有人携带它了。她抬头望向窗外，在被雨水浸透的街道上，一个八九岁的小男孩正在人行道上捡煤屑。她的心揪了一下。他妈妈在哪儿？

两年前的一天，她决定把苔丝送走。起初，和女儿分开的想法简直不可想象。后来，一枚炸弹击中了街对面的出租屋，炸死了七个孩子。要不是老天眷顾，那里面就可能包含苔丝。第二天早上，玛丽开始着手安排。

至少，苔丝和黑兹尔在一起，那个女人是玛丽的姨母，虽然性情有些阴郁，但很爱这个孩子。苔丝喜欢东安格利亚那座古老的牧师住宅，那里有一眼望不到头的橱柜和发霉的地下爬行空间。天气好的时候，她可以在湿地上疯跑，不好的时候就去邮局帮黑兹尔干活。玛丽无法想象把女儿放在火车上，送到乡下寒冷的修道院，或者别的什么鬼地方，投入陌生人的怀抱。去年每个星期五她去看望苔丝时，都会在国王十字车站看到这样的场面——妈妈一边为孩子整理衣服和围巾，一边强忍着泪水，弟弟妹妹紧紧地抱着哥哥姐姐，孩子们带着大大的手提箱，毫不顾忌地大声哭喊，试图从车窗里逃出去。这让两个小时的旅程痛苦难熬，直到她见到苔丝，将她搂在怀里。每个星期日她都待在那里，直到黑兹尔提醒她，最好赶上最后一班火车，否则就要错过宵禁时间了。尽管女儿平安无恙，和家人在一起，但今天才星期三，这让她觉得难以忍受。

她应该把苔丝带回来吗？在过去的几个月里，她看到越来越多的孩子返回城市，这个问题一直困扰着她。伦敦大轰炸早已结束，一切又恢复了正常，他们晚上不必在地铁站睡觉了。但战争远未取得胜利，玛丽感觉更糟糕的事情还在后头。

玛丽抛开疑虑，从包里掏出一本书。这是波德莱尔的诗集，她很喜欢他的诗，那些优美的诗句能把她带回小时候和妈妈在法国布列塔尼海边度夏的快乐时光。

“对不起。”一个男人突然说。她抬起头，有些恼火被人打扰。这个人40多岁，身材瘦削，相貌平平，穿一件粗花呢短外套，戴着眼镜。他站起身，盘子里的司康饼还一口没吃，“我很好奇你在读什么。”她不知道他是否想要挑逗她。现在，这种打扰司空见惯，因为城里到处是美国兵，中午从酒吧里拥出来，三三两两地走在街上，刺耳的笑声打破了寂静。

但这个男人操着英国口音，表情温和，没有丝毫不得体。玛丽举起书给他看。“你能给我读一下吗？”他问道，“我不会说法语。”

“真的，我不认为……”她开始拒绝，被这个奇怪的要求吓了一跳。

“拜托，”他打断她的话，语气几乎是在哀求，“帮我个忙吧。”她纳闷为什么这对他如此重要，也许他失去了一个法国朋友，或者是一个在那里打过仗的老兵。

“好吧。”她让步了，读几行也无妨。她开始读“N’importe où hors du monde”（《这世界以外的任何地方》）这首诗。一开始，她的声音有些不自然，但慢慢地，她觉得自己获得了自信。

读了几句后，玛丽停下来，“怎么样？”她以为他会让她读下去。

但他没有，而是说："你学过法语吗？"

她摇摇头，"没有，但我会说。我妈妈是法国人，小时候，我们每年在那里过夏天。"事实上，那些夏天是她对父亲的逃避。父亲是个酒鬼，性情暴烈，无法找到工作或保住工作，对母亲的教养和富贵出身极为憎恨，对玛丽不是男孩感到失望。这就是玛丽和母亲远赴法国度夏的原因，也是玛丽18岁时从赫里福德郡庄园逃到伦敦，然后改随母姓的原因。随着父亲的脾气越来越坏，她知道，如果她一直待在家里，整个童年担惊受怕，她可能会活不下去。

"你的口音很特别，"那人说，"近乎完美。"如果他不会说法语，怎么会知道呢？她感到纳闷。"你有工作吗？"他问。

"有。"她脱口而出。话题转得太突然，这个问题过于私密。她急忙站起来，在手袋里摸索着找硬币，"对不起，我真的得走了。"

那个人伸出手，她转过头，看到他拿着一张名片，"我不是故意无礼，但是，不知道你是否想要一份工作。"她接过名片，上面只写着：贝克街64号。"去找埃莉诺·特里格。"

"我为什么要这么做？"她困惑地问，"我有工作。"

他轻轻地摇了摇头，"不一样。这是很重要的工作，非常适合你，而且报酬丰厚。恐怕我不能再多说了。"

"我什么时候去？"她问，尽管确信自己不会去。

"现在。"

玛丽愣了一下，她本以为会约个时间。

"那么你答应了？"那人追问。

玛丽把几枚硬币放在桌子上，没有回答就离开了咖啡馆，迫不及待地想要远离那个人。走到门外，她打开伞，裹好紫红色印花围巾以抵御寒冷。她转过拐角，停住脚步，回头看了看，确定那人没有跟过来。然后，她低头看了看名片，简单的黑白两色，官方风格。

玛丽意识到，她本可以一口回绝那个人。即使现在，她也可以扔掉名片，转身走开。但她感到好奇，这是什么工作？为谁效力？也许比没完没了的打字有趣。那个人还说，报酬很丰厚，这才是她最在意的。

10分钟后，玛丽发现自己站在贝克街的尽头。在拐角处的一个红色邮筒旁，她停了下来，突然想起夏洛克·福尔摩斯的故居就在贝克街。她一直认为那里神秘莫测，笼罩在迷雾中，但这栋楼房和其他底层为商铺的单调办公楼没什么两样，再往前是砖砌的联排房屋，已经改造成商业用途。她走到64号，迟疑了一下，门口的牌子上写着：三军联合研究局。这到底是怎么回事？

她还没来得及敲门，门猛地开了，一只似乎不依附于任何人的手指向左边。“波特曼广场，果园公寓大楼。转过拐角，沿街直走。”

“对不起，”玛丽举起那张名片，尽管似乎没有人会看到，“我叫玛丽·鲁克斯，有人让我来找埃莉诺·特里格。”门关上了。

“真是越来越奇怪。”她嘟囔着，想起了苔丝最喜欢的那本插图版《爱丽丝梦游仙境》。玛丽去看她时，经常读给她听。转过街角，眼前出现一排排房屋，她沿着这条街一直走到波特曼广场，看到了标着“果园公寓”的大楼。玛丽敲了敲门，没有人应答，整件事开始让人觉得是个奇怪的恶作剧。她转过身，准备回家，忘掉这桩蠢事。

在她身后，门嘎吱一声开了。她转过身，一个银发管家出现在面前。“什么事？”他冷冷地盯着她，好像她是个推销员，在挨家挨户兜售商品。她紧张得说不出话来，把名片递了过去。

“进来吧。”他招了招手，语气很不耐烦，好像她来得太晚了。他领着她穿过门厅，门厅的天花板很高，挂着枝形吊灯，给人感觉这里曾是豪宅的入口。他打开右边的一扇门，吩咐道：“在这儿等着。”然后迅速关上门。

玛丽局促不安地站在门厅里，觉得自己完全不属于这里。听到楼上有脚步声，她转过身，看见一个英俊的年轻人，长着一头浓密的金发，从弧形楼梯上缓步下来。他注意到她，停下来问道：“这么说，你也加入了这个非法勾当？”

“我不知道你在说什么。”

他笑了笑，“那么是误闯进来的？”不等她回答，接着说道，“非法勾当——我们这样称这里的一切。”他指了指门厅。

管家又出现了，清了清嗓子。他严厉的表情让玛丽强烈感觉到，他们不应该交谈。金发年轻人一句话也没说，转过拐角，消失在似乎无穷无尽的门里。

管家领着她穿过走廊，打开一间铺着白色缟玛瑙瓷砖的卫生间门。她转过身，感到纳闷，她没有要求上厕所。“在这里等着。”管家说。

玛丽还没来得及抗议，管家就关上了门，留下她一个人。她局促不安地站着，呼吸着清洁剂留下的发霉味道。让她在卫生间等着！她需要离开，但不确定该怎么做。她坐在爪足浴缸的边沿，脚踝交叉着，5分钟过去了，10分钟过去了。

最后，门咔嗒一声开了，一个女人走了进来。她至少比玛丽大10岁，也可能大20岁，表情严肃。乍一看，她留着黑色短发，细看才发现，她的头发在脑后绾成一个紧密的发髻。她没有化妆，也没戴首饰，浆过的白衬衫熨得十分平整，几乎就像军装。

“我叫埃莉诺·特里格，主管招募工作。抱歉，这里条件太差了。”她的声音干脆利落，“我们的地方不够用。”考虑到这幢房子的大小和玛丽看到的门的数量，这个解释似乎有些奇怪。这时，她想起那个因为和她说话而遭管家责备的年轻男子，也许来到这里的人根本不能见面。

埃莉诺像评估花瓶或珠宝似的打量着玛丽，目光冷冰冰的，“那么，你已经决定了？”仿佛她们刚刚结束一次长谈，而不是30秒前才见面。

“决定了？”玛丽迷惑不解地重复道。

“没错。你得决定是否要冒生命危险，我也得决定是否可以让你冒这个险。”

玛丽的头脑一片混乱，“对不起……恐怕我不明白。”

“你不知道我们是谁吗？”

玛丽摇摇头。

“那你来这里干什么？”

“咖啡馆里的一个男人给了我一张名片，然后……”玛丽结结巴巴地说，觉得自己很荒唐，连那个人的名字都不知道，“我该走了。”她站了起来。

女人用手按住她的肩膀，“这倒不必。你不知道为什么来，不代表你不应该来，我们常常在最意想不到的地方找到目标。”她说话生硬，非常严厉，没有一点女人味，“不要责怪送你来的人，他无权多说。我们的工作属于高度机密，许多在白厅工作的高层人士都不知道我们在做什么。”

“到底是什么？”玛丽壮起胆子问道。

“我们是特别行动处的一个分部。”

“噢。”玛丽说，尽管这个答案并没有让她完全明白。

“从事秘密行动。”

“就像布莱切利的电码译员？”她认识一个女孩，离开了打字小组去做那项工作。

“差不多吧。不过，我们的工作更实际，身处战地。”

“在法国？”

埃莉诺点点头。

“你想让我当间谍？”玛丽明白了，他们打算送她去参战。

“在这里不要问问题。”埃莉诺厉声说。

玛丽心想，这地方不适合她。她妈妈常说，她总是很好奇，过于好奇，随着玛丽进入青春期，那些没完没了的问题让父亲的脾气变得越来越坏。

“我们不是间谍，”埃莉诺接着说，似乎这个说法很无礼，“间谍活动是军情六处的事。确切地说，特别行动处的任务就是搞破坏，摧毁铁路、电报线路、工厂设备等，目的在于阻碍德军。此外，我们还帮助当地游击队进行武装抵抗。”

“我从没听说过这种事。”

“没错。”埃莉诺听起来很高兴。

“但是，你凭什么认为我能参与这种事？我根本不够条件。”

“胡扯。你很聪明，很能干。”这个刚刚认识她的女人怎么可能知道呢？这是她一生中第一次有人这样形容她。父亲让她确信自己很无能。而理查德，弃她而去的丈夫，也不过在短暂的时间里让她觉得自己挺有魅力，这就是她一直以来的自我感觉。玛丽从来没想过自己是这么棒的人，此刻，她发现自己渐渐挺起了腰板。“你会说法语，正是我们要找的人。你学过乐器吗？”埃莉诺问道。

尽管没有什么会再让玛丽吃惊了，但她还是觉得这个问题很奇怪，“我小时候学过钢琴，在学校学过竖琴。”

“这可能有用。张开嘴。”埃莉诺毫不客气地命令道。玛丽确信自己听错了，但埃莉诺表情严肃。“你的嘴。”她再次说道，显得有点不耐烦。尽管很不情愿，玛丽还是张开嘴。埃莉诺像牙医一样仔细看向她的口腔。玛丽十分气恼，对一个刚认识的女人的侵扰感到愤怒。埃莉诺往后退了一步，果断地说：“必须去掉后牙的填充物。”

“去掉？”玛丽惊慌地提高了嗓门，“那是一种很好的填充物，才过了一年，而且非常昂贵。”

“没错，太昂贵了，你马上就会被认出是英国人。我们要把它换成陶瓷的，法国人都用这种填充物。”

这时，所有事情都浮现在玛丽的脑海中：那个男人对她的语言能力感兴趣，埃莉诺担心她补的牙太英国化。“你想让我假扮法国女人。”

“是的，不过不仅仅如此。你将接受行动技能训练，然后才会被部署——如果你能通过训练的话。”听她的口气，就好像玛丽已经同意去了。“目前我只能说这么多。保密对我们的行动至关重要。”

部署。行动。玛丽感到头晕目眩，在这幢离繁华的牛津街只有几步之遥的优雅建筑里，正在筹划和发动针对德军的秘密战争，这似乎令人难以置信。

“一小时后有车来接你，送你去训练中心。”埃莉诺说，仿佛一切都谈妥了。

“现在？这么快！我得把事情安排一下，还要收拾行李。”

“永远都是这样。”埃莉诺答道。玛丽想，也许，他们是不想给人们回家重新考虑的机会。“我们会提供你所需要的一切，并通知陆军部。”玛丽惊讶地盯着埃莉诺，她并没有说过在哪里工作。她意识到这些人，不管他们是谁，对她了如指掌，咖啡馆的会面并非偶然。

“我要去多久？”玛丽问道。

“这取决于任务的性质和其他各种情况。你可以随时辞职。”

“离开。”似乎有一个声音在说。眼前所面临的一切显然超出了她的想象，但玛丽没有挪动脚步，好奇心被激起来了，“我有一个女儿，5岁了，和我姨母住在伊利镇附近。”

“你丈夫呢？”

“阵亡了。”她撒了个谎。事实上，苔丝的爸爸理查德是个失业演员，靠着在伦敦西区做临时演员勉强度日。苔丝出生后不久，他就消失了。玛丽18岁时，为了逃离父亲，来到伦敦，一开始就遇人不淑，坠入情网，爱上了一个坏男人。

“他在敦刻尔克失踪了。”这个解释，一个病态的谎言，总比事情的真相好：他在布宜诺斯艾利斯，花着她妈妈留下的遗产。玛丽在他们刚结婚时，天真地把钱转到一个共同账户上，用来支付家庭开支。

“你女儿有人照顾吧？”

玛丽点点头。

“很好。如果你担心这些事，就无法集中精力训练。”

玛丽暗念，女儿可是我心中永久的牵挂。在那一刻，她确信埃莉诺没有孩子。

玛丽想起乡下的苔丝，如果她接受埃莉诺的建议，周末的探望就无法成行。什么样的妈妈会做这种事？负责任的选择是留在伦敦，婉言谢绝埃莉诺，回到战争期间的普通生活中去。苔丝只有她这个妈妈，如果她不回去，苔丝就只有年老的黑兹尔了，而老人肯定照顾不了苔丝太长时间。

“这份工作周薪10英镑。”见玛丽犹豫不决，埃莉诺补充了一句。

这是玛丽打字工资的五倍。她在伦敦找到了她能找到的最好工作，但这根本不够。即使再兼一份工作，那会让她无法在周末去见苔丝，她也挣不了埃莉诺给的这么多钱。她计算了一下，即使每周给黑兹尔寄钱支付苔丝的抚养费和其他开支，她也有足够的钱用于房子的还款，而眼下这是不可能的事。她想象着给女儿买一件新衣服，甚至在圣诞节买几件玩具。苔丝很懂事，从不抱怨，但玛丽常常希望能多给她一些自己小时候享有的东西。反正她现在也不能和苔丝在一起，因为她得在伦敦工作。事实上，玛丽对摆在她面前的神秘工作很是好奇。坐在那里没完没了地打字，让她觉得自己很没用。如果像埃莉诺说的那样，她确实具备条件，不妨做些好事，在战争中发挥真正的作用。

“好吧，我准备好了。但我得打个电话，告诉我女儿的监护人我周末不去见她们了。”

埃莉诺坚定地摇摇头，“不行。不能让任何人知道你的去向，或者你要离开。我们会给你的家人发一封电报，告诉他们，你被派到别处工作。”

“我不能不辞而别。”

“你必须这么做。”埃莉诺冷冷地盯着她。尽管她的表情没有变化，但玛丽看到她眼中闪过一丝疑虑。“如果你不准备这么做，可以离开。”

“我得和女儿说说话，听不到她的声音，我是不会走的。”

“好吧，”埃莉诺终于让步了，“但你不能告诉她你要走。你可以用隔壁房间的电话，话要简短，别超过五分钟。”埃莉诺说话的口气就好像她现在是玛丽的上司。玛丽寻思，接受这项工作是不是个错误。“别提你要离开。”埃莉诺重申。玛丽意识到这是某种测试，也许还会有更多。

埃莉诺向门口走去，示意玛丽跟在后面。“等等，”玛丽说，“还有一件事。”埃莉诺转过身，脸上流露出愠怒的神色。“我应该告诉你，我父亲是德国后裔。”玛丽注视着埃莉诺的脸，希望这个消息能让埃莉诺改变主意，不再让她做这份工作。

但埃莉诺只是点点头，“我知道。”

“你怎么会知道？”

“你每天都坐在同一家咖啡馆里，是吗？”

玛丽点点头。

“顺便说一下，你应该停止这个坏习惯。改变日常规律极为重要。不管怎样，你坐在那里看法语书，被我们的人注意到了，觉得可能是一个很好的人选。我们跟踪你，知道了你的身份。经过一番筛选，我们认为你符合条件，至少初步考虑是这样。”玛丽惊呆了，对于所发生的一切毫不知情。“我们有猎头和招募人员，在英国各地寻找合适的女孩。但最终，我决定她们的去留，每一个女孩都要经过我这一关。”她的声音里有一种保护的意味。

“你认为我行？”

“也许吧，”埃莉诺谨慎地说，“你的条件不错。但在训练中，你要接受测试，看看是否能够真正运用。如果你没有勇气坚持到底，那些技能毫无用处。你有自己的政治倾向吗？”

“没有。我妈妈不相信……”

“行了，”埃莉诺厉声说，“回答问题时，不要说得太多。”又一个测试。“绝不能谈论你自己或你的过去。你会在训练中得到一个新身份。”在这之前，好像她根本不存在似的，玛丽想。

埃莉诺打开卫生间的门。玛丽走进一间书房，里面摆着高高的书架，一部黑色电话放在红木书桌上。“你可以在这儿打电话。”埃莉诺站在门口，甚至没有假装给她留点隐私。玛丽拨打了接线员的电话，要求接通黑兹尔工作的邮局，希望她还没有回家。她告诉接电话的女人要找黑兹尔。

随后，一个颤巍巍的声音从话筒里传来：“玛丽！出什么事了吗?”

“没事,”玛丽急忙安慰道，恨不得告诉她打电话的原因，“只是问问苔丝的情况。”

“我去叫她。”一分钟过去了，又一分钟过去了。快点，玛丽想，不知道五分钟后，埃莉诺是否会从她手里夺走电话。

“喂!”苔丝奶声奶气地说。

“宝贝儿，你好吗?”

“妈咪，我在帮黑兹尔姨姥整理邮件。”

玛丽笑了，想象着她在分类架周围玩耍，“好孩子。”

“再过两天，我就能见到你了。”苔丝年龄虽小，却有很强的时间观念，知道妈妈总是在星期五来。但这次她不会来了，玛丽心如刀绞。

“让我和你姨姥说话。还有，苔丝，我爱你。”她补充说。

但苔丝已经走了。黑兹尔又接起电话。“她还好吗?”玛丽问。

“她棒极了，能从1数到100，还会做加法，太聪明了。对了，那天她……”黑兹尔停了下来，似乎觉得向玛丽隐瞒只会让事情变得更糟。玛丽忍不住有点嫉妒，当理查德抛弃她，把她一个人留在婴儿身边时，她吓坏了。然而，在哺育孩子的漫漫长夜里，她和苔丝已经融为一体。之后，她被迫把苔丝送走。随着战争的继续，她错过了苔丝的许多童年时光。“周末你自己会看到的。”黑兹尔体贴地说。

玛丽感觉腹部像被击了一拳，“我得走了。”

“周末见。”黑兹尔答道。

担心说得太多，玛丽挂断了电话。

第四章　格雷丝

1946年，纽约

格雷丝离开中央车站，45分钟后，在德兰西街下了巴士。她从手提箱里拿出来的照片，似乎透过手袋烫到了她的皮肤。她几乎希望警察或别的什么人跟着她，命令她把照片还回去。

此刻，她穿过熙熙攘攘的下东区，这个上午看起来一切正常。过去的几个月，她一直在这里工作。在拐角处，卖热狗的莫蒂向她招了招手。窗户清洁工一边大声谈论着他们的周末，一边不时地向下面的女人吹着口哨。苏塞尔熟食店飘出诱人的香味，刺激着她的鼻子。

格雷丝很快到了果园街由排屋改建的办公室，开始气喘吁吁地爬楼梯。“布勒克尔父子”是一家为移民提供法律服务的公司，位于一栋楼房的四层，楼下是一个女帽店和一家独占两层楼的会计师事务所。在楼梯口的玻璃门上刻着公司的名字，名字起得不太恰当，因为老板叫弗朗基，而且据她判断一直如此。十几个难民沿着楼梯弯弯曲曲地排成长队，厚重的外套上露着凹陷的颧骨，衣服层层叠叠套在身上，好像害怕被人抢走似的。他们面带愁容，疲惫不堪，没有眼神交流。格雷丝走过时，闻到他们身上散发出一股难闻的气味。

“劳驾。”格雷丝说，小心翼翼地绕过坐在地上的女人，她的腿上放着一个熟睡的婴儿，溜进办公室。在房间对面，弗朗基坐在破旧的办公桌后面，电话听筒夹在耳朵和肩膀之间。他咧嘴一笑，招手示意她过去。

“对不起，我迟到了。”他一挂断电话，格雷丝连忙说，“车站那边出了车祸，我只得绕道而行。”

“我把梅茨一家改到11点了。”他的声音里并没有责备的意思。

她走近一点，看到他脸颊上的纸张压痕。“你又在这儿待了一夜，是吗？”她嗔怪道，“你没换衣服，所以别不承认。”话一出口她就后悔了，希望他没注意到她也没换衣服。

他举起双手表示承认，随即揉了揉太阳穴，黑发中夹杂着些许白发，“惭愧。我只能这样，韦斯曼夫妇需要申请居住权和住房的文件。”弗朗基帮助别人总是不知疲倦，无暇顾及自己的健康。

“现在已经完成了，”她尽量不去想他整夜工作时自己在做什么，“你应该去睡一会儿。”

“别教训我了，小姐。”他责备道，布鲁克林口音似乎更重了。

“你需要休息，回家吧。”她坚持道。

“那怎么跟他们说？”他朝走廊里等候的人群摆了一下头。

格雷丝回过头，看了看楼梯间源源不断拥来的求助者，心头掠过一丝伤感。弗朗基的工作主要是帮助欧洲的犹太人，他们来到拥挤不堪的下东区，和亲戚们住在一起。他接了所有案子，努力帮他们找到亲属或资产，拿到公民证书，而得到的常常只是一个付款承诺。但他从来没有克扣她的薪水，真不知道他怎么维持公司的日常运转。

还有，他如何保持旺盛的精力。他的白衬衫领口有点发黄了，脸上蒙着一层细细的汗珠，看上去似乎容光焕发。他是一个老光棍（谁会嫁给我？他经常这样开玩笑），年近50岁，总是一副邋里邋遢的样子，上午10点就长出胡子茬儿，头发也很少梳理。不过，他的棕色眼睛透着温暖的神情，让她不忍责备。而他脸上挂着的微笑也会时常感染她。

“至少你要吃早餐，”她说，“我可以去给你买块百吉饼。”

他摆摆手谢绝了。“你就帮我找找皇后区社会福利部门的电话号码，好吗？”他问，“我想在见客户前梳洗一下。”

“如果你把自己弄病了，对我们的客户没好处。”她责备道。

弗朗基只是笑了笑，出门去洗手间。走过楼梯口时，他抚弄着坐在那里的一个小男孩的头发，说：“等一下，好吗，萨米？”

格雷丝从桌角拿起烟灰缸，倒空，然后擦去桌面上的灰尘。总的来说，她和弗朗基在公司相处得很默契。初到纽约时，她在靠近西河的54街租了一个小单间，很快就花光了仅有的一点钱，只得凭借高中学的打字技能四处找工作。在去应聘这栋楼一家会计师事务所的秘书职位时，她误走进了他的律师事务所。弗朗基说他一直想招个人，他说的是不是真话，她无从得知。第二天，她就开始上班了。

她很快意识到，他并不是真的需要她。办公室很小，对他们俩来说都太小了。各种文件看似杂乱无章，他却能在几秒钟内找到需要的东西。工作虽然忙碌，但他完全可以应付。事实上，他已经做了很多年。不，他并不需要她。但是，他意识到她需要这份工作，所以保留了一个职位，为此她心存感激。

弗朗基回到办公室，问道："准备好了吗？"她点点头，尽管仍想回家洗个澡，打个盹，或者喝杯咖啡。弗朗基大步走向办公桌，后面跟着那个叫萨米的小男孩，"萨米，这是我的朋友格雷丝。格雷丝，我来介绍一下塞缪尔·阿特舒勒。"

格雷丝朝男孩身后望去，寻找其他人。她本以为会有全家人，或至少有一个成年人陪着。"妈妈？爸爸？"她越过男孩的头，做出两个词的口型，不让他看见。

弗朗基表情沉重地摇摇头。"坐吧，孩子，"他温柔地对看起来还不到10岁的男孩说，"我们能帮什么忙？"

萨米不安地抬起头，透过长长的睫毛看了看，不确定该不该相信他们。格雷丝注意到，他手里拿着一个小记事本。"你喜欢写作吗？"她问。

"画画。"萨米带着浓重的东欧口音回答。他举起本子，露出一张人们在楼梯上排队等候的素描。

"太棒了。"她说。人物面部的细节和表情画得非常好。

"我们能帮你做什么？"弗朗基问。

"我需要找个住的地方。"这个小机灵鬼自学的英语，讲得断断续续，但能让人听懂。

“你在纽约有家人吗？”弗朗基又问道。

“我表哥，他和几个人在布朗克斯区合租了一间公寓。但是，和他们住在一起每周要花两美元。”

格雷丝寻思，在这之前萨米住在哪里。“你爸妈呢？”她忍不住问道。

“我和爸爸在韦斯特博克分开了。”韦斯特博克是荷兰的一个临时难民营，格雷丝回忆起几周前他们帮助过的一个家庭。“妈妈把我留在身边，一直待在女……”他停顿了一下，琢磨着合适的词汇，“女营房里，后来她也被带走了。我再也没见过他们。”

格雷丝的内心在颤抖，她试图想象一个孩子在那种情况下独自生存的情景。“他们有可能活下来。”她说。弗朗基使了个眼神，提醒她别再说下去了。

“他们被带到东部去了，”萨米面无表情地说，“没有人从那里回来。”

格雷丝思忖，一个无依无靠的孩子面临的是怎样的生活呀。她强迫自己把注意力集中到当下，“你知道，纽约有很多孩子们住的地方。”

“我不想去儿童之家，”萨米回应道，听起来惊慌失措，“也不想去孤儿院。”

“格雷丝，我能和你谈谈吗？”弗朗基挥挥手，示意她来到角落，避开萨米，“这个孩子在达豪集中营待了两年。”

格雷丝的心一颤，想象着小萨米目睹的那些可怕事情。

弗朗基接着说道：“然后他在难民营待了六个月，之后，用一个死去的小男孩的证件设法来到这里。他不会去另一个收容所再次受到伤害。”

“但他需要监护人，需要教育……”她争辩道。

“他需要的，”弗朗基轻声说道，“是一个安全的住处。”格雷丝黯然神伤，这是生存的最低要求，无法与一个孩子应该拥有的充满爱的家庭相比。如果她有个像样的公寓，也许会把萨米带回家。

弗朗基转身回到男孩身旁，用平淡的语气说道："萨米，按照程序，我们要先宣告你父母死亡，这样你就可以领取社会保障金。”格雷丝知道，弗朗基并非铁石心肠，他只是想尽可能多地帮助这个小客户。

“那要多长时间？”萨米问。

弗朗基眉头紧锁，“这个过程不会很快。”他从钱包里掏出50美元，格雷丝倒吸了一口气。对于他们的微薄收入来说，这是一大笔钱，弗朗基难以承担。“这应该够你和表哥住一段时间，把它带在身上，不要交给任何人。两周后再来找我，如果你和表哥处得不好，可以早点来，好吗？”

萨米怀疑地看着钱，“我不知道能不能偿还你。”他的声音有着超越年龄的严肃。

“用那幅画怎么样？”弗朗基建议道，“这就算还清了。”男孩小心翼翼地从记事本上撕下那张纸，然后收下了钱。

看着萨米走出房间，格雷丝的心一紧。她读过也听说过欧洲日益加剧的杀戮和其他残暴行为，与此同时，这里的人们还在观赏电影，或抱怨尼龙袜的短缺。不过，直到为弗朗基工作，她才目睹了那些痛苦的面孔，开始真正有所感悟。

她尽量与客户保持距离，因为她知道，如果自己向他们敞开心扉，哪怕是一条缝隙，他们的痛苦也会使她不堪承受。但遇到像萨米这样的人，她实在是无法抑制自己的感情。

弗朗基走到她身边，搂着她的肩膀，“我知道，这很不是滋味。”

她转向他，“你是怎么做到的？我是说，坚持这样做。”多年来，他一直在帮助人们从废墟中重建生活。

“只需埋头工作就行了。说到这个，贝克曼一家正在等着呢。”

接下来的几个小时是一系列的匆忙会面，有时用英语交流，有时用她高中时掌握的法语，有时还要用上弗朗基从祖母那里学来的德语。格雷丝飞快地写下弗朗基口授的需要为每个客户做的事情。但在工作间隙，格雷丝的思绪又回到了早上在火车站发现的手提箱上。为什么有人要丢弃它？她不知道那个女人（根据里面的衣服和洗漱用品，格雷丝判断是个女人）是无意中落下的，还是知道自己不会回来了，故意让别人发现它。

“我们是否该停下来去吃午饭了？”将近1点时，弗朗基问。格雷丝知道，他真正的意思是她应该去吃午饭，而他会继续工作，最多吃点她带回来的东西。但她没有争辩。下楼时，她想起来，今天从起床到现在自己什么也没吃。

10分钟后，格雷丝来到楼顶上，天气好的时候，她喜欢在这里吃东西，曼哈顿市中心向东延伸到河边的全景尽收眼底。这座城市开始变得像一个巨大的建筑工地，市中心建造摩天楼的巨型起重机比比皆是，东区边缘一座座公寓楼拔地而起。她看着一群女孩此时走出纺织厂。尽管经历了多年的商品短缺和配给制，她们身材高挑，穿着时尚，有些人甚至还抽烟。格雷丝并不想那样做，但她希望能融入其中。那些女孩看上去底气十足，而她觉得自己就像一个签证马上过期的游客。

格雷丝擦了擦沾满煤烟的窗台，坐在上面，想起了手袋里的照片。那天上午，有好几次她都在想，这一切是不是她想象出来的。但是，当她从手袋里掏出几枚硬币，准备吃午饭时，照片就在那里，用蕾丝巾包得好好的。她本想把它们拿出来，吃午饭时看一看，但楼顶总有些风，她怕照片被风吹走。

格雷丝打开从小贩那里买来的热狗，而不是通常的鸡蛋沙拉三明治。她喜欢自己的世界有一定秩序，在平凡的生活中获得慰藉。然而，一着不慎，满盘皆输。昨晚的偶遇让她走错了一步（不可否认，这一步非同小可），现在她的生活似乎陷入一片混乱。

她将目光转向城外，紧盯着东河附近一座高楼附近，虽然看不见，但昨晚住的那家豪华酒店在她脑海中隐约可见。事情的开始再简单不过了，在下班回家的路上，格雷丝在阿诺德餐馆前停住了脚步，因为寄宿公寓厨房的共用冰箱里什么都没有了。那家餐馆位于53街，她之前已经路过几十次了。她原本打算买点烤鸡和土豆，打包带走。然而，餐馆的柔和灯光和低沉音乐吸引着她，她不想再坐在狭小的房间里一个人吃饭了。

“请给我一份菜单。”格雷丝说。领班睁大了眼睛，格雷丝径直走进去，尽量不理会周围那些男人的惊讶目光。

然后，她注意到了他，一个身穿灰色西装的男人，坐在吧台边上，背对着她。他肩膀宽阔，卷曲的棕色头发剪得很短，用发油梳理得整整齐齐，格雷丝心中泛起一种久违的涟漪。那个人转身站起来，脸上现出喜悦的神情，“格雷丝？”

“马克……”她愣了一下，才反应过来他是谁。马克·多尔夫是汤姆在耶鲁大学的室友。

事实上，两人不仅是室友，还是最好的朋友。过去的回忆浮现在格雷丝的脑海中。马克比汤姆大两岁，但在学校的各种活动和舞会上，经常能在无数身穿海军蓝运动衫的男孩中看到他的身影。他甚至在她和汤姆的婚礼上当过伴郎，但这是他们俩第一次独自相遇。

“没想到你住在纽约。”他说。

“我没有，我是说，不算是。”她搜索着恰当的字眼，“我暂时在这里。你呢？”

“我住在华盛顿，来这里出差几天，明天一早就回去。很高兴见到你，格雷丝，你还好吗？”

这是汤姆死后她最害怕的问题。人们似乎总是在努力使自己的声音恰到好处地表达出同情，以一种不即不离的方式询问。不过，马克面露忧虑，似乎出于真情。“这样问太蠢了，对不起。”见她没有回答，他又加了一句。

“没关系，”她急忙说，“我还好。”事实上，情况已经好多了。在纽约，看不到那些每天会让她想起汤姆的地方，让她放下了过去，至少暂时是这样。那种麻木，那种遗忘，是驱使她来到纽约的原因之一。然而，她也为此感到内疚。

“很抱歉，我当时在国外，没能参加汤姆的葬礼。”他微微低下头。她注意到，他的五官并不完美，两只淡褐色的眼睛靠得太近，下巴很尖，但组合在一起却很帅气。

“我完全记不清了，”她坦言，“但是你送的那些花……”它们比其他花都漂亮。“你真好。”

“这是我起码应该做的。就这样失去汤姆，真是太糟糕了。”马克的脸上露出悲伤的神情，“我们将以他的名义设立一个奖学基金。”

格雷丝回想起，在耶鲁大学，马克和其他男生不一样，不仅仅因为他是汤姆最好的朋友。他有点沉默寡言，不过，那是出于自信而不是害羞。

过去的一切涌上心头，格雷丝突然有一种想逃走的冲动，“嗯，很高兴见到你。”

“等等，”他碰了碰她的胳膊，“坐一会儿吧，能和认识汤姆的人说说话真好。”

格雷丝并不这么认为，但她仍坐着，让侍者倒了一小杯白兰地。不知何时，马克把高脚凳移近了一点，但并没有显得放肆或不妥。夜色渐浓，时间在悄悄流逝。后来她才意识到，这家餐馆实际上更像是一个酒吧。她在想什么？守寡不到一年，她不该和陌生男人聊天。

但马克不是陌生人。他认识汤姆，了解汤姆，她发现自己入迷地听着他的故事。“后来，我在宿舍的楼顶发现了汤姆，他不记得自己是怎么到那儿的，只是很担心上课迟到了。”马克讲完了这个原本是为了逗乐的故事。

然而，格雷丝鼻子一酸，泪水夺眶而出，用手捂住了嘴，“哦！”

“对不起。”他连忙说。

“这不是你的错，只不过，我和你在这里又说又笑……”

“而汤姆不在这里。”马克明白了，这是其他人无法理解的。他伸手抹去她脸颊上的口红，迟迟没有放下手。

随后，马克把话题转到别的方面，音乐或政治，也许两者都有。直到后来，她才意识到，他对自己只字未提。

格雷丝强迫自己把目光从酒店方向移开，将那些画面从脑海中抹去。一切都结束了。她趁他睡着的时候，从酒店房间溜出来，叫了辆出租车。她再也不会见他了。

她让自己想想丈夫，那些埋藏在心底的回忆现在成了惬意的消遣。高中时，她和家人在科德角度假期间遇到了汤姆。他是她喜欢的那种男孩：一头金发，魅力十足。他是马萨诸塞州一位参议员的儿子，即将进入一所常春藤大学，像足球队队长一样引人注目。很难相信，他会被她吸引。她是一个会计的女儿，有两个姐姐，都已结婚，住在她们从小长大的康涅狄格州韦斯特波特。汤姆让她摆脱了令人窒息的小镇生活，以及未来那些冗长乏味的桥牌游戏和扶轮社会议，如果她一直待在那里，这些都是不可避免的事。

高中毕业后，她和汤姆结了婚，在纽黑文租了套房子，计划在汤姆大学毕业后搬到波士顿。他们谈到了迟来的蜜月旅行，也许是乘伊丽莎白二世女王号或别的邮轮去欧洲。但后来日本轰炸了珍珠港，汤姆毕业后报名参加了军官学校。他一直在本宁堡接受训练，即将被派往前线。

“我周末休假，”那晚他在电话里说，像往常一样安排着一切，“我没时间去康涅狄格州，但我们可以在曼哈顿见面，一起过周末。你在纽约港为我送行。”

那是他们最后一次通话。他乘坐的吉普车出了车祸，在去火车站的路上转弯太快，一场本可以避免的愚蠢事故。格雷丝常常伤感地望着其他女人佩戴的黄丝带，那不仅仅是战争遗孀的标志，还象征着自豪和决心——所有的痛苦和失去都赋予了意义。

汤姆的葬礼结束后，格雷丝便回到韦斯特波特。儿时的朋友马西娅伸出援手，邀请她去汉普顿的家中做客。远离家人同情的目光和生活过的小镇，让格雷丝如释重负。然而，她发现淡季的海岸一片沉寂，于是动身去了曼哈顿。但她知道家人决不会同意她一个人住在城里，于是告诉他们，她要和马西娅住一段时间。马西娅赞同这个计划，把她家里寄来的信转寄给她。已经快一年了，格雷丝一直没有回去过。

格雷丝吃完饭，回到办公室。上午的接待工作已经结束，排成长队的客户都散去了。弗朗基不知去了哪里，留了一堆需要打印的信件，都是代表客户写给各个机构的信。格雷丝拿起第一封，仔细看了看，然后把一张纸塞进打字机，开始专心致志地打字。

打好后，她准备去拿下一封信，但手突然在半空中停下，转而打开手袋，将信封里的照片取出来，呈扇形摆在面前。12个女孩，个个年轻漂亮，可能是女大学生联谊会的成员。多数人穿着制服，虽然面带微笑，但下巴紧绷，目光冷峻。这些照片用蕾丝巾精心包裹着，不过，由于经常触摸，出现了磨损，四周向上翘起。格雷丝的手指放在下面，几乎能感觉到从中散发的活力。

她把一张照片翻过来，上面潦草地写着一个名字，玛丽，再看另一张，玛德琳，还有琼、乔茜……听起来就像花园派对上的宾客。她们是谁？

她抬起头。弗朗基回来了，在房间对面打电话，近乎生气地对着电话另一端的人打着手势。她可以把照片拿给他看看，征求一下他的意见，也许他知道该怎么做。但是，她怎么解释自己动了别人的手提箱，更不用说拿走了不属于她的东西？

格雷丝轻轻抚摸着一张照片，上面是一个黑发美女，名叫乔茜。“把目光移开。”她心里似乎有个声音在说。格雷丝看着这张照片，突然感到一阵不安。这不关她的事，她需要把它们放回手提箱。

弗朗基穿过办公室朝她走来，她急忙拾起照片，塞回手袋里。他看见了吗？她屏住呼吸，等待他发问。但他没有，而是说：“我已经准备好提交给法院的文件。”

“我送过去。”她马上答道。

“你确定？”

“活动活动腿脚有好处，”她说，“我回家时顺路去办。”

“好吧，不过一定要早点走，确保4点半前到那儿，因为书记处的那些家伙常常会提前下班。”她点点头，这正是计划的一部分。提前走的话，她可以回到中央车站，把照片放回原处。

两个小时后，格雷丝从中央车站的地铁站出来，朝着那天她发誓再也不会去的地方走去。她乘自动扶梯上了大厅，车站沐浴着夕阳的余晖，一身疲惫的通勤者脚步不再匆忙，准备回家。

她将手伸进手袋，取出信封，朝长椅走去，心怦怦直跳。她会迅速把照片塞进行李箱，趁着没人看见赶紧离开，整个麻烦就此结束。

她走到长椅前，回头看了看，确保没有人注意到她。然后她跪下来，朝长椅下张望。

那个手提箱不见了。

第五章　玛丽

1944年，苏格兰

玛丽梦见一天早晨，她和苔丝在做司康饼，热烘烘，香喷喷。她把司康饼放在篮子里，让苔丝拿着，准备去花园吃。她伸手拿了一块，正要往嘴里塞，突然一声巨响，她的手僵在半空中。

一阵敲门声将玛丽从睡梦中惊醒。“怎么了？”她还没来得及起身，门猛地开了，接着一桶冰水浇在她身上。冰冷的水渗进睡衣和床单，她不禁打了个激灵。

灯开了，很刺眼。“En Français（讲法语）！”一个女人的声音训斥道。

玛丽坐了起来，一时不知身处何方。苏格兰，她想起来了。将近午夜时分，出租车把她从火车站送到这个雾气笼罩的庄园前。值班哨兵将她带到一个设有几张床的房间，没说什么就离开了。

她翻身下床。一个穿着灰色衣服的女人逼近她，怒目而视，“你必须用法语回答，即使睡着了。光会说是不够的，你必须用法语思考，梦中也说法语。五分钟内穿好衣服，到外面跑步。”她转身走出门去，留下冻得瑟瑟发抖的玛丽。

玛丽惊慌地走了两步，看着旁边的空床。房间里共有六张床，像宿舍一样排成两排，紧靠着米黄色墙壁。除了她自己的，所有的床都收拾得整整齐齐。这里还住着其他女孩。她回想起在黑暗中听到她们的呼吸声，悄悄换上分发的睡衣，尽量不吵醒她们。但现在，其他女孩已经起床出去了。为什么没人叫醒她?

玛丽匆忙把湿漉漉的睡衣挂在嗞嗞作响的暖气片上。在床脚的箱子里，有两套一模一样的衣服，卡其色裤子和衬衫，还有一双黑色橡胶底靴子。她换上一套，然后穿上同样单调的外套，从宿舍走进阿里塞格庄园散发着霉味的走廊，这座灰色的石头庄园现在成了特别行动处的训练中心。尽管天还没亮，走廊里已经挤满了特工，大多数是男性，也有少数女性，大概要去上课和训练。

走到外面，2月的黎明时分，苏格兰西部高地的寒气刺骨。尽管换上了干衣服，玛丽还是冻得浑身发抖。她真希望能围上那条被没收的围巾，接待员认为它“太英国化”了。雾已经散去，她现在可以看到，庄园位于陡峭的悬崖上方，坐落在光秃秃的古老林地中，这里尚未从冬天醒来。庄园的后面缓缓地延伸至黑暗、平静的湖面，与远处河岸上的一群小山相映成趣。在天气好的日子里，它可能更像是一个乡村度假胜地，而不是秘密的训练中心。

玛丽迟疑地四处张望，看见一群女孩聚集在草坪上。当她走近时，她们都没有说话。

突然，玛丽脚下的地面隆隆作响。她畏缩了一下，做好受到冲击的准备，仿佛回到几年前伦敦大轰炸现场，所有人在晚上都要躲进地铁和避难所。但是，地面很快平静下来。

"只是演习，"一个女孩小声说，"一些家伙在训练爆破。"这个解释并没有达到让人安心的目的。为了让未来的任务显得更加真实，训练使用的是真正的炸药。

这群女孩开始默默无语地沿着湖边的小路跑步。领队的女孩不到20岁，身材瘦小，腿又短又细，控制着全队的速度。她并不符合玛丽心目中的特工形象，不过，她跑得奇快，其他人跟在后面，自发地排成一列，玛丽努力跟上。

她们沿着一条狭窄的小路，跑上一座高山。玛丽看不见山顶，随着坡度越来越陡，她努力控制着呼吸。看到前面的山路，她对做特工的疑虑越来越大；没有人认为她很强壮，或者配做有意义的事，甚至玛丽本人也不例外。是什么让她觉得她现在可以这么做？

为了分散注意力，减轻疲劳，她观察着前面那些晃来晃去的人头。总共有五个女孩，都穿着和她一样的卡其色裤子和靴子。她们跑得很轻松，表明已经训练了一段时间。

她们来到一个布满岩石的高地。"休息。"领队的女孩命令道。队伍停了下来，有人拿出随身携带的水壶喝水。在之前发放的衣服等物品里面确实有一个军用水壶，但这次太匆忙，玛丽没想到带上它。

"前进！"不到一分钟，那个女孩就大声喊道。喝水的人收起水壶，队伍向前冲去，只有脚步声打破寂静。几小时后，她们到达了山顶。雾已经开始消散，麻雀互致清晨的问候。玛丽欣赏着阿里塞格庄园上方泛红的天空和下面波光粼粼的湖水。来这里受训之前，她从未到过苏格兰高地，在其他情况下，它会充满诗情画意。女孩们没有停歇就开始下山。虽然现在没那么费力了，但穿行于这条崎岖不平的小路，下山似乎更加困难。突然，玛丽的一只脚没踩稳，脚踝向内崴了一下。一阵剧痛穿过小腿，她尖叫起来，差点一个踉跄摔倒在地。第一次训练就失败了，要挺住，她想。她咬紧牙关，硬着头皮往前走。但是，每走一步，疼痛就会加剧。她落在其他人后面，距离越拉越大，没有人注意到。她完全跟不上了。

领队的女孩似乎感觉到了，放慢脚步，撤在后面。玛丽等着她责骂自己行动太慢，然而，她伸出胳膊搂住玛丽的肩膀。尽管个头矮小，她竟将玛丽的身子提了起来，直到受伤的那只脚触不到地面。

“来吧，”她说，“假装我们在伦敦的豪华夜店跳舞。”这个想法太离谱，与此情此景毫不相干，玛丽不由得苦笑了一下。两个女孩以超人的力量向前行进，这个瘦小的女孩几乎托着玛丽再次跑到队伍前面。山路崎岖不平，她每走一步都疼痛难忍。又过来一个女孩，在另一边搀扶着玛丽。玛丽尽量让自己身子轻一些，不要成为一个负担。她们形成一股合力冲下山去。

当她们到达阿里塞格庄园前的草坪时，领队的女孩突然松开手，玛丽差点摔倒，另一个搀扶的女孩也放开她。“谢谢你们，”玛丽说，伸手去够旁边的矮墙支撑住自己，“我觉得没有骨折，”她边说边试试能否承受身体的重量，脸上露出痛苦的表情，然后坐在低矮的围栏上，“也许敷点冰块……有医务室吗？”

领队的女孩摇摇头，“没时间了。因为帮你，跑步的时间延长，早餐也迟了。”她没有掩饰声音里的不快，“别想着不吃饭，中间没吃的。兵营里不准吃东西，所以要么现在吃，要么挨饿。”玛丽判断她的口音是北方的，曼彻斯特或者利兹。“顺便说一下，我叫乔茜。”她有一头黑色鬈发，剪成短短的、毛糙的波波头，皮肤比其他人都黑，像温暖的焦糖色。

“我叫玛丽。”

乔茜伸出胳膊扶她站起来，指着玛丽依然湿漉漉的头发说道：“我看你已经洗过普瓦罗澡了。”玛丽歪着头，不明就里。“因为你没起床，她泼了你一盆冷水。”乔茜的黑眸调皮地闪动了一下。玛丽寻思，其他女孩是不是故意不叫醒她，好让她挨浇，一种欺凌行为。“普瓦罗夫人，她是我们的法语课老师，职务介于校长和教官之间。”

玛丽跟着其他人走进庄园。餐厅由一个巨大的舞厅改造而成，里面摆满了长长的木制餐桌。这里有一种温文尔雅的气氛，与外面的黑暗寒冷形成鲜明对比。桌子上放着亚麻餐巾和精美瓷器，侍者从银壶里倒着咖啡。有几名特工已经就座，男女是分开的，不知道是出于规矩还是偏爱。

玛丽在乔茜旁边找到一个空位。她口干舌燥，端起杯子喝了一大口，差点溢出来，然后拿起法棍面包。食物是法式的，但很简单，没有多余的东西，似乎是为了让他们适应将来的战地生活。

“我们有多少人？”玛丽问，刚到这里就把自己列入她们的行列似乎有些鲁莽，“我是说女特工。”她补充道。

“不要问问题。”乔茜的话和埃莉诺招募玛丽时说的一样，但她还是回答了，“大约40人，包括那些已经派遣——以及失踪的人。”

玛丽猛地扭过头来，“失踪？”

“在行动中失踪，推定死亡。”

“她们发生了什么事？”

“没有人知道。”

“但我们是报务员，天哪，真的有那么危险吗？”

乔茜把头往后一仰，哈哈大笑起来，引得邻桌的人纷纷抬起头。“你觉得你是在哪儿发报？英国广播公司的演播室吗？你是在德占区发报，德国人会不惜一切代价阻止你。”随后她的表情变得严肃起来，“六个星期。”

“你说什么？”

“这是报务员在法国的平均寿命。六个星期。”

一股寒意袭上玛丽的脊背。在某种程度上，她知道这项工作十分危险，但没想到这么恐怖。如果她意识到自己可能再也回不到苔丝身边，她决不会接受。她需要马上离开。

对面一个和玛丽差不多大的金发女孩，伸手拍了拍她的胳膊，“我叫布里娅。别听她吓唬你，亲爱的。”

“讲法语。”普瓦罗夫人在门口训斥道。即使和队友们在一起，她们也得想象自己被派遣到了战地。“好习惯从现在开始。”乔茜不出声地模仿着最后一句话。

一声尖厉的哨声响起，玛丽吓了一大跳。她转过身，看见一个身材魁梧的上校站在餐厅门口。“早餐取消了，所有人回营房接受检查！”女孩们离开餐桌，紧张地窃窃私语。

玛丽吞下最后一口面包，跟着其他人匆匆穿过走廊，爬上一段楼梯，回到宿舍。她扯下暖气片上的睡衣，塞在枕头下面。上校没敲门就闯了进来，后面跟着副官。

乔茜用奇怪的眼神盯着她。是项链，玛丽恍然大悟。苔丝出生时，黑兹尔送给她一条金项链，配有蝴蝶状的盒式小吊坠。玛丽藏着它，公然违反了训练开始时必须交出所有私人物品的命令。今天早上，她忙着擦干身子，穿上衣服，忘了摘下它。

乔茜伸手绕过玛丽的脖子，快速解开项链，塞进自己的口袋。玛丽想要抗议，担心如果乔茜被抓，项链会被没收，她也会有麻烦。

这个动作引起了上校的注意。他走过去，掀开箱盖，仔细查看玛丽的东西。上校抓起叠放在箱底的几件衣服，拽出一件，揪住衣领，那里有缝补的痕迹。他扯掉线，“这不是法国缝法，它会立刻暴露你的身份。”

“我没打算在这里穿。”玛丽脱口说道，随即意识到不应该顶嘴。

“如果你被抓住了，带着它也一样糟糕，”上校厉声说，似乎被她的回答激怒了，“还有这个……”上校举起她昨晚到这儿时穿的长筒袜。

玛丽感到莫名其妙。长筒袜是法式的，后面有一条直缝。它会有什么问题？“这是法国的！”她忍不住大声说道。

“以前是，”上校轻蔑地纠正道，“在法国没人能买到这种袜子了，或者说根本买不到尼龙长袜了，女孩们现在用碘酒在腿上画长筒袜。”玛丽感到气愤。她来这儿不到一天，怎么会知道这些事？

副官也凑了过来，从玛丽的床头柜上抓起一支铅笔，而笔根本不是她的。“这是一支英国铅笔，德国人知道。这会让你立刻暴露。你会被逮捕，可能会被杀。”

“在哪儿？”乔茜突然说道，打断他的话。所有人的目光都转向她。“不要问问题。”几分钟前她曾这样告诫说，但现在似乎故意这样做，为的是将注意力从玛丽身上引开。“我会在哪儿被杀？我们还不知道自己到底要去哪里！”玛丽很钦佩乔茜的勇气。

上校逼近乔茜，怒目而视，“你可能是个公主，但在这里，你什么都不是，只是一个不能胜任工作的女孩。”乔茜死死地盯着他，几秒钟过去了。“五分钟后，全体进行无线电训练！”他厉声说道，然后转身离开，副官紧随其后。

“谢谢你。”当其他女孩都离开房间后，玛丽对乔茜说。

“给你，”乔茜把项链还给玛丽，走到自己放衣服的抽屉前，找出一条羊毛紧身裤袜，“法国有这种裤袜，他们不会扣你的分。不过，这是我最后一条了，别弄破了。”

“他叫你公主，”玛丽边说边把上校检查时弄乱的东西整理好，“是真的吗？”她提醒自己不该问，不该谈论她们的背景。

“我父亲是一支苏菲教派的领袖。”玛丽之前并未看出乔茜是印度人，不过现在看着她的黝黑皮肤和漂亮黑眸，倒是对上号了。

“那你为什么要为英国作战？”玛丽问。

“我们的很多男孩都在战斗。你可能没听说过，有一个飞行中队全是印度锡克人。坦白讲，我不应该在这里，”她低声说，“不是因为我父亲。你要知道，我下个月才到18岁。”乔茜比她想象的还要年轻。

“你父母有什么看法？”

“他们都去世了，在我12岁时死于一场大火，只留下我和双胞胎弟弟阿鲁什。我们不喜欢孤儿院，所以一直靠自己生活。”玛丽的内心在颤抖，这就是离开苔丝最可怕的梦魇，一个没有父母的孩子，甚至连兄弟姐妹都没有。“自阿登战役之后，阿鲁什就在行动中失踪了。总之，我在一家工厂工作时，听说他们招募女孩，就自告奋勇报名了。我一直希望，如果我到了那里，就能知道阿鲁什发生了什么事。”透过乔茜坚定的目光，玛丽看得出来，这个坚强的女孩仍然对找到弟弟抱有一线希望。“你呢？开战之前，你在做什么？”

“没做什么，”玛丽答道，“我有一个女儿。”

“你结婚了？”

“嗯……”理查德离开后，这个谎言几乎成了她的一种本能反应，“其实，我女儿出生时，他就离开了我。”

“混蛋。”她们都咯咯地笑起来。

“别告诉任何人。”玛丽说。

“放心吧。”乔茜的表情变得严肃起来，“我也告诉你我的秘密吧。我妈妈是犹太人，这并不关任何人的事。”

“如果被德国人发现，就是大事了。”反身回来的布里娅听到了她们的谈话，站在门口插嘴道，“快点，无线电训练要迟到了。”

“我不知道自己为什么来这里。”又剩下她们俩时，玛丽坦言道。在很大程度上，她是为了钱，但如果为此付出生命，那又有什么意义呢？

“我们大家都不知道，”乔茜答道，玛丽觉得这难以置信，乔茜看上去那么坚强、果断，“大家都感到害怕和孤独。你已经大声说出来了，现在埋葬它，不要再提了。”

“不管怎样，你是为了女儿才来这儿的，”她们走向门口时，乔茜说，“你是在为她和她所生活的世界而战。”玛丽明白了，这不仅仅是为了钱，而是为苔丝的成长创造一个美好的世界，是一件了不起的事。“在你怀疑的时候，想象你的女儿已经长大成人，告诉她你在战争中所做的贡献，或者像我妈妈说的，‘编写一个让你自豪的故事。’”

玛丽意识到，乔茜说得对。从小到大，先是父亲，然后是理查德，让她觉得，作为一个女孩，她毫无价值。妈妈虽然慈爱，却无力帮她纠正这种印象。现在，只要愿意，她就有机会为女儿编写一个新故事。突然间，苔丝，一直在拖后腿的女儿，似乎成了她前进的动力。

第六章　埃莉诺

1944年，苏格兰

埃莉诺站在宿舍门口，听着梦乡中的女孩们发出均匀的呼吸声。

她本来没有计划北上阿里塞格庄园。从伦敦到这里不是件容易的事：换乘两次火车，经过一夜，第二天拂晓才抵达苏格兰高地。她希望太阳能出来，驱散云层，但群山依然笼罩在黑暗之中。

她一到这里，向接待员出示证件后，就一声不响地溜进阿里塞格庄园。她决定先不露面，躲在一旁观察。她需要亲自看看这批学员的训练情况，是否做好了准备。

现在是3月的凉爽上午了。女孩们上完无线电课，朝射击和格斗训练场走去。埃莉诺从树后看到，一名年轻军官演示了一连串对付锁喉的搏斗动作。对埃莉诺来说，肉搏战训练来之不易——诺格比大厦的人都认为，这项训练对于女性来说没有必要，辩称她们不会处于那种境地。但是，埃莉诺态度坚决，绕过其他人，直接向处长表明观点：女人和男人的处境完全相同；她们应该有能力保护自己。

这时，她看到教官指着容易受伤的部位（喉咙、腹股沟、心口）发出了什么指令，接着女孩们赤手空拳面对面站着。乔茜，他们从北方招募的爱打架的锡克族女孩，伸手掐住玛丽的喉咙。玛丽挣扎着，似乎感到自己无力招架，朝对方心口虚弱地挥了一拳。不只是玛丽一个人这样，几乎所有女孩都对这种肉搏训练感到局促不安。

埃莉诺对这些女孩的疑虑不断加大。自从他们把第一批女特工空投到战地，已经过去三个月了。目前部署了20多人，分散在法国北部和荷兰。从一开始，事情就不顺利。其中一人刚抵达就被逮捕，另一个女孩不慎将发报机掉进河里，不得不等上几周，直到送去第二台才开始传送信息。还有一些女孩，尽管经过了数月的训练，仍无法适应环境，冒充不了法国女人，或者说掌握不好假身份，因此不得不被召回。

埃莉诺一直在为女子特工组奋斗，提出这个想法，努力加以捍卫。她坚持要女孩们接受和男人同样严苛的训练。然而，看着她们在训练中吃力的样子，她寻思也许自己的想法过于天真了。如果她们根本不具备条件怎么办？

一阵脚步声打断了埃莉诺的思绪。她转过身，发现麦金蒂上校，阿里塞格庄园的高级军官，站在她身后。他们以前见过一次，当时上校来伦敦汇报工作。“特里格小姐，”他说，“副官告诉我你在这里。”还是被人发现了。自从掌管女子特工组后，埃莉诺在特别行动处的声望和知名度不断提高，这让她很难做到谨慎行事。

“我希望女孩们不知道，至少现在不。待一会儿，我想看看她们所有人的档案。”

他点点头，“当然。我来安排。”

“她们怎么样？”

上校嘟着嘴，“还不错，我想，对女人来说。”

不够好，埃莉诺克制住自己没有喊出来。女孩们需要做好准备，她们要做的工作与男人的一样危险，包括传送信息，与当地人取得联系，那些当地人可以提供安全屋，用来藏匿武器和撤离的特工。她把她们派往被占领的法国，其中几人进入巴黎地区，那里是由汉斯·克里格勒及其臭名昭著的情报机构帝国保安部控制的毒蛇窝，其主要任务是发现并阻止包括这些女孩在内的所有特工。她们需要每一份智慧、力量和技能躲过追捕，生存下来。

“上校，”她最后说，“德国人对女人不会比对男人温柔。”她语速缓慢，努力控制住自己的沮丧，“她们需要做好准备。”现在需要这些女孩尽快奔赴战区，但如果她们还没准备好就被派遣过去，无异于是去送死。

“完全同意，特里格小姐。”

“如有必要，加大训练强度。”

“我们在利用每一分钟时间。但是，和男人一样，有些女孩根本不适合。”

“那就打发回家。”她厉声说。

“那么，就一个人都没了，长官。”这句话带有挖苦的意味，与诺格比大厦军官们的观点不谋而合，他们认为女人永远无法胜任这项工作。他轻轻地鞠了一躬，离开了。

这是真的吗？埃莉诺暗自琢磨，跟着女孩们从格斗训练场来到旁边的射击场。她们不可能都不适合这份工作。

现在另一名教官和她们在一起，教她们怎样给斯登冲锋枪装弹匣，这种轻型冲锋枪容易藏匿，也许会在战地用到。作为情报员和报务员，女特工通常不配发枪支，但埃莉诺坚决要求她们会使用可能遇到的各种武器。乔茜装上弹匣，动作又快又稳，然后教玛丽怎么做。虽然她年纪轻轻，但似乎对玛丽很照顾。玛丽笨拙地拿着冲锋枪，弹匣掉了两次，才把它装好。埃莉诺远远地看着她，疑虑越来越重。

几分钟后，11点半的铃声响了。女孩们成群结队地离开射击场，朝庄园的谷仓走去。当下的首要任务是让女孩们忙起来，尽快练就一身实战本领。

埃莉诺远远地跟在后面，免得被她们发现。这个改造过的谷仓，地面上还残留着零星干草，空气中有股淡淡的粪味，是伦敦的武器设计机构，被戏称为“丘吉尔的玩具店”的前哨，那些专为特工设计的小装置都出自这里。在这里，女孩们见识到藏着指南针的化妆盒和貌似口红盒的照相机。在她们被部署前，这些东西会配发给每个人。

“别碰!”当一个女孩走近放置爆炸物的桌子时，负责“玩具店”的迪格斯比教授警告道。与其他教官不同，他不是军人，而是牛津大学莫德林学院的退休学者，一头白发，戴着厚厚镜片的眼镜。“今天我们要学习诱饵。”他说。

突然，谷仓里传来一声尖叫。“啊!”一个叫安妮特的女孩大叫着跑向门口。埃莉诺往后退了一步，以免被发现，然后透过窗户看看是什么引起的骚动。女孩们四散开来，尽量远离一张桌子，桌子的一角蹲着一只老鼠，奇怪的是，老鼠似乎一点也不怕人。

不过，玛丽没有跑。她小心翼翼地向前移动，生怕惊动老鼠，从角落里抓起一把扫帚，举过头顶，准备挥下去。“等等!”迪格斯比教授冲了过去，拎起老鼠。它一动不动。

玛丽伸出手，“它死了。”

“不是死了，”他纠正道，举起来给众人看。女孩们慢慢靠近了一点。“这是个诱饵。”他把假老鼠传过去，让女孩们看个清楚。

“太逼真了。”布里娅喊道。

“德国人也会这么想，”迪格斯比教授说着收回诱饵，把它翻过来，露出腹下的一个暗层，里面可以放置少量炸药，“直到他们靠近它。”他把她们带到外面，走到几米开外的空地上，放下老鼠。“退后。”他警告道，回到她们当中，然后按下手里的引爆器，老鼠爆炸了。人群中响起一阵惊讶的窃窃私语。

迪格斯比教授返回谷仓，不一会儿，又走出来，拿着一坨像是粪便的东西。“我们在最不可能的地方放置爆炸物。”他继续说道。女孩们厌恶地尖叫起来。“也是假的。”他和蔼地说。

“天哪!”乔茜说。其他几个人咯咯地笑了起来。迪格斯比教授不满地看了看她们，埃莉诺忍不住笑了。

随后，教官的表情变得严肃起来。“诱饵看起来可能很有趣，”他说，“但设计它们的目的是为了救你们的命，要敌人的命。”

迪格斯比教授把女孩们带回谷仓，继续学习隐藏爆炸物知识。埃莉诺则返回庄园，要了些茶点后，直接去了档案室。接下来的一整天，她坐在文件柜旁边的小桌子前，翻阅女孩们的档案。

每个人都有一份档案，从被招募到每天的训练都做了详细记录。埃莉诺看了所有档案，将情况牢记在心。她们被称为“女孩们”，就好像是一个集合体，事实上，她们迥然不同。有些人在阿里塞格庄园只待了几个星期；有些人很快就会结束培训，即将转到汉普郡比尤利庄园的一所精修学校，完成部署前的最后一步。每个人都有来这里的理由。布里娅是一个俄罗斯女孩，家人在明斯克遭到德国人残害，因此怀有满腔仇恨。莫琳是一个来自曼彻斯特工人家庭的女孩，在丈夫的葬礼结束后，报名应征接替他的位置。

在这群人当中，乔茜年纪最小，却最为出色，其技能来自街头生活的磨炼。她的双手，没少偷过食物，又快又稳；她奔跑和躲藏的速度极快，因为经常要逃避警察的追捕，以免被抓住，或被送到儿童之家。她也很聪明，有一种与生俱来的逃生本能。她在搏斗时的那股倔劲儿，让埃莉诺想起自己过去的黑暗生活。

平斯克郊外的村子发生大屠杀时，埃莉诺刚满15岁。俄罗斯人强奸妇女，残杀儿童，洗劫了他们的村庄，她在茅厕里躲过一劫。从那之后，她总是在枕头下面藏着一把刀，还常趁没人注意时拿出来磨一磨。她无助地看着母亲勾搭一个留在村子里的俄罗斯军官，这么做是为了养活埃莉诺和她妹妹塔季扬娜。妹妹非常漂亮，有着雪白的皮肤和湛蓝的眼睛，那个混蛋对她起了淫心。一天晚上，埃莉诺醒来时，发现他站在妹妹的床前，她没有丝毫犹豫。她一直在为那一刻做准备，知道自己该怎么做。

后来在村子里，人们常常讲起俄罗斯上尉失踪的事情。他们怎么也不会想到，他就被埋在这座房子几步远的地方，被那个在深夜与母亲和妹妹一起逃走的女孩杀死了。

然而，她对妹妹的拯救来得太晚了。由于俄罗斯军官的摧残，在她们抵达英国后不久，妹妹就去世了。要是埃莉诺早点发现上尉的恶行，妹妹今天可能还活得好好的。

从那以后，埃莉诺和母亲再也没有提起过塔季扬娜。这样倒也好；埃莉诺怀疑，如果任由思念蔓延，母亲会责怪她。她远不及妹妹漂亮、乖巧，不该反抗俄罗斯军官。每个人都在用自己的方式处理悲伤，埃莉诺现在回想。埃莉诺的母亲选择逃离以前熟悉的生活，改了她们的姓，听起来更像英国人，避开戈尔德斯格林犹太社区，住在上等的汉普斯特德地区。对于埃莉诺来说，自从离开故乡后，她一直觉得自己在逃亡，特别行动处给了她一个安身立命的地方。而在女子特工组，她找到了毕生的事业。

此刻，埃莉诺仔细分析每份档案。可以肯定的是，上面记录了每个女孩的进步，她们在射击、无线电传输和其他战地所需的技能方面越来越有把握。但是，这就够了吗？埃莉诺要确保每个女孩掌握了需要的一切。总部为了权宜之计，可能会过早进行部署，将她们派往战地。但在没有准备好之前，她不会送走一个女孩，即使这意味着毁掉整个行动，也在所不惜。

过了一会儿，一个副官出现在门口，“长官，该吃晚饭了，如果你愿意下来的话。”

“请派人把餐盘送上来。”

接下来是玛丽的档案。她从教官的评语中看到，她的基本技能尚可，但不够专注和坚定，这是一种无法通过教育或惩罚获得的东西。她回想起之前看到玛丽吃力地接受射击和格斗训练的情景。招募她是个错误吗？这女孩像是一个弱不禁风的交际花，在这种异常环境下撑不过一周。但她是一个单亲母亲，独自在伦敦抚养孩子，至少在战前是这样，这需要很大勇气。埃莉诺打算明天再测试一下这个女孩，然后决定她的去留。

已经快11点了，楼下营房的熄灯铃早已响过，她看得太久，视力变得模糊，只好停下来。她放下卷宗，从档案室悄悄来到下面的营房。

在黑暗中，她听着女孩们几乎一致的呼吸声。她能依稀看到玛丽和乔茜躺在相邻的床上，两人的头在睡梦中歪向对方，仿佛还在交谈。这些来自五湖四海的女孩聚集在这里，组成了一个坚强的团队，但她们很快又会四散而去，无法再获得团队的力量，因为在战地，她们只能依靠自己。她不知道她俩明天会如何看待这个消息，彼此分开会怎么样。

之前给她送食物的副官走到她身后，“长官，有个从伦敦打来的电话。”

埃莉诺走进他指向的办公室，把话筒举到耳边，“我是特里格。”

处长的声音从电话那头传来。“女孩们怎么样？”他直截了当地问，“她们准备好了吗？”他通常不会在总部待到这么晚，而且声音流露出明显的紧迫感。

埃莉诺不知道该如何回答。这是她的项目，如果出了任何问题，她要承担所有责任。她似乎能听到总部的那些人在说，他们早就知道会这样。然而，比她的名誉和自尊更重要的是那些女孩，只有真正做好准备才能拯救她们，实现她们既定的目标。

她抛开疑虑，说道：“她们会准备好的。”

“很好，必须做好准备。炸桥任务是一个尝试。”埃莉诺觉得胃里一阵翻腾。特别行动处执行过数十项危险任务，但炸毁巴黎城外的那座大桥将是迄今为止最危险、最关键的一次行动，其中一个女孩将是核心人物。“你亲自去那里传达消息是件好事。明天通知她吗？”

“是的。”当然，她不会把一切都告诉这个女孩，只是说她要出发了，其余的留待需要时再说。接着，她想起那些熟睡的女孩，心里又充满了疑虑。“我不知道她们是否准备好了。”她坦言道。

“必须准备好。”他们不能再等了。

电话另一端“咔嗒”一声挂断了，埃莉诺放下话筒，蹑手蹑脚地回到女孩们的宿舍。

乔茜像个孩子似的蜷缩成一团，大拇指紧贴着嘴唇。训练了一天，儿时的习惯又回来了。埃莉诺想起多年前失去的妹妹，心中涌起一股强烈的保护欲。她没能保护好自己的妹妹，但她能保护这些女孩。她需要她们去做一件危险甚至可能致命的工作，然而，她需要她们能安全回家。这是唯一重要的两件事，她能两者兼顾吗?

乔茜的嘴角挂着一丝微笑，不知道在做什么梦。一个有着少女梦的年轻女孩，埃莉诺希望她继续下去——至少多做几小时。

她踮着脚走出房间，轻轻关上门。

第七章　玛丽

1944年，苏格兰

玛丽仍然讨厌跑步。

她在阿里塞格庄园已经待了将近六个星期，每天早上都是老一套：来回跑5英里，绕湖半圈，接着爬上一个陡峭的斜坡，女孩们称之为“岬角”。她的脚后跟开裂流血，在潮湿山地远足，脚上起了许多水泡，似乎随时都有感染的危险。一想到又要训练，她就浑身不舒服。

不过，在洗了把脸，清醒一下，去吃早餐的路上，她想，自己不再处于队伍的最后了。在这里的几个星期里，她的速度和耐力有了很大提高，简直出乎她的想象。她喜欢跟上乔茜，一边跑一边聊，没什么特别的，都是东拉西扯的闲话。乔茜在坎布里亚山区度过了许多童年时光，她会指点一些苏格兰风景给玛丽看，或者讲述她听到的战争故事。

经过几周的相处，玛丽和乔茜已经很熟了。除了上课和吃饭时在一起，她们还在一个个不眠之夜促膝长谈。乔茜分享了自己的童年故事，她和弟弟流落利兹街头，对付那些想要欺负他们的恶棍。玛丽也讲述了自己的过去，理查德如何让她变得身无分文。不过，听到乔茜小小年纪就经历了那一切，她觉得自己的抱怨很愚蠢。她的童年虽然残酷，但无疑是一种幸运，与乔茜街头流浪儿般的经历相比根本算不了什么。若不是命运的安排，这两个女孩永远不会相识，但在这里，她们很快成了好朋友。

在餐厅里，她们坐在女孩们通常坐的位子上，乔茜坐在桌子的上首，两边是玛丽和布里娅。玛丽小心翼翼地打开餐巾，放在膝盖上，立刻吃了起来，意识到普瓦罗夫人在观察着她们。吃饭一直是课程的一部分。她刚来这儿不久就了解到，法国人喜欢用面包擦拭盘子里的肉汁，而且绝不能开口要黄油——法国已经没有黄油了。即使在吃饭的时候，她们似乎也在接受审查，稍有放松就会露出马脚。

玛丽回忆起刚到阿里塞格庄园不久的一个晚上，晚餐提供了上好的葡萄酒。“别喝，”乔茜低声说，玛丽的手僵在了半空，“这是个诡计。”一瞬间，她以为乔茜的意思是酒里有毒。玛丽举起酒杯，放在鼻子下面，像以前训练的那样，闻闻是否有硫黄的味道，但什么也没闻到。她环顾四周，注意到他们在给女孩们不停地倒酒。女孩们的脸越来越红，无所顾忌地聊着天。玛丽明白了，测试的目的是看她们喝多后是否会变得鲁莽。

“你在赶时间，”乔茜边吃边说道，“要去约会？”

“你可真逗。我得参加编码补考。”

乔茜会心地点点头。玛丽在报务员课程的前一单元考试中有过一次不及格，不会再有第三次机会。如果她今天还是做不到，不能证明可以发电报，就会被打发回家。

那有什么不好？玛丽若有所思地吃着早餐。她并没有要求过这种奇怪而艰难的生活，在内心深处，她其实挺想不及格，那么就可以回家去看苔丝了。

自从来到阿里塞格庄园，她从早到晚都在进行强化训练。大部分时间里，她坐在发报机前，学习做一名无线电报务员。她还学到了其他东西，一些她无法想象的东西：如何设置死信和活信，以及两者的区别（前者是在预先约定好的地点，一个特工给另一个特工留下信息；后者是面对面的秘密会面）；如何确定一个合适的会面地点，能让联系人出于其他原因合理地发现女特工。

虽然对玛丽来说，跑步变得轻松了，其他训练还是那么吃力。尽管她学到了很多，但远远不够。她在引爆炸药时手指不停地颤抖，格斗和射击也糟糕透了。最令人担忧的是，她撒不了谎，掌握不好假身份。如果她在模拟审讯中都做不到，此时的逼供算不上残酷，怎么可能指望在战地做到呢？她唯一的强项是法语，在来之前就比别人好，而在所有其他方面，她都达不到要求。

玛丽突然很想家。加入特工是个错误，她可以脱掉制服，把它交上去，答应守口如瓶，然后回到苔丝身边。这样的疑虑已经不稀奇了；在漫长的课堂上，在晚上学习和睡觉时，它们一直困扰着她。当然，她没有再和别人分享这一切。其他女孩没有疑虑，即便有，也不会说出来。她们坚定，专注，目标明确，如果她想留下来，也需要这样，不能表现出害怕。

“总部来人了，”乔茜突然郑重地说，“一定有什么事。”

玛丽顺着乔茜的目光，朝一个可以鸟瞰餐厅的阳台望去，一个高个子女人站在那里，俯视着她们。是埃莉诺。自从六周前的那天晚上之后，玛丽再没见过这个招募她的女人。在漫长而孤独的几周训练中，她常常想起埃莉诺。是什么让埃莉诺认为她能做这份该死的工作，或者想做这份工作？

玛丽站起来，朝埃莉诺挥了挥手，仿佛见到了老朋友。埃莉诺冷冷地看着她，似乎根本没认出来。埃莉诺还记得她们在卫生间的会面吗？或者玛丽只是她招来的众多女孩之一？玛丽的脸颊刺痛，像挨了一巴掌，随即她明白了：她不能泄露过去的生活或过去认识的人。另一项测试失败了。她坐了下来。

“你见过她吗？”她问乔茜。

乔茜点点头，“她招收我的时候见过，当时她在利兹开会，她这么说的。”

“我也是她发现的，”布里娅说，“在埃塞克斯郡的一个打字室里。”看来，每个女孩都是由埃莉诺亲自挑选的。

“埃莉诺为我们设计训练项目，”乔茜低声说，“她决定我们去哪儿，执行什么任务。”

好大的权力，玛丽想。回想起在伦敦初次会面时埃莉诺的冷淡和轻蔑，玛丽怀疑这对她来说也许不是好兆头。

“我喜欢她。”玛丽说。尽管埃莉诺看起来冷若冰霜，但她身上有一种玛丽非常钦佩的力量。

“我不喜欢。”布里娅说，“她很冷漠，觉得比我们强得多。如果她能做得更好，为什么不自己穿上制服飞到法国呢?”

“她尝试过。”乔茜轻声说，“据我所知，她曾多次要求去战地。”乔茜认识很多人。从教官到厨房员工，她喜欢和所有人交朋友，听到了很多有价值的消息。“但是，得到的答案都一样。她必须留在总部，因为她真正的价值是在这里帮助我们做好准备。”

看着埃莉诺站在阳台上，显得格格不入，几乎有些不自在，玛丽想，处在她的位置是否会感到孤独，是否有时希望自己也是她们中的一员。

女孩们很快吃完了早餐。15分钟后，她们走进教室。里面整齐地摆放着十几张桌子，每张桌子上都有一台发报机。教官布置了作业，这是一条复杂的信息，需要破译和发送。玛丽注意到，埃莉诺在房间的角落里，目不转睛地看着她们。

玛丽找到她的座位，戴上耳机。这是一个奇怪的装置，有点像可以听音乐或英国广播公司节目的收音机，只不过它是平放在手提箱里，有很多旋钮和表盘。在机子顶部有一个小装置用于发射，而底下的一个则用于接收。电源适配器的插座在右边，左边有一个备件包，里面装着多余的零件。备件包里有四个晶体管，可以插在发报机的插槽里，以便能够以不同的频率发送情报。

当其他人开始做黑板上的作业时，玛丽低头看了看老师给她的补考试卷。这是莎士比亚戏剧《亨利五世》中的一段文字：

从今天到世界末日，
我们将会被铭记；
我们少数人，幸运的少数人，我们这一群兄弟；
凡是今天和我一起流血的人
都是我的兄弟；无论他的出身多么卑微
这一天将带给他绅士的身份：
而此时躺在床上的英格兰绅士
会认为自己很倒霉没能在这里，
每逢有人谈到在圣克里斯宾节和我们一起作战
他们就感到自惭形秽。

这条信息首先得通过密码进行编码。密码装在一个小书包里，分别印在一块1英寸见方的丝绸上。每块丝绸上印有一个一次性密码，可将每一个字母转换成另一个字母（例如，在这个密码中，a变成m，o变成w），直到整条信息看不出含义。每个密码都被用来译成电码，然后被废弃。玛丽把信息中的字母改为密码上的代码，写下密码电报，之后，点燃一根火柴，按照老师教的烧掉丝绸密码。

接着她开始用发报电键敲出信息。玛丽花了几周学习用摩尔斯电码敲出字母，每天花大量时间练习，甚至梦中都没闲着。但她仍不敢有一丝马虎，快速流畅地敲击着电键，避免出错，就好像是在战地。

然而，无线电发报不仅仅是简单的编码和摩尔斯电码。在训练的第一周，报务员教官，一名从布莱切利借调到特别行动处的年轻中尉，把玛丽拉到一边，“我们得记录你的发报手法，设置你的安全标记。”

“我不明白。”

“你看，发报机可以互换使用——如果有人用线圈和晶体管设置频率，就能进行信息传输。任何人只要拿到那些东西，就可以用无线电发送信息。能让总部知道这真的是你的唯一方法是你的安全标记和发报手法。”教官继续说道，“首先来看看你的发报手法。给我打一条有关天气的信息。”

“未编码的？”

“没错，只是敲击电键。”玛丽觉得这个要求很奇怪，但她二话不说就发出一行关于这里天气变幻莫测的文字：暴风雨一瞬间就过去了，很快让位给了太阳。她抬起头来。“继续。除了你的个人背景，可以谈论任何事。我们需要好几行文字才能了解你的发报手法。”

玛丽困惑不解，但还是照办了。“好啦。”她瞎编了一段话，描述去年春天一场突如其来的暴风雪，在盛开的水仙花上留下了积雪。

这条信息在房间前面的电传打字机上打印出来。教官取回它，举起来说：“你看，这就是你的发报手法，每个字的开头都很重，句子之间有很长的停顿。”

“你从一条信息就能看出来吗？”

“是的，尽管我们有你训练中的其他传输信息可以比较。”虽然这合情合理，但直到这一刻，玛丽才想到他们存有她的资料。“实际上，那些特点不会随着时间的推移而改变。要知道，你的发报手法就像你的笔迹或签名，是一种能识别你的独特的传输风格。你敲击电键的力度、速度以及字母之间的间隔，每个无线电特工都有自己的发报手法，这是我们判断是你本人的方法之一。”

“如果出了什么问题，我能改变发报手法作为信号吗？”

“不，刻意改变沟通习惯非常困难。想想看，你并不是有意识地选择你的笔迹，它是自然而然的事。如果你想改变笔迹，可能需要改用左手。发报手法也是如此，它是潜意识的，无法真正改变。所以，如果出了什么问题，你必须通过其他方式让我们知道。这就是安全标记的目的。”

教官接着解释说，每个特工都有一个安全标记，即她打字时固有的异常现象，让人一看就知道是她。以玛丽来说，总是犯一个“错误”，把p作为第35个字母输入信息中。此外，还有第二个安全标记，将字母c间隔替换为k。“第一个安全标记被称为‘打马虎眼’，”教官解释说，“德国人知道我们有安全标记，会设法从你嘴里套出来。如果受到盘问，你可以供出第一个。”玛丽想象着那种情景，内心颤抖了一下。“而第二个安全标记，真正的安全标记，才能确切核实信息的真伪，在任何情况下都不能放弃。”

玛丽现在完成了补考，确保加入了两个安全标记。她回头看了看，埃莉诺还在那里，似乎在注视着她。玛丽放下心中的不安，开始做黑板上的作业。她加快速度，用一个新的丝绸密码处理这条长信息。几分钟后，玛丽发出这条信息。她抬起头来，感到很满意。

然而，埃莉诺扯下了电传打字机上的信息，皱着眉头大步朝她走来。“不，不！”她气恼地说。玛丽很困惑，她正确地输入了电文。“不能像弹钢琴似的敲击发报电键，你必须通过它来交流，自然地‘说话’，这样你的发报手法才会显露出来。”

玛丽想争辩说她是这样做的，或者至少问问埃莉诺是什么意思。但是，没等她开口，埃莉诺从发报机上猛地拽下电键。“这究竟是怎么回事！”玛丽叫道。埃莉诺没有回答，拿起一把螺丝刀，用力拆卸一个个零件，螺钉和螺栓叮叮当当滚落到地板上，消失在桌子下面。其他女孩目瞪口呆地看着这一幕，就连教官都吓了一跳。

“哦！”玛丽喊道，拼命地去抓那些零件。在那一刻，她意识到自己与这台机器已经有了感情，这是她来到这里后一直使用的机器。

“只会发电报远远不够，”埃莉诺轻蔑地说，“你必须会修理它，从头组装它。给你10分钟时间，把它重新组装起来。”埃莉诺转身走了。玛丽怒火中烧，这不仅仅是给她下马威，埃莉诺是想让她再次不及格。

玛丽愣愣地盯着被拆散的发报机零件。她试着回忆报务员培训初期所学的手册，努力想象发报机的内部结构，但那是不可能的。

“从这里开始。”乔茜走到她身边，一边说一边把脱落的机器底座扶正，握住它，让玛丽重新接上基板。与此同时，其他女孩帮着拾起散落的零件，趴在地上寻找丢失的螺栓。“给你。”乔茜递给她一个发报机旋钮。她帮玛丽拧紧一颗总是上不好的螺丝，一双小手敏捷而又灵巧，接着指出一个地方的螺栓插错了。

最后，机器被重新组装起来。但是，它能传送信息吗？

玛丽敲了敲发报电键，等待着。机器咔嗒响了一声，记录下输入的电码。发报机又能使用了。

玛丽停下来，抬起头，想看看埃莉诺的反应，但她已经走了。

“她为什么这么讨厌你？”其他人回到座位上时，乔茜低声问。

玛丽没有回答，挺直了脊背。没有征得同意，她冲出大厅，朝门口张望，发现埃莉诺在一间空荡荡的办公室里翻阅档案。“你为什么对我这么狠？是不是讨厌我？”玛丽重复着乔茜的问题，“你来这儿就是为了赶走我？”

埃莉诺抬起头，“这并非针对个人，是要看你具不具备需要的条件。”

“你认为我不具备。”

“我怎么想并不重要。我看过你的档案。”在此之前，玛丽从未考虑过档案里的内容。“你战胜不了自己。”

“我的法语和其他女孩一样好，甚至和男特工一样好。”

“这远远不够，那些男军官不相信我们能做到，所以我们必须要做得更好。”

玛丽执拗地说道：“我的发报速度越来越快，我的编码……”

“这与技能无关，”埃莉诺打断她，“这关乎精神。比如你的发报机，它不只是一台机器，而是你的延伸。”

埃莉诺伸手去拿脚边的一个包，玛丽之前并没有注意到它。她把包递过来，里面装着玛丽第一天晚上到这儿时带来的东西，包括她平时穿的衣服，甚至还有黑兹尔送给她的项链。她放在床脚储物柜里的其他个人物品，也都已经拿出来收拾好了。“东西都在这儿，”埃莉诺说，“你可以去换衣服。一小时后会有一辆车，送你回伦敦。”

“你要开除我吗？”玛丽难以置信地问，失望到了极点。

“不，我是给你选择离开的机会。”

玛丽意识到，她随时都可以离开；她似乎并没有入伍。但可以说，埃莉诺在打开门，劝她离开。

玛丽不知道这是不是某种测试。但埃莉诺表情严肃，似乎真的在给玛丽机会。她应该接受吗？她明天就可以回到伦敦，周末和苔丝在一起了。

但她的好奇心在作祟，“我可以问个问题吗？”

埃莉诺点点头，“就一个。”

“如果我留下来，我会在那边做什么？”尽管进行了所有训练，她并不明白战地的真正任务是什么。

“简单地说，你要通过发报机向伦敦发送网络的地面行动信息，同时接收空投人员和物资信息。”玛丽点点头；她从训练中知道这些。“你知道，我们要让德国人日子不好过，减缓他们的军火制造速度，破坏铁路线，尽一切力量为我们的大进攻提供方便。你的信息传输对于伦敦和欧洲大陆之间的沟通至关重要，这样他们才能完成那项行动。不过你也会被调用做许多其他事情，所以我们必须让你们做好一切准备。”

玛丽伸手去拿包，但不知怎么又停住了，“我把发报机重新组装好了。不过，其他人帮了不少忙。”她急忙补充道。

“不错，”埃莉诺的表情温和了一些，“爆炸物训练也做得很好。”玛丽没想到埃莉诺暗中观察了她们的训练。“其他人都被那只‘老鼠’吓坏了，但你没有。”

玛丽耸耸肩，“在伦敦，家里的老鼠可多了。”

埃莉诺平静地看着她，“我想你丈夫会对付它们。”

“以前是，但后来……”玛丽结结巴巴地说，“我丈夫走了。女儿出生后他离开了我们。”

埃莉诺看上去并不惊讶，玛丽怀疑军方在招募过程中知道了她的一切。“我想说很遗憾，但如果他是个无赖，没有他，你会过得更好。”

这种想法曾不止一次闪过玛丽的脑海。她有过孤独的时候，度过了许多迷惘的夜晚，不知道自己做错了什么，不知道今后的路将如何走。但是，当把苔丝抱在怀里喂奶时，她心中又会涌起一种自信，知道只能依靠自己。“我想是的，很抱歉我没有早点说。”

“显然，你能严守秘密。”埃莉诺冷冷地说，“我们都有自己的秘密，”她接着说，“但你不应该对我说谎。了解一切是我保护你安全的唯一方法。不过，没关系。你要走了，记得吗？”她把装着玛丽衣服的包递过去，“去换衣服，在车来之前，把发的用品都交上来。”说完，她又翻阅起档案来。玛丽知道谈话结束了。

玛丽回到营房时，报务员课已经结束，众人都在休息。乔茜一边等她，一边把衣服叠放在整洁的床上。“你还好吗？”她问，声音里流露出一丝同情。

玛丽耸耸肩，不知道该怎么回答，“埃莉诺说，我可以离开。”

“你打算怎么办？”

玛丽一屁股坐在床沿，耷拉着肩膀，“那就走吧。我压根儿不应该来这里。”

“你没有充分的理由来这里。”乔茜不动声色地纠正道，仍然在叠衣服。这话和埃莉诺所言不谋而合，刺痛了玛丽。“我的意思是，必须有一个原因。拿我来说，我从未有过一个真正的家，这儿对我来说正合适。”乔茜接着说，“要知道，他们就想这样，让我们放弃，当然不是埃莉诺，而是那些男人。他们想证明他们是对的——女人根本不具备所需的条件。”

“也许他们是对的。”玛丽答道。乔茜没有说话，从床底下拖出一个手提箱。“你在干什么？”她惊愕地问。乔茜是她们当中最优秀的女孩，想必不会被要求离开这里。但是，乔茜把叠得整整齐齐的衣服放进了手提箱。

“我被提前派遣了，”乔茜说，“不上精修学校，直接前往战地。”

玛丽惊呆了，“不会吧？”

“是真的，明天一早就走。这不是坏事，毕竟，这是我们来这里的目的。”

玛丽点点头。许多人已经离开，部署到战地，但乔茜是她们的主心骨，没有她可怎么办？

“你知道，我又不是要死了。”乔茜苦笑道。

“只是太快了。”确实太快了。尽管乔茜对她的任务只字未提，但埃莉诺大老远从伦敦赶来带走她，玛丽知道，事情一定很紧迫。

突然想起了什么，玛丽从储物柜里拿出一块司康饼，“专门为你生日做的。”再过两天，乔茜就满18岁了，只是她不会在这里了。“肉桂味的，你说过你弟弟会送你这样的生日礼物。”

有好几秒钟，乔茜没有说话。她的眼睛湿润了，一滴眼泪顺着脸颊流下来。玛丽一时有点不知所措。“我没想到还会有人记得我的生日。”乔茜淡淡一笑，“谢谢！”她把司康饼掰成两半，递给玛丽一半。

“所以你看，你不能离开，”乔茜边说边拂去她嘴角的糕饼屑，“你得留下来照顾这些新伙伴。”她指了指那些空床。玛丽没有回答，但乔茜的玩笑不无道理，在她之后又来了三个女孩，接替被部署的特工。

“会有一个新来的女孩代替我。”这个想法令她无法忍受。乔茜是对的；无论下一个人是谁，都需要她的帮助，在这个艰苦的地方生存下去，就像玛丽刚来时，乔茜和其他人做的那样。

“女孩们现在比以往任何时候都更需要你，不仅仅是你在这里待的时间长，”乔茜继续说，“自从那天你跌跌撞撞地来到这里，已经成长了许多。刚来时，你都没能跑到‘岬角’，也没能藏起英国违禁品。”想到这里，她们都笑了。“你能做到，”乔茜坚定地说，“你远比自己想象的坚强。还有爆破训练，我真想看看迪格斯比教授今天会带来什么新玩意。”乔茜从营房走了出去，没有等着玛丽一起走。在那一刻，她仿佛已经离去了。

玛丽一动不动地坐在床沿，凝视着窗外幽暗的湖水。群山后面，疾风劲吹，天空犹如一片灰色的海洋。她真希望一切都是老样子，什么都没有改变，乔茜没有被派遣，她也没有陷入是否离开的两难抉择。她们在这里创造了一个独立的世界，几乎可以忘记外面的危险和悲伤，尽管要接受训练，而现在这个世界就要结束了。

她低头看了看包里的东西，那是另一个时代的遗物。她可以重新拥有自己的生活，就像几个星期以来一直梦想的那样。但是，她望着一个个营房，意识到现在她参与了一件大事。在和其他女孩共同训练、奋斗的日子里，她们互相交织在一起，使她无法挣脱开来。

她把手缩了回来。“不行。”她合上包，走出营房去找其他女孩。

第八章　格雷丝

1946年，纽约

那个手提箱不见了。

格雷丝一动不动地站在中央车站大厅，盯着长椅下面，手提箱原本就在那里，没有人注意到。有那么一瞬间，她觉得这一切都是她想象出来的。但是，她从手提箱里拿出来的厚厚一沓照片就握在手里。显然，在她上班的几小时里，有人把它拿走或挪走了。

手提箱不在长椅下了，这并不奇怪。它属于某个人，几个小时过去了，有人来领取是很自然的事。但现在它不见了，手提箱和照片就变得更加神秘。格雷丝低头看了看手里的照片，为自己当初把照片拿走感到内疚。

“劳驾。”格雷丝对一个经过的行李员喊道。

他停住脚步，头歪向她，“什么事，女士？”

“我在找一个手提箱。”

“如果在寄存的行李里，我可以帮你拿。”他伸出手，“能把票据给我吗？”

“不，你不明白，不是我的箱子。今天早上有人把它丢在长椅下，在那儿。”她指了指，“我想知道它哪儿去了。棕色，侧面写着字。”

行李员一脸困惑，“如果不是你的，你为什么要找它？”

问得好，格雷丝心想。她打算说说照片的事，但决定还是算了。“我在找它的主人。”她最后说道。

“没有存行李的票据，我帮不了你，你可以问问失物招领处。”他说。

失物招领处在车站的底层，一个安静、发霉的角落，仿佛是远离喧嚣的另一个世界。一个鬓角花白的老人，戴着鸭舌帽，穿着背心，坐在柜台后面看报纸。“我在找一个棕色的箱子，上面用粉笔写着字。”

接待员把叼在嘴里未点燃的雪茄移到嘴角，“什么时候丢的？”

“今天。”她说，觉得某种意义上没错。

老人消失在后面的房间里，她听到翻找东西的声音。随后他又出现了，摇了摇头，“没有。”

“你确定吗？”她越过他的肩膀，伸长脖子，想看看墙的另一边堆放的包和其他遗失物品。

“是的，”他从柜台下面拿出一本账簿，“所有上交的东西都记录在册，过去一天里没有手提箱遗失的记录。”

她纳闷，那他为什么还要去后面查看？“丢失手提箱这么大的东西不常见吧？”

“你会对人们遗落的东西感到惊讶，”他答道，“包裹，箱子，自行车，甚至还有狗。”

“都送到这儿吗？”

“都在这儿，除了狗，它们被送到流浪狗收留所。你可以留下姓名和信息，如果有人归还你的手提箱，我们会联系你。”他说道。

“格雷丝·弗莱明。”她本能地报出娘家姓。她停下来，感到羞愧。她是不是已经把汤姆从心里抹去，仿佛他们的婚姻从未发生过？

她在账簿上匆匆写下寄宿公寓的地址，然后离开柜台，走上台阶。她来到主楼层，穿过大厅，在长椅前停下来，盯着下面放箱子的地方，也许它的主人最终回来了。她想象一个女人打开箱子，发现照片不见了，内心充满了愧疚。

格雷丝愣愣地站在那里，一时不知如何是好。她可以把照片交给失物招领处，这真的不是她的问题，然后将整件事就此了结。但它们在她手中异常沉重，这一切都是她造成的。箱子的主人可能纳闷照片怎么不见了，甚至会为此心急如焚。不，格雷丝拿走了这些照片，她有责任归还它们。

但是怎么做？手提箱不见了，格雷丝不知道主人是谁，不知道谁领取了它，或者几乎不知道，她纠正自己，想起了箱子上的名字：特里格。她还记得照片上有水印，于是偷偷打开信封，好像周围有人在看似的。水印是：伦敦奥尼尔照相馆。手提箱来自英国，至少照片是，也许，她应该把它们送到英国领事馆。

但是，她看到车站中央的时钟显示5点半了，上下班高峰期的人群开始减少，领事馆现在可能关门了。格雷丝突然感到疲惫不堪，急切地想回到自己的寄宿公寓——她已经两天没有回去了——泡个热水澡，忘掉这一切。

格雷丝的肚子咕咕直叫。她从车站出来，朝街对面的咖啡馆走去，店门上的灯光招牌有两个字母已经不亮了。今晚不是去高档的牛排餐厅，她真的需要停止在外面吃饭，买些食品在公寓厨房做些简单的饭菜，节省开支。过去几个月在这个城市生活，让她养成了节俭的习惯，将仅剩的一点钱省着花。

她在几乎空无一人的柜台旁坐下来。“请给我一份烤奶酪三明治和一杯百事可乐。”她计算了一下钱包里的零钱，觉得够用，于是对那个黄头发女招待说。

女招待从冷饮机里接饮料时，格雷丝的目光转向柜台上方的电视机。屏幕上闪现出中央车站的画面，他们在谈论那天上午在车站前被车撞死的女人。

“声音开大点。”她大声说道，情急之下都忘了礼貌。

播音员继续说道：“事故发生在上午9点10分……”就在她经过之前的几分钟。

接着，一个女人的形象在屏幕上闪过，乌黑的头发梳向脑后，面色阴沉。

“遇难者，”新闻播音员说，“已被确认为英国公民埃莉诺·特里格。”

格雷丝想起手提箱上的名字，一下子愣住了，她拿走的正是事故中丧生的这个女人的照片。

第九章　玛丽

1944年，英格兰

玛丽坐在坦米尔机场的营房里，尽量不让汗水沾湿她的羊毛套装，因为肯定要穿好几天。她独自等待着，再次检查了所有证件：身份证、配给卡、旅行证和工作证。每一个都是假的，每一个都必须完美。

这不是玛丽第一次准备出发。三天前的晚上，当她在此等待时，看到浓雾滚滚而来，阴森森地浮在低空。她知道那天晚上不会飞了，尽管如此，她还是按计划行动，拿起包，尽职尽责地走到外面的车旁。待到站在飞机前时，她才得知任务被取消了。

现在，玛丽又一次在房间里等待，她觉得今晚可能要下雨，希望不会让飞机停飞。自从那天埃莉诺在阿里塞格庄园允许她放弃，打道回府，已经过去快一个月了。她常常怀疑自己是否做出了正确的选择。每天晚上睡觉前，她都对自己说，明天要去问问，离开的提议是否仍然有效。不过，苏格兰高地的清新早晨，山上升起的薄雾，女孩们绕湖行进时挺直的脊背，这些东西已经深深地印入她的心底。这是她命中注定要来的地方，没有回头路可走。

让她留恋的不仅仅是苏格兰乡村的美景，她终究会离开这里，也不再是金钱问题。乔茜被部署后，玛丽的内心悄然发生了变化。她全神贯注于训练，努力提高发报速度。“你可能得在卫生间快速发送信息，不会让人怀疑，除了上趟厕所还会做别的什么。”教官曾经解释说。她还完成了为期三天的户外任务，没有吃任何东西，被迫在灌木丛中搜寻任何能充饥的食物。她能感觉到其他女孩在看着她，跟随她的脚步。仿佛她一跃而起，取代了乔茜的位置。她专注于自己的角色，努力做得更好，完全忘记了害怕。

一周前，她在晨跑前接到阿里塞格庄园办公室的电话，通知她收拾东西。这个调令非常突然，她甚至没来得及跟大家告别。没有任何解释，只有一辆黑色轿车和一声不吭的司机。当崎岖的海岸渐渐消失在身后时，她寻思自己是不是要被送回家了。但是，她被带到西萨塞克斯郡乡下的军用机场，处理最后的事情。需要填写没完没了的文件，对于名义上不存在的工作和任务来说，这似乎有些奇怪。

到达空军基地的第二天早晨，她听到有人敲门。“埃莉诺。”对方自报家门。自从埃莉诺造访阿里塞格庄园后，玛丽再没有见过她。她意识到，埃莉诺不只是她们第一次见面时自称的招募官，事实上，她负责特别行动处所有与女特工有关的工作。

埃莉诺叫上玛丽，把她带到不远处一幢大楼里的私人办公室。她拿出一瓶葡萄酒。在大白天喝酒，令人匪夷所思。

但是，埃莉诺并不打算喝酒；她打开包裹瓶子的报纸，仔细阅读头版。“啊，里昂要更换配给卡！”埃莉诺感兴趣的不是酒，而是报纸上的新闻。

埃莉诺接着说：“你必须了解最新时事。过时的情报比没有情报更糟糕，会立刻暴露你的身份。绝不能忽视公开来源情报的重要性。”

玛丽不解地歪着头。

埃莉诺继续说道：“你可以从报纸和当地人那里了解到公开信息，这种收集情报的方法被称为‘零敲碎打’。从最普通的来源收集的一些小信息，可以用自己的眼睛观察到的东西，比如火车和士兵的运行情况，比如当你看到一帮德国佬在兑换法郎，你就知道他们要部署军队了。”

埃莉诺从报纸上抬起头，直截了当地说：“你是蕾妮·德马尔，一个来自法国兰斯南部小镇埃佩尔奈的女店员。”

玛丽明白，这是她的假身份，她的心因兴奋和恐惧狂跳起来，“这么说还是派我去了？”

“这一直在计划之中，我只是得确定一下。”埃莉诺淡淡地说。

“有关我吗？”埃莉诺点点头。玛丽想问她是否确定，但即使现在，她也害怕得到答案。

“你的假身份……”埃莉诺说。玛丽的兴奋很快被紧张所取代，假身份是部署前的最后一步，玛丽在训练中得知这一点时，感到很惊讶。在她看来，提前准备好故事，把它背得滚瓜烂熟更合理。不过，他们不希望特工在培训期间谈论假身份，知道彼此不该知道的详细信息。“你要说你的家人在之前的空袭中丧生了。”埃莉诺解释说，“你来这里住在已故姑妈的公寓里。”

“但是，如果他们在埃佩尔奈查看档案……”

“不可能。市政府已被大火烧毁。”由于市政厅没有记录，所以特意选择了这个地点。如此周到细致的考虑。“如果你被抓获，必须坚称这个身份。如果做不到，你只能透露姓名和军衔，不能说别的。坚持48小时，为其他人争取时间，减少损失。”

“然后呢？”

“然后他们会逼你招供。你要去的地区由一个名叫汉斯·克里格勒的德国高级军官控制，他是帝国保安部，也就是德国情报机构的头目。他们冷酷无情，疯狂地追捕我们的每一个特工。不要指望他们会对女人怜香惜玉，如果你被俘了，他们会残酷折磨你。而一旦得到了你所知道的一切，他们很可能会杀了你。如果真到了那一步，你应该先自杀。”埃莉诺目不转睛地盯着她。玛丽竭力不动声色。尽管以前被警告过有危险，但现在听起来依然让人胆战心惊。埃莉诺接着说道：“你将乘莱桑德式联络机着陆。”

“跳伞训练怎么办？”玛丽问道。她听说有些女孩就是这样被送到战地的。

埃莉诺摇了摇头，“没时间了。我们需要你尽早行动。”玛丽回想到，乔茜也走得很匆忙。法国那边怎么了，为什么急需她们过去？“你将被派到维斯珀网络做报务员。维斯珀是我们最重要的网络之一，覆盖了巴黎以及盟军大进攻后穿越的大部分地区。该网络正在进行激烈的破坏活动，对无线电通信的需求非常频繁。同时，它也是法国最大的德占区之一，你必须避免被帝国保安部和警察发现。”埃莉诺的声音因为紧张变得尖锐，瞳孔剧烈地收缩了一下，“你明白吗?”

玛丽点点头，明白她说的一切，心里泛起一种奇怪的感觉。这是她对自己的任务了解最多的一次，从某种意义上说，什么都不知道也许更好。“你将为维斯珀本人工作。”埃莉诺说，“他在马赛打过仗，经历过多次战役，是位出色的指挥官。他会对你要求很高。”

“像某个人一样。”话一出口，玛丽就意识到说漏了嘴。她以前从未和埃莉诺开过玩笑，心想她一定会大为光火。

但她笑了，“我想，我应该把这当作一种恭维。”玛丽这时明白，埃莉诺既不粗鲁也不刻薄。她对女孩们很严厉，因为她们承受不起出现意外，那会导致自己或他人丧命。

门外传来敲门声，将玛丽的思绪从回忆中拉了回来。“什么事?”她站了起来，还没走到门口，门就被推开了一条缝。

“灵车来了。”一个男人的声音喊道。这是指送她上飞机的汽车，玛丽打了个冷战。男人把手伸进房间，拎起她的箱子，里面装着从苏格兰带来的发报机。

黑暗中，埃莉诺在营房前等着她，手上的烟头闪着光亮。玛丽有些惊讶。埃莉诺没有说话，径直朝那辆黑色沃克斯豪尔走去。玛丽跟在后面，把提包递给司机。她和埃莉诺爬上汽车的后座。“巴黎的宵禁开始时间改为9点半了。”他们在黑暗中驱车穿过军事基地时，埃莉诺说。

因为鼻子被夜晚的寒气刺激得发痒，玛丽忍不住打了个喷嚏。她从兜里掏出一张裁缝票和一张电影票的票根，上面都印有法文，这些陌生的小玩意是为了营造出真实感。

“给你。”埃莉诺递给玛丽一个手袋，里面有粉盒、口红和钱包。玛丽意识到，这些不是简单的化妆品，而是她在迪格斯比教授的课堂上见过的爆炸装置，可能会在战地派上用场的生存工具。

他们经过一个提着灯笼的皇家空军哨兵，在机场边停了下来。玛丽跳下车，走向车尾，司机从后备箱里取出行李。她提起装有发报机的箱子，但埃莉诺伸手拦住了她。

“我不明白……”玛丽一脸困惑。

“发报机对莱桑德式联络机来说太重了。它将单独投放。”埃莉诺解释道。

“但是……”玛丽很沮丧。在过去的几个月里，她已经习惯了身边有台发报机，感觉须臾离不开它。它就像一件盔甲，没有它，她就会暴露。她不情愿地松开手，抬头看着停机坪上小小的莱桑德。如果一架飞机不能承载30磅重的发报机，怎么能把她安全送到法国呢?

“它用另一架飞机投放。”埃莉诺说。

“我怎么找到它呢?”玛丽疑惑地问。

“他们会和你取得联系。”埃莉诺安慰道，“别担心，他们很能干。”

“他们”究竟是谁，玛丽想。她听到的只有一个代号：维斯珀。她不认识任何人。

她们站在机场边，湿漉漉的野草浸湿了玛丽脚踝处的尼龙袜，空气中弥漫着蔷薇初开的刺鼻芳香。埃莉诺检查了玛丽的袖口，看看是否按要求折起来了。她像往常一样平静，不动感情。但是，在整理玛丽的衣领时，她的手微微颤抖，上唇微微冒汗。这是她紧张的迹象，玛丽真希望没有看到，因为这比什么都更令她害怕。

最后，埃莉诺领着她走向飞机。飞机的一侧用粉笔写着"登机顺序"，后面是她不认识的名字。"那是什么？"玛丽问。

"在着陆地点，人员撤离时的优先顺序。飞机只能容纳三个人，等待时间不能超过一分钟。"

听了这话，玛丽的内心生出阵阵恐惧，就在走过去的时候，还是无数次地想要逃跑。她不知道何时才能登上返程的飞机，回家看望苔丝。她相信一定会，否则她根本不会奔赴前线。

"给你，"埃莉诺递给她一沓用橡皮筋扎着的法郎，"先预支你一半工资，用于在战地购买生活日用品。其余的等你回来时用英镑支付。"

"还有一件事。"埃莉诺伸出手，张开手掌。玛丽知道，埃莉诺要的是那条蝴蝶项链。她偷偷地戴着它，让自己时刻想着苔丝。

玛丽不情愿地从脖子上取下来，然后犹豫了一下。这是她在几个月的孤独训练中保留的一点过去的生活，现在也被夺走了。但她知道，她别无选择，该放手了。

"我会替你妥善保管。"埃莉诺说，听起来好像在谈论一件大事，从玛丽手上取走项链，"你要戴上这个。"她又拿出一条带有银鸟吊坠的项链。玛丽很惊讶，但这不是礼物。埃莉诺拧开吊坠，露出一个氰化物胶囊。“最后的朋友，”她说，“你必须快速吞下。德国人知道它的毒性，会逼你吐出来。”玛丽打了个寒战。当然，她受过这方面的训练，一旦被俘，发现无法不招供，就得自我了断，但她无法想象真的会这么做。

玛丽最后看了一眼埃莉诺，“谢谢！”

埃莉诺身子僵硬，只是努了努下巴，“你出色地完成任务就是对我最大的感谢。”她紧紧地握了握玛丽的手，转身离去了。

玛丽小心翼翼地走近飞机。她以前从未坐过飞机，即使这是一架小型飞机，看起来也很令人生畏。

一名男子坐在驾驶舱里，不耐烦地示意她赶快上去。她本以为会是一名空军飞行员，但这个人留着一头卷曲的长发，垂在棕色夹克的领口，一脸络腮胡子。就是这个人送她去法国？玛丽挤进狭窄的舱门，回头寻找埃莉诺，但她已经消失在机场另一头。

玛丽坐在飞行员身后的窄小座位上，摸索着安全带，但没有找到。她刚坐下，地勤人员就从外面把舱门关上了。“计划改变。”飞行员未做自我介绍就宣布道，带着爱尔兰口音。

她浑身发毛，“怎么回事?”

“你将要盲着陆。”他转向控制台，上面有许多仪表盘。透过前挡风玻璃，玛丽看到机头的螺旋桨开始转动。飞机在高低不平的地面上颠簸着前行，她的身子被晃得前仰后合。

“盲着陆?”她重复了一遍才明白。这意味着她将独自一人，没有接应小组帮助她与组织会合。“但是应该有人来接我。”

飞行员耸了耸肩，“计划赶不上变化。一定发生了什么事，他们来会不安全。”她寻思，那她怎么可能安全到达呢？有那么一刻，她想请求回去，取消行动，但飞机开始加速，引擎发出震耳欲聋的轰鸣。当地面似乎从身下滑出去时，她抑制住想要大声喊叫的冲动。第一次体验这种奇怪的感觉，她几乎忘了害怕。她透过玻璃舱盖向外望去，希望能看见埃莉诺，但她和那辆沃克斯豪尔已经不见了。玛丽和英国之间的距离越来越远，现在已经没有回头路了。

当飞机急速爬升时，玛丽的胃沉了下去，她第一次意识到自己可能会晕机。按照训练时的指示，她做了些浅呼吸，低头看着下面的房子，因为灯火管制，周围一片昏暗。她想象，如果向北极目远眺，也许能看到东安格利亚那座古老的牧师住宅，苔丝睡在斜顶阁楼房间里，盖着厚厚的格子羽绒被。

玛丽和飞行员都没有再开口，发动机发出的巨大轰鸣声让他们根本听不见说话声，玛丽的牙齿被震得直打战。飞机里的空气越来越冷，几乎是冰冷状态。下面的大地一片漆黑，月光照耀下的英吉利海峡形成一条银色丝带，像灯塔一样划破黑暗，灯火管制也无法使之变得暗淡。

飞机突然下降，然后急剧向左倾斜。玛丽紧紧地抓住座位，以免被晃得四脚朝天。她没有想到飞机会如此颠簸，努力掩饰自己的紧张，但还是出了一身冷汗。“有什么问题吗？”玛丽喊道。她想要看清飞行员的脸，寻找恐慌的迹象。

他摇了摇头，没有从控制台上抬起头来，“你能感觉到这个小家伙的每次颠簸，这就是莱桑德的特点——体积小，速度慢，德国人可以用弹弓射它。”他拍拍控制面板，“但我可以把它停在蚊子的屁股上，或者500码长的狗屁跑道上。”玛丽对他的粗鲁感到厌恶，但他不以为然。

当他们接近法国海岸时，飞行员放松了油门。飞机下降了，似乎被浓雾包裹着。飞行员向窗外望去，想要看清地面。玛丽想，应该有更好的导航方式。“我们可能得往回飞。”他说。

“我们能等到天放晴吗？”玛丽问，感到既宽慰又失望。

他摇摇头，“我们必须确保在天亮前回到盟军的空域。如果我们在法国上空被发现，就没有办法躲避敌人的炮火。”玛丽吓得毛骨悚然，她可能会在着陆前死掉。飞行员皱着眉头仔细察看地面，“不过，我认为我们的位置是对的，或者说很接近。我要试试看。”

“听起来有点悬。”她脱口而出。

他转过身，做了个鬼脸，“你得抓牢点。”

飞机下降了，接着转了个锐角朝下俯冲，如此出乎意料，如此急剧，玛丽以为飞机要坠毁了。飞机以惊人的速度冲向地面，她紧紧抓住座位，闭上眼睛，做好了最坏的准备。

当飞机接近地面时，玛丽像训练时那样，准备接受剧烈颠簸的考验。但是，在最后一刻，飞行员把飞机拉平，轻轻地落下，在凹凸不平的地面上灵巧地滑行。如果没有向外看，看到陆地，她根本不会相信飞机已经着陆了。

飞机停下来，发出刺耳的刹车声。肯定有人会听到飞机着陆的声音，这本来应该很隐蔽，但是外面一片寂静。飞行员打开舱盖，凝视着外面的黑暗，“没有人返回。”玛丽想起埃莉诺对写在飞机上的名字所作的解释，心想这是不是一个坏兆头。他接着说：“你要向东去往火车站。注意隐蔽，动作要快，用树林做掩护。车站后面应该有一辆蓝色自行车，你会在车把里找到下一步的指示。”

“应该有？”玛丽重复道，纳闷他怎么会知道这些，“如果没有，那怎么办？”

“这是维斯珀网络，”他坚定地回答，“一切都会井然有序。”

如果这是真的，玛丽想说，那么就会有人来这里接她。但她没说，觉得那样有点过分。

玛丽犹豫了一下，害怕独自一人穿过陌生的乡村。然而，飞行员期待地看着她，她别无选择，只能下飞机。

“如果可以的话，我会和你一起去。”他充满歉意地说，“但是，这架莱桑德……”

“我明白。”飞机在这里多待一分钟就多一分被发现的危险。

“祝你好运……”他的声音越来越轻。他们不知道彼此的名字，这是她学到的第一条规矩，永远不要透露自己的身份，以免让彼此陷入危险。这是某种考验吗？

“蕾妮。”最后她说，试着用埃莉诺给她起的新名字。

飞行员眨了眨眼睛，似乎不相信。她的第一次尝试失败了。“我是威廉。他们叫我威尔。”他的声音很真诚，她感觉这是他的真名。也许飞行员有不同的规定——或者他没什么好怕的。他朝那片树林点了点头，“你最好现在就走。”

"是的，当然。"她从飞机上爬下来，能感觉到他在看着她。当她再次转过身时，飞机舱盖已经合上了。莱桑德发动起来，颠簸前行，越开越快。它在地面待了最多三分钟。

玛丽在漆黑的夜色中穿过田野，寻找树林的掩护。生长在潮湿泥土中的水仙花散发出甜蜜的芳香，扑面而来。有那么一刻，她仿佛回到了童年，像个小女孩一样在法国乡村玩耍，但飞行员说过，她必须快速行动。她环顾四周，努力回忆他让她往东走所指的确切方向。她伸手去拿手电筒，随即想起所受的训练，改变了主意。她掏出底部装有指南针的化妆盒，拿出来，想借着月光看看，但是根本不可能。她从手袋里找到打火机，打着，举在指南针上方，看到了上面的北方标记。

玛丽向东走去，穿过树林。突然，她被一块石头绊了一跤，脚踝一阵疼痛，让她想起那天清晨在阿里塞格庄园跑步时摔倒的情景。要是乔茜现在能来帮她就好了。玛丽挺起身子，又开始往前走。

"站住！"一个声音用法语命令道。玛丽僵住了，确信自己要被捕了。她无从得知是德国人还是支持德国人的法国警察，两种情况都一样糟糕。她应该马上取出氰化物胶囊吗？没想到这么快就需要它了。

她转过身来，一个高大威严的男人从阴影中走出来。看到枪口对着自己，她吓呆了。"傻瓜！"他用英语咆哮道，"你不应该照我说的做。要么逃跑，要么拼命，千万不要服从。"

她还没来得及回答，他就抓住她的胳膊肘，粗暴地领着她穿过树林。她本能地往后退，受不了陌生人的触碰。"来吧！”他命令道，仿佛命令一匹倔强的马，“或者你留在这里，等着被伪军发现。”一时间，她犹豫不决。她没有得到要见任何人的信息。事实上，飞行员说过没有人来接她。这个人真的是自己人吗？还是某种陷阱？

但那人催着她往前走，玛丽似乎别无选择，只能跟着他。两人默默无语地穿过洒满月光的森林，他的身影越发显得高大。

他们来到一个农场边缘的空地上，那里有一个没有窗户的园丁小屋。“这是你的屋子，”他说，玛丽不解地看着他，“今晚你就住在这里。”

“但我奉命去火车站找一辆自行车。维斯珀在哪儿？听说我要和他一起工作。”

“安静！”那人呵斥道，“永远不要说出那个名字，或任何人的名字。”

玛丽没有理会，继续说道：“我需要和他谈谈，我需要找到我的发报机。”

“你要服从命令，待在这里。”他举起手，阻止她提出更多问题，“明天早上会有人来找你。”

他拨弄开门锁，让她进去。屋里没有电灯，闷热的空气令人窒息。当她走进去时，粪便的臭味扑鼻而来。这里没有床，也没有马桶。

那人不再说话，走出小屋，关上了门。她听到钥匙在锁眼里转动，她被锁在屋里了。“你要把我关起来吗？”她喊道，不敢相信眼前发生的事。她意识到，她还不知道他叫什么，他可能是任何人。把自己的生命交给陌生人，她怎么会这么天真？“如果你认为我会被某个情报员关起来，那你就大错特错了。我要求立即和维斯珀谈谈！”她固执地说，无视他不要提名字的警告。

“这都是为你好，以防有人来。注意隐蔽，别让人看见。看在上帝的分上，安静点！”她听到他的脚步声越来越远，接着是一片寂静。

玛丽转过身，黑暗中，有什么东西从旁边蹿过。是老鼠吗？她想起几周前训练时差点毁坏的诱饵，事后她和乔茜都觉得很好笑。要是乔茜在这里就好了。她一屁股坐在地上，从未感到如此孤独。

第十章　格雷丝

1946年，纽约

格雷丝醒了，有那么一瞬间，一切就像平常一样。明亮的阳光从四楼唯一的一扇窗户射进来，在倾斜的天花板上投下阴影。这个出租屋位于“地狱厨房”街区的边上，离哈德逊河很近，不适合体面的女人居住，不过倒是很安全。格雷丝之所以能便宜地租到这个地方，是因为一周前这个房间的老人去世了。在搬进来之前，她把公寓彻底清洁了一遍，试图去除墙上残留的烟草味，以及别人还住在这里的感觉，结果是白费功夫。除此之外，她并没有做任何事让这里更像个家，因为那意味着承认她可能会永远留在这里——承认她不想回去的残酷事实。

格雷丝翻了个身，看到床头柜上那个装着照片的信封，旁边是汤姆新兵基础训练结业时身穿制服的照片。昨晚的事潮涌般回到脑海：车祸中丧生女人的新闻报道（埃莉诺·特里格，她现在知道了名字)，意识到那个手提箱就是她的。格雷丝寻思，这一连串奇怪的事件是不是一场梦，但那些照片整齐地放在床头柜上，就像一个满怀期待的孩子，提醒她这不是梦。

昨晚在咖啡馆的电视上看到这个消息后，格雷丝非常惊讶，不等烤奶酪三明治端上来就走了。她叫了一辆出租车，顾不上考虑费用。当出租车绕来绕去穿过市区的车流时，她试着想明白这一切。手提箱的主人怎么可能就是那个在车祸中丧生的女人？

这并不那么令人惊讶，格雷丝现在觉得。埃莉诺·特里格死了，这就解释了为什么没有人回来取手提箱。但是，她为什么要把它留在中央车站？而这个女人是英国人，似乎让事情变得更加神秘。

更令人困惑的是，手提箱后来不见了。当然，有可能什么人把它偷走了，因为看到它在那里放了很长时间，决定据为己有。但格雷丝内心有个声音告诉她，这不是简单的盗窃——不管是谁回来取走了箱子，他一定知道埃莉诺·特里格和那些照片上女孩的事情。

“行了。”格雷丝几乎能听到母亲的声音。格雷丝的想象力总是过于活跃，这是受了电影《神探南茜》以及小时候喜欢读的其他神秘故事的影响。父亲是个科幻小说迷，他觉得格雷丝的胡思乱想很有趣。但他会在这里说，最简单的解释可能是：埃莉诺·特里格和亲朋一起旅行，他们在事故发生后取走了手提箱。

格雷丝坐了起来。照片放在床头柜上，似乎在呼唤她。

她从手提箱里拿走了照片，现在需要做点什么。她洗了洗脸，穿好衣服，然后下楼。在门厅的墙上挂着一部电话，房东太太哈丽雅特不介意房客们偶尔用一下。格雷丝一时冲动，拿起电话，请接线员接通离中央车站最近的警察局。如果埃莉诺和别人一起旅行，也许警察能让格雷丝和他们联系，这样她就可以把照片还回去。

电话里沉默了几秒钟，随后一个男人的声音从电话那头传来。“警察局。”他嘴里嚼着东西说。

“我想和什么人谈谈昨天在中央车站被车撞的女人。”格雷丝轻声说，以免被住在门厅旁边的房东太太听见。

“麦克杜格尔在处理这件事，”警察回答，“麦克杜格尔！”他在电话那头大声喊道，格雷丝不由得把话筒拿远点。

“你有什么事？”另一个声音在电话里问道，带着浓重的布鲁克林口音。

“在车站外被撞的那个女人，埃莉诺·特里格，她是和谁一起旅行吗？”

“不，我们还在寻找亲属，”麦克杜格尔答道，“你是她的家人吗？”

格雷丝没有理会他的问题，继续问：“有没有人找到她的东西，比如手提箱？”

“她没有行李。喂，你是谁？这是一个公开调查，如果你要问问题，我需要知道你的名字……”格雷丝把话筒放了回去，挂断电话。警方没有找到埃莉诺的手提箱，也没有格雷丝可以归还照片的亲属。她昨晚考虑过的英国领事馆似乎是较好的选择。不过，去领事馆会让她在上班路上耽搁些时间，她得快点，不然又要迟到了。

一小时后，格雷丝来到英国领事馆前，这是第三大道上一幢人来人往的办公楼，紧挨着两天前她鬼使神差地与马克有过一夜情的酒店，令人很不舒服。在拐角处，格雷丝看到一个破衣烂衫的男孩在卖报纸，不禁想起了萨米，希望他在表哥家过得不错。

她买了一份《华盛顿邮报》，翻了翻，在第9版下面，有一张埃莉诺·特里格的照片，就是昨天晚上新闻报道中的那张。另外还有一张模糊的街道照片，谢天谢地，不是可怕的车祸现场。格雷丝浏览了一下文章，都是些她已经知道的内容。

格雷丝提醒自己，这不是她的问题。她整理了一下裙摆，大步走进领事馆，渴望摆脱这些照片，然后去上班。

英国领事馆的大厅毫不起眼，只有几把硬背椅子和一张矮桌子，上面摆放着一盆早已枯萎的绿植。一个身穿西装、头戴礼帽的男人独自坐在椅子上，似乎很不情愿待在这里。接待员是个上了年纪的女士，灰白的头发绾成发髻，鼻尖上架着老花镜，坐在打字机前啪嗒啪嗒地打字。

“什么事？”格雷丝走近时，接待员头也不抬地问。

格雷丝明白自己的身份，一个陌生人，不速之客。她在这里无足轻重。

不过，几个月来，在与弗朗基一起帮助移民的工作中，格雷丝学到了很多，知道如何与官僚机构打交道，从疲惫的公务员那里获得所需的东西。她鼓起勇气，举起信封，“我发现了这些照片，相信它们属于一个英国公民。”已故的，她在心里默默地纠正自己。

“你到底想让我们做什么？”接待员的英国口音冷淡而生硬，她没有等待回答，也没有费心掩饰自己的不耐烦，“每天都有成千上万的英国公民来到纽约，他们中很少有人跟领事馆联络。”

“嗯，这个人肯定不会跟领事馆联络了，”格雷丝举起报纸，本没想这么恶声恶气，“这些照片的主人是埃莉诺·特里格，就是昨天在中央车站外被车撞的女人。她是英国人。我在想，如果她有家人或亲属，可能会想要这些照片。”

“我不能评论英国公民的私事，”接待员一本正经地说，“如果你想把它们留在这里，我们可以收下，看看是否有人认领。”接待员说完不耐烦地伸出手。

格雷丝犹豫起来。这是个机会，她只需留下照片，就可以结束一切。但她现在觉得自己与这些照片产生了感情，有一种主人的感觉。她不能把它们交给一个如此冷漠的人。她把手缩回来，“我想找个人谈谈，也许是领事。”

“米查姆爵士不在这里。”接待员的语气似乎在说，即使他在，也不会见你。

“那我可以约个时间吗？”格雷丝话没说完，就知道会被拒绝。

“领事工作繁忙，他不参与这类事情。如果你不想留下照片，可以留下你的联系方式，以防有人查询。”格雷丝接过接待员递来的铅笔，匆匆写下寄宿公寓的地址和电话号码。当她走到出口时，几乎可以听到纸落入废纸篓的声音。

唉，事情还是没解决，格雷丝朝门口走去时心想。她打开装着照片的信封，想从中寻找更多线索，然后抬头看了一眼街对面大楼上的时钟，9点半，上班又迟到了。如果她把发生的事告诉弗朗基，也许他会知道下一步该怎么做。

当她走下领事馆的台阶时，一个留着八字胡、身穿细条纹西装的老人从对面走过来，进入大楼。“请问，”格雷丝冲动地喊道，“你是米查姆爵士吗？”

那人脸上闪过一丝困惑，仿佛自己也不确定。“是的，”他的表情变得有些恼怒，“你有什么事吗？”

“如果你有空的话，我想问几个问题。”

“抱歉，我真的没时间，开会要迟到了。你在前台预约一下，我相信副领事会……”

她没有等他说完，“是关于埃莉诺·特里格。”

他清了清嗓子，几乎咳嗽起来。显然，他听到了。“我想你看到新闻了，令人难过。你是她朋友吗？”

“不完全是。但我有一些她的东西。”

领事匆匆摆摆手，让她回到楼里。“我有两分钟的时间。”他边说边带她穿过大厅。看到格雷丝和领事在一起，接待员惊讶地瞪大了眼睛。

领事把她领到离大厅不远的一个房间，里面陈设考究，深色橡木桌子周围摆放了几把棕色皮椅，华丽的红丝绒窗帘用金色的绳子系住。这是一个酒吧之类的场所，现在打烊了。“我能帮什么忙？”米查姆爵士问道，毫不掩饰声音里的恼怒。

“埃莉诺·特里格是英国公民，对吗？”

“的确如此。昨晚我们接到警方的电话，他们从护照上得知她是英国人。我们正在寻找她的家人来认领尸体。”

格雷丝讨厌这种没有人情味的冰冷语气，“你认识她吗？”

“我不认识她，但知道她。战争期间，我碰巧被派往白厅。她为我们的政府工作，在特别行动处，做文书工作。”

格雷丝从未听说过特别行动处这个机构，想向领事打听一下。但是，他不耐烦地看着角落里的落地钟，她快没时间了。

“我发现了一些照片，”格雷丝说，故意不提细节，把照片从信封里拿出来，像纸牌一样摊开在领事面前，“今天早上我把它们送到领事馆，因为我相信它们是特里格小姐的。你知道这些女孩是谁吗？”

领事拿出老花镜仔细端详照片，然后移开目光，说：“我从未见过她们，一个都没有。也许是她的朋友，或亲戚。”

“但是有些人穿着制服。”她指出。

领事不屑地挥了挥手，“可能是急救护士队成员，也就是护理辅助人员。”格雷丝摇摇头。女孩们紧绷的下巴和严肃的表情暗示了一些东西。领事抬起头来，“你到底想让我做什么？”

格雷丝犹豫不决。她来这里是要归还照片，但此刻，她想知道答案，“我很好奇这些女孩是谁，她们和埃莉诺·特里格有什么关系。”

“我不知道。”米查姆爵士坚定地回答。

“你可以在伦敦做些调查，试着找出答案。”格雷丝质疑道。

“事实上，我不能，”领事冷冷地说，“特别行动处被关闭后，所有档案都被送到华盛顿的美国陆军部。我相信它们被封存起来了。”他站起身，“恐怕我得走了。”

格雷丝站起来，追问道：“她来纽约干什么？”

“我完全不知道，”米查姆爵士答道，“我说过了，特里格小姐和英国政府不再有牵连，她的行踪是她自己的事。我不知道这与你有什么关系。”

“如果他们找不到人怎么办？”格雷丝问，“我是说，认领埃莉诺。”

“我想，她会葬在城市的贫民墓地，领事馆没有这方面的资金。”格雷丝想说，一个为你们国家效力的女人，即使是一名秘书，也理应得到更好的待遇。见她把照片收起来放进信封，领事伸出双手说：“好吧，如果你愿意把照片给我，我相信我们可以让她的私人物品汇聚在一起。”

几乎是出于本能反应，格雷丝准备交出照片。“你们打算怎么做？”她向后仰着身子。

米查姆爵士扬起眉毛，眼镜上方出现两道白色，“你说什么？”

“如果没有找到亲属，你们怎么让她的私人物品汇聚在一起？”

领事很显然不习惯受到质疑，怒道：“我们会妥善保存照片，进行调查。”从他的语气就知道他们不会这么做。“这不关你的事。”他伸手去拿照片。

格雷丝迟疑了一下。她很想把照片交出去，一走了之。但是，她不能抛弃它们，她必须做点什么。“我改变主意了，”她平静地说，“我想留着它们。”她起身准备离开。

“但我真的不认为……”领事结结巴巴地说，“你那么急切地想归还它们，这不就是你来领事馆的原因吗？我不希望它们成为你的一个负担。”

“没问题，真的。”格雷丝勉强挤出一丝笑容，“我找到的，照片是我的。”

“事实上，”领事冷冷地说，“照片是埃莉诺的。”他们对视了几秒钟，谁都没有退让。然后，格雷丝转身离开了领事馆。

到了外面，格雷丝停下来，再次考虑照片的事。她竟然还留着它们，还是不知道该怎么办。不过，这件事可以留待以后解决；现在，她该去工作了。

她手里攥着照片，走上人行道，与第三大道上涌动的人潮融为一体。“格雷丝！”一个男人喊道。她停下来，确定听错了，这里没有人认识她。有一瞬间，她怀疑是不是米查姆爵士追上来，索要照片，但声音是美国口音。“格雷丝，等等！”接着，又是一声，声音更加坚决。

她转过身。就在这时，她被一个路人撞了一下，手里的照片散落一地。她赶紧蹲下身去捡。

“我没想吓你。”男人的声音很耳熟，“我来帮你捡。”

格雷丝抬起头，被眼前这个她确信再也不会见到的男人惊呆了，“马克！”

回忆如潮水般涌上心头：她的身体在洁白的床单上恣意翻滚，感觉就像飘浮在半空中。一个男人的手抚摸着她，那个人不是汤姆。

此刻，他就在眼前。马克扶她站起来，灰色羊毛大衣的袖子蹭着她的胳膊。格雷丝盯着他。他满脸洋溢着笑容，淡褐色的眼睛闪着光芒，软呢帽下露出一绺乌黑的鬈发。他像老朋友似的吻了吻她的脸颊，身上的古龙水香味把她带回了那天晚上以及所有那些不该去的地方。

格雷丝想起了照片，急忙去捡起来。“我来帮你。”马克又说道。她在想，和已故好友的妻子上过床，他也觉得尴尬吗？

她朝他摆了摆手，“我自己可以。”她不想让他看到照片，然后问这问那。但是，他冲向路边，敏捷地捡起一张差点掉进排水沟的照片。

格雷丝把所有照片都收好后，直起身来。“你在这儿干什么？”她脱口而出，感到脸都红了。那天晚上，他说那是他在城里的最后一晚。然而他还在这里。

“公务延期了。”他没有细说。

他们尴尬地站了几秒钟，她的眼睛盯着他大衣领子下刚刚刮过的脖子。没什么可说的了。“我得走了。”她向后退了一步，发现心里竟有些不舍。

“等等，”他抓住她的胳膊，轻轻的触摸让她想起了两人一起度过的那个夜晚，“我本来希望我们能再见面，可当我醒来时……”

“嘘！”她责备道，回头看了看。这件事已经够糟了，她不想让任何人知道。

“对不起。不管怎样，既然碰面了，我希望能再见到你？”他的音调上扬，变成了一个问句。

为什么，格雷丝想，又一个一夜情？他们之间不可能再有什么了。“我不可能……”

“至少，让我请你吃个早餐吧。”他说道。

“我得去工作了。”她把信封塞回包里。“去工作？”听到他声音里的惊讶，她的怒气更大了。她为什么不能工作？这并不稀奇，尽管随着男人从欧洲归来，许多女人已经不再工作，要么是出于自愿，要么是被迫离职。不过，她意识到，他并不是看不起她，只是他们在一起的那个晚上很少谈论自己。这让她感到一丝安慰；他们谈过战争，谈过汤姆，但她的真实自我和现实世界仍然难以窥探。马克根本不了解她。

她希望保持这种状态。“我是去工作，”她说，“我要迟到了。谢谢你的好意。”

“那么咖啡呢？”他执拗地说。

“真的不行。”她再次想要离开。

“格雷丝。”他叫道。

她转过身来，“你没听到我说不吗？”

然而，他只是递过来一张照片，在地上漏捡的一张。“你掉了这个。漂亮女孩。”他对照片评论道。

“对不起，我太失礼了。”格雷丝说，语气变得柔和起来，收起照片。

“没错，”他说，两人都咯咯地笑了，“你真的没时间喝杯咖啡吗？”他带着恳求的表情问道。

格雷丝意识到，她可以喝杯咖啡，马克只是在表达善意。不过，去见领事让她迟到了，她琢磨着弗朗基会不会生气，然后决定可以再多待一会儿。“我有15分钟。”她说。

马克咧开嘴笑了，“我没问题。”

她跟着他来到下一街区的一家咖啡馆。“请来两杯咖啡，”

落座后马克对女侍者说，随即转向格雷丝，“吃点什么吗？”她摇摇头。她本可以吃点早餐，但她不想待太久。“你来纽约多长时间了？”当热气腾腾的咖啡端上来时，他问道。

“快一年了。”她能感觉到结婚纪念日就要到了，现在的天气和那天一样。

“自汤姆去世后。”他说。

她呷了一口咖啡，感觉太烫，于是又把杯子放下，“差不多吧。我来这里本打算和他一起度周末，没想到传来噩耗。”

“你就留了下来。”

她点点头，“算是吧。”严格来说，情况并非如此；她去波士顿参加了葬礼，然后回到韦斯特波特父母家。但是，周围过分关切的表情和同情的话语几乎令她窒息。不到一周后，她离开那里，去了汉普顿的马西娅家。

“你说你在纽约的工作延期了？”她问，故意岔开话题。

“嗯，我是律师，听证会还没结束，所以我在詹姆斯酒店多住了几天。”马克回答。

她脸红了，想起那个舒适的套房。

“那么这些照片，”没等她细问，马克朝她装着信封的提包点点头，继续说道，“它们和你的工作有关吗？”

格雷丝犹豫了一下，她很想和别人谈谈这些照片，帮她想想该怎么做。马克淡褐色的眼睛里有一种东西，当他端详她的脸时流露出的好奇和关切，让她觉得可以信任他。她深吸了一口气，低声问道：“你听说有个女人在中央车站附近被车撞了吗？”

他点点头，“我刚在报纸上看到这个新闻。”

“嗯，我亲眼看见了。”

“你看见她被撞了？”

“不完全是。我是车祸发生之后到的，警察和救护车都已在那里。”

“一定很可怕。”

“是的，不仅如此。”格雷丝接着告诉马克，她是如何绕道穿过中央车站，发现了一个手提箱。他的胳膊肘支在吧台上，手托着下巴专注地听着。“当我在箱子里寻找身份信息时，发现了这些照片，”她接着说道，试图让自己的行为听起来合情合理，然后拿出照片，“我想把它们放回去，但手提箱不见了。后来我发现照片属于那个被撞的女人，她是英国人。起初，我只是想找办法把照片还回去，所以去了英国领事馆。”

“但是你没有把照片留在领事馆，为什么？”

格雷丝迟疑了一下，“我不知道。我想确保它们交到合适的人手中。不过，我和领事谈过了，他不知道这些女孩是谁，但他说埃莉诺在战争期间为英国政府工作，一个叫特别行动处的机构。”

“我听说过，简称SOE。”

“他是这么说的。”

“这是一个英国机构，战争期间派遣特工到法国执行秘密任务，从事破坏活动等等。埃莉诺为特别行动处做什么？”

“领事说是文员，其他情况他也不清楚，只知道战争结束后，该机构的档案被送到了华盛顿的美国陆军部。但我还是不知道这些女孩是谁，也根本无法归还她的照片。”

“你现在打算怎么办？”马克问道。

“我不确定，”格雷丝说，“也许在《泰晤士报》上登个广告吧。”好像她有这笔钱似的。她见弗朗基这么做过，帮助一位客户寻找战争期间失散的丈夫。“现在，我得去上班了，已经迟到很久了。你一定也有事情要做。”

“我今天下午要回华盛顿，”他说，随后把几枚硬币留在柜台上，跟着她朝门口走去，“我的案子结了。”

“噢。”她说，心里有一种意想不到的失望。

到了外面，他们默默无语地站了几秒钟，似乎谁也不愿分开。“哦，领事说美国陆军部存有档案，”马克突然说，“我在那里有熟人。如果你愿意，我可以帮你查一下。”

“不，”她直截了当地说，“我是说，谢谢，你真好。但这是我自己的事情，我已经占用你不少时间。”

“或者，”他笑着继续说道，“你可以自己去查。”

“我？”格雷丝盯着他，很是惊讶。失去汤姆后，她独自一人来到纽约已是一场冒险，但大老远跑到华盛顿听起来更是荒谬，“那不可能。”

“为什么？”他质疑道，“你在领事馆陷入了僵局，这里已经打听不到什么东西。你会无法摆脱这些照片，为什么我们不去华盛顿碰碰运气？”

我们。格雷丝有些局促不安。“你为什么要这么做？”她问道。

“也许我也感到好奇，也许我还没准备好和你说再见。”他脱口而出，这让格雷丝非常惊讶。她以前见过马克几次，对他颇有好感，主要是因为汤姆喜欢他，对她来说就够了。

再加上她的孤独和酒精的作用，促使她那天晚上和他上了床。但此刻他却在暗示，他的想法远远超出她的初衷。

“你并不了解我。”她挥了挥手。

“这正是我想改变的，”他说，“来吧，只到华盛顿待一天。你想不想了解埃莉诺和那些女孩的事情？”

“嗯，当然。”格雷丝本不应该为了某种疯狂的调查跳上开往华盛顿的火车。她应该弄清楚自己的生活，是留在纽约还是回家，以及下一步该怎么办。

“那么你同意了？”他的眼睛紧紧地盯着她，深邃而撩人。

格雷丝想离开他，离开那些女孩，离开这一切。但更重要的是，她想了解这件事，“什么时候？”

“今天。”

“我有工作。”

“那就明天。休一天假，或请个病假。只是一天而已，换取你想要的所有答案。想想看？”没等格雷丝回答，他继续说道，“要不这样吧，你把事情安排好，然后告诉你的老板。今天下午2点我得赶回去，但明天早上7点有一趟火车，你就坐那趟，我会在联合车站的月台上等你。”他行了个脱帽礼，“到时候见。”他说话的口气好像她已经默许了，她和他见面已成定局。

看着他大步走开，格雷丝的内心充满疑惑。她不应该这么介意他离开，她应该感到高兴才对，这样就可以把那天晚上的错误抛到脑后，重新开始生活。再次见到他是个错误，去华盛顿见他是更加严重的错误。

而这正是她答应他的原因。

第十一章　玛丽

1944年，法国

在黎明前的寂静中，小屋外传来一阵声音。玛丽坐了起来，既恐惧又疲惫。整个晚上，她半坐半卧地靠在粗糙的木墙上，冰冷坚硬的地面让她浑身骨头酸痛，泥土渗出的湿气将臀部浸湿了一片。

声音又响了起来，就像她小时候和妈妈每年夏天在孔卡尔诺郊外度假时，花园里的鹿发出的沙沙声。不过，这不是一只鹿；脚步踩在干枯的树枝上，声音越来越重。玛丽跳了起来，想象着门外站着一个德国人。她努力回想训练中的做法，不禁毛骨悚然。

接着，门外响起了钥匙在锁眼里转动的声音，门打开了，原来是昨晚带她来的那个怒气冲冲的高个子男人。玛丽抚平裙子，屋里散发出的臭味让她感到尴尬，她曾在一个角落解过手。她不想这样做，但门被锁上了，屋里没有任何卫生设施，她别无选择。

那人没有说话，只是示意她跟着他。她顺从地从小屋出来，将浅金色头发低低地绾成发髻。她的嘴发酸，肚子饿得咕咕叫。地平线上的天空呈粉红色，空气潮湿。他是半夜把她带到小屋的，所以她应该只在那儿待了几个小时。然而，等待和担忧让时间变得无比漫长，她不知道他什么时候回来，如果不回来她该怎么办。

她看见那间小屋隐没在一排白杨树后面的山谷里。“你还好吧？”当他们爬上山时，那人用英语问道。他的声音很低，只能勉强听到。

“还好，但并非你的功劳。”她大声说道，对自己受到的待遇感到气恼。

“安静！”他转过身，用低沉沙哑的声音命令道，用力抓住她的手腕，几乎弄疼了她。

“别碰我！”玛丽想往后退，但他的手如同铁钳一般牢牢地抓住她。

他的眼里闪着怒火，“你再怎么喊叫，也不会有人来。”他们对视了几秒钟，没有说话。

那人又开始往前走，带着她穿过树林，方向似乎和昨晚来时的不一样，不过她不能确定。她边走边用眼角余光打量他，他的头发剪得很短，下巴棱角分明。尽管穿着法国农民的裤子和衬衫，但从他笔直的身姿和步态，不难看出他是军人，或者曾经是军人。

树林前方出现了一片空地，远处是一个无名的小火车站，比她昨晚过夜的小屋大不了多少。那人熟练地向两边看了看，仿佛要确保自己没有被发现或跟踪，然后又抓住她的胳膊。玛丽挣脱开来，“别再碰我！”陌生男人那双讨厌的手总是让她想起小时候，父亲死死地抓住她，紧接着是一巴掌或一拳。

她等着情报员的斥责，然而他点点头表示同意，“那就跟紧点。”他穿过空地，来到车站后面，一辆自行车停放在那里。“上车吧。”他指着横梁说。她犹豫起来。此时，清晨的太阳已经高高升起，在法国乡间骑车似乎是愚蠢之举，肯定会引起别人的注意。然而，拒绝意味着进一步激怒这个男人，在这个国家，除了他和那个小屋，她一无所知。他扶稳自行车，让她斜坐在横梁上，然后骑上车。他握住车把，双臂环绕着她。她挪了挪身子，和一个陌生男人靠得那么近，感到很不自在。他开始沿着高低不平的小路骑行。

他们来到空地的边缘，这里通向一条乡村道路，两边是摇摇欲坠的低矮石墙。山谷在他们脚下展开，农田郁郁葱葱、阡陌纵横，点缀着红色屋顶的小屋和偶尔可见的庄园，一股潮湿、浓郁的金银花香味扑面而来。她从连绵起伏的山丘以及头天晚上的飞行路线推测，他们是在法兰西岛，巴黎西北部，纳粹占领区的中心地带。

他们经过一座农舍，一个年轻女人在院子里晾衣服，玛丽感到一阵惊恐。之前她一直处于黑暗中，此刻他们在光天化日下，肯定会有什么东西暴露她的身份。但那女人只是笑了笑，以为他们是一对骑车兜风的情侣。

过了几分钟，那人骑着车突然驶离大路，玛丽差点摔下来。他在一座乡间别墅前停了下来，玛丽抓住车把。“我们要在这里干什么？”她试着问了一句。

“我们的一个安全屋。”他解释道。玛丽抬头望着这座带有尖顶和天窗的豪宅，颇感惊讶。她原以为会是山洞和树林，或者顶多是像她昨晚住过的那个小屋。“房子被遗弃了。要不是这个，德国人早就占领了。”他指着面前两块铺路石中间的东西。榴弹炮，她在训练时见过。德国人在占领前投下的炸弹，但未引爆。“花园里还有五六枚。”

宅邸里面似乎没有受到影响，亚麻餐布和瓷器完好无损，家具没有用布盖上。在左边的餐厅里，玛丽看到布置好的餐桌，好像随时会有客人来。住在这里的人一定走得匆忙，她想，回忆起四年前，法国北部数百万人在德军进攻前的大逃亡。所有东西都蒙上了一层灰尘，这是这所房子空着的唯一迹象。

楼上传来阵阵微弱的谈笑声。那人自顾自地一步两级走上楼梯，她急忙跟上去。他推开一扇门，看得出，这里曾经是间书房，几个和她年龄相仿的男人围坐在一张宽大的橡木书桌旁，这张桌子已被当作餐桌使用。窗户上拉着厚厚的窗帘，桌上点着几支蜡烛，摆满了书的书架直通天花板。

威尔坐在窗边的扶手椅上，他就是头天晚上把她送到这儿来的飞行员。玛丽很是惊讶，不知道他为什么没能飞出法国。他是房间里唯一熟悉的面孔，于是玛丽朝他走去。走近一点，才发现他在闭着眼睛打盹。

这群人聚集在这座废弃的别墅里，想必是为了躲开人们的视线。然而，他们像在巴黎的咖啡馆一样谈笑风生，空气中弥漫着咖啡和鸡蛋的香味。想起过去几个小时她住过的阴冷黑暗的小屋，玛丽感到愤愤不平。她怒视着情报员，此时他站在房间的另一边靠窗的地方。昨晚他本来可以把她带到这里，但他没有。也许这是一种考验。

这时，一名男子注意到了她，招呼道："来，来。"玛丽听出他的话里带有威尔士口音，只见这人留着八字须，与法国人格格不入。"不要等人请你。吃点熏肉吧，不然就没了。"玛丽简直不敢相信自己的耳朵。自从战争爆发以来，家里就再没吃过熏肉。但现在，盘子里厚实酥脆的熏肉呼唤着她。那人把盘子递过来，"吃吧，不是每天都能这样。一个小伙子在沙特尔附近的黑市买了点熏肉，得尽快吃完。我们没有地方储存，不能冒险带着它。"她走上前，看到桌子上摆放着各种奇怪的食物：番茄酱烘豆（太英式了，她能听到埃莉诺的指责）、面包、奶酪和水果。

玛丽的肚子咕咕直叫，提醒她从昨天起就没吃过东西。她伸手去拿递过来的熏肉，想找叉子，但没找到，于是小心翼翼地用手捏着塞进嘴里。

男子给她倒了杯咖啡，然后伸出手说："我是艾伯特。"她和他握了握，注意到自己油腻的手指。

艾伯特握住玛丽的手吻了一下，她的脸涨红了。"你好，"她用法语说道，不知道他是不是在和她调情，也不知道该如何回应，"幸会。"

他扬起眉毛，她琢磨自己是否做错了什么，"你的口音很完美。你是法国人吗？"

"半个，我妈妈是。"玛丽答道，"我在英国长大，但小时候常去布列塔尼度夏。"

"这很有用。我们大多数人的法语都很烂。"

“别把其他人也包括进去。”艾伯特旁边那个姜黄色头发男孩反驳道，他没有做自我介绍。

“那么你是当情报员？”艾伯特问道，没有理睬男孩。

“不！”她脱口而出。一想到要在法国乡间到处传信，随时都有被捕的危险，她就感到惊慌，“是报务员。”

“啊，钢琴家。”这个词听起来很奇怪。她想起有一次训练时，有人把发报机比作钢琴。“以你的语言能力，让你待在房子里简直是浪费，”他叹惜道，“不过我想维斯珀会安排好一切的。”

“说到维斯珀，不知道你能不能给我指一下。”玛丽说。艾伯特扬起了眉毛。“我想和他谈谈昨晚接我，今早带我来这里的那个情报员。”她低声说，以免让情报员本人听见。

“情报员？”艾伯特把头往后一仰，哈哈大笑起来，这让所有人停止了交谈，“情报员？”他把头歪向窗边的那个人，“哦，亲爱的，那位就是维斯珀！”

其他人也跟着笑了起来。那个把她留在小屋并把她带到这里的人，根本不是什么情报员，而是埃莉诺提到过的大名鼎鼎的网络负责人维斯珀。她朝情报员的方向看了看，现在知道他就是维斯珀，他肯定听到了他们的谈话。玛丽面红耳赤，为自己出的洋相感到难堪。但他没有告诉她，她怎么会知道呢？

“嘘！”维斯珀突然举起手制止道。他们停止了嬉戏，别墅外传来阵阵警笛声。特工们面面相觑，表情变得忧心忡忡。

艾伯特看上去并不担心，他不屑地挥挥手，平静地说：“如果克里格勒和他的手下来抓我们，绝不会用警笛通报他们的到来。”有几个人局促不安地笑了。

随着警笛声越来越近，声音变得越发刺耳，一秒又一秒过去了。最后，警车驶过别墅，声音越来越小。“我听说有人在皮卡迪被捕了。”当警笛声消失在远处时，一名男子说，“两个特工在安全屋被抓走。”玛丽不寒而栗。皮卡迪就在北边，离这儿不远。她在想，逮捕是不是发生在像这样漂亮的安全屋，事情发生之前，他们是不是也在嬉笑打闹。

艾伯特挥挥手，“别谈这种事。”好像厄运会传染给他们似的。

但那个人仍喋喋不休，“他们一定是太大意了。”大家纷纷点头表示同意，希望自己有别于那些倒霉的人。

“别那么肯定。”维斯珀厉声道。玛丽希望他会否认此事，但他没有。“他们都是最好的特工。”他眉头紧锁，表情严肃地说。从他的声音中可以听出，这个不幸的消息对他打击很大。“这种事随时可能发生在我们每个人身上，千万不要放松警惕。”维斯珀说完后转过身去。其他人围坐在桌子旁，变得沉默而忧郁。其中一人点燃了一支香烟，不祥的烟雾弥漫在空气中。

突然，门口传来咔嗒一声。艾伯特站起来，维斯珀的手本能地伸向腰间，好像是要去拔枪。玛丽僵住了，想起几秒钟前的警告，他们随时都可能被捕。

门猛地开了，一个女人走进房间，衣着时髦，肩上挂着一支斯登冲锋枪。是乔茜。

一看到朝思暮想的好友，玛丽的心都要跳出来了。她没想到会再见到乔茜，也许永远不会，当然更不会这么快。她站在那儿，几乎要叫出声来，随后想起不该这样。

“该死，吓了我们一跳！”艾伯特说，“我们以为你过两天才能回来。”

“我们接到消息，游击队的训练场遭到破坏，”乔茜说，“已经不安全，人员必须撤离。”说完开始在门口的矮桌上拆卸枪支。

玛丽急忙走过去，闻到了她身上有一股淡淡的火药味，不知道她在什么情况下开枪了，“乔茜。”

“你好！”乔茜抬起头，热情地笑道，吻了吻玛丽的脸颊，“很高兴你安全到达，”她说，随即皱起鼻子，“如果你想洗漱一下，这里有盥洗室。”玛丽心里一阵尴尬，接着感到愤愤不平：她当然看起来一团糟——在那个小破屋待了一夜，能会是什么样？但乔茜在战地已经待了几个星期，头发仍梳得整整齐齐，衣服平整服帖，穿着一双露跟凉鞋，没有任何污垢和磨损的痕迹，就连指甲也很完美，呈淡粉色椭圆形。“出门前你得打扮好一点。”乔茜补充道。玛丽寻思，自己要被派往哪里？

在盥洗室，玛丽尽可能把头发梳好，洗了洗脸。她不悦地注意到，强力樟脑皂把她的脸弄得通红。旅途劳顿以及夜宿小屋使她的皮肤发黄，还出现了黑眼圈。

玛丽从盥洗室出来时，乔茜已经拆卸好冲锋枪，正在用一块软布熟练地擦拭各个部件。玛丽仔细端详着她，“你还好吗？”

“好极了。”乔茜看起来很精神，脸上泛着红晕，两眼炯炯有神，“我一直在乡下活动，向游击队提供武器，并教他们使用。”

“那你不做报务员了？”在当初训练中，乔茜的发报技术最为出色，不让她做这个太可惜了。当然，她在其他方面也很擅长，玛丽此时明白，乔茜对这个网络多么重要，相比之下，她越发感到自己的不足。

“有时也做，”乔茜说，“不过，战地的流动性很大，需要做什么我们就做什么。”乔茜听起来成长了许多，比以前更加自信了。这里的工作显然很适合她，玛丽不确定自己今后是否也会和乔茜一样。

“你周二至周四值班。”乔茜说，指的是玛丽在这三天负责将消息发回伦敦。

玛丽想象埃莉诺正等着接收信息，希望自己的电码清晰明了。她寻思会要她发送什么信息，“从这里发报？”

乔茜摇摇头，“随时随地，你得问问维斯珀，”玛丽的目光穿过房间，仔细打量着维斯珀。他看上去比其他人大几岁，高高的颧骨，深蓝色的眼睛。有些人可能会说他很帅，包括她自己，如果没有从一开始就不喜欢他的话。“他控制着巴黎和法国北部的一切行动，几十名特工，也许还有上百个当地联络人。”

玛丽感到很困惑。她们早在苏格兰训练时就了解到，法国这边的每个特工小组通常由三人组成，包括网络负责人、报务员和情报员。他们分开行动，如果一个人遭遇不测，不会牵连到其他人。但在这里，维斯珀掌管一切。一个人知道这么多安全吗？

房间的另一头传来说话声。在桌子旁，维斯珀和艾伯特、威尔围拢在一起研究一幅地图。他们之间产生了分歧，声音越来越高，所有人都能听到。

“他们是表兄弟，”乔茜朝维斯珀和威尔的方向歪了歪头说。这让玛丽很惊讶，因为他们实在太不一样了。威尔那种天塌当被盖的作风和温文尔雅的举止与他表兄的严肃冷峻形成了鲜明对比。“想不到吧。留心那一位，”她补充道，朝威尔点点头，“长得不错，很讨女人喜欢。据说他处处留情，包括巴黎的妓院。”

“乔茜！”玛丽惊讶地用手捂住嘴。

乔茜耸了耸肩，“这是漫长而孤独的几个月，这种事难免发生。保持头脑清醒，不要分心。”

“我以为威尔飞回英国了。”

乔茜摇摇头，“飞机起飞后很快出现机械故障，不得不在另一个场地着陆。随后我们把飞机拖到一个安全地点进行维修。”玛丽打了个寒战，庆幸他们在飞机出事前安全着陆了。

桌旁那几个人的声音越来越大。“我们需要在芒特拉若利附近再找一个安全屋。”维斯珀说。

威尔摇摇头，“太鲁莽，太轻率了。在那些人被捕后，我们不能再让当地人冒风险。我们需要严阵以待，暂时避避风头。”

“不可能！”维斯珀粗暴地说，“我们接到命令，要在一个月内拿下那座桥。我们需要做好准备。”

“那么至少提醒当地人，好让他们把家人转移到安全的地方。”威尔倔强地说。

“冒着泄露行动消息的风险？”维斯珀反驳道。

玛丽转向乔茜，“他们在吵什么？”

乔茜耸耸肩，“他们俩总是这样，最好别掺和。”

玛丽靠近一步，抑制不住好奇，问道：“怎么了？”她对自己的大胆感到惊讶。

维斯珀望着她，显然很恼火，“没事。你知道得越少，对你和我们大家越好。”

但威尔直言道：“目前我们正在这里和芒特拉若利之间创建多个安全屋和投递箱。我们即将进行一项危险的行动，执行任务的特工需要安全屋，以便事后安全撤离，但当地人越来越不太敢帮我们。在另一个村子，纳伊，村民因为帮助游击队遭到大规模报复。根据帝国保安部头目克里格勒的命令，男子被枪杀，妇女和儿童被关进教堂放火焚烧。”玛丽倒抽了一口气。“全村的人都被杀害了。”

“这就是为什么我要自己去寻找新的地点，”维斯珀解释，“我们要尽最大努力说服当地人。”

“可是你的法语，”艾伯特咂着舌头说，“你不可能自己一个人去。”

“我可以陪你去。”玛丽大胆地说，立马就后悔了。

维斯珀对她的提议很惊讶，随后皱起眉头。“不行！”他厉声说，“你刚刚到，没有实际经验。太危险了。”

“她的法语很好，而你压根儿不会。”艾伯特诘责道。玛丽纳闷，网络负责人不会讲法语怎么在法国工作。

维斯珀没有回答，只是盯着她，思索着。他是喜欢独自行动，还是压根儿不想要她？不管怎样，他都会说不，她想，感到既失望又宽慰。

“仅限于芒特拉若利，”他终于让步了，“来吧。”玛丽看到周围的人都露出惊讶的表情。

当维斯珀走出门时，玛丽回头看了看乔茜。她们相聚的时间如此短暂，谁知道什么时候能再见面？她想跑过去和乔茜道别，看看她是否有什么忠告和建议。但乔茜只是挥挥手向她告别，玛丽知道自己别无选择，只能离开。

她跑下楼梯，出了别墅前门去追维斯珀，在经过花园里的未爆榴弹炮时，放慢了脚步。维斯珀没有骑先前的那辆自行车，而是步行穿过房子对面的田野。两人都没有说话。他迈着大步，她几乎小跑着才能跟上，不知不觉皮肤变得湿漉漉的，很不舒服。

他们默默无语地走了一会儿。远处，教堂的钟声敲响了十下。“你走得太慢了。”他们来到田野尽头的乡间小路上时，他责备道。

“你想让我怎样？”她愤愤地说，过去几天的愤怒和恐惧一下子爆发出来，“你把我留在小屋，冻了一夜，没吃的没喝的。我已经筋疲力尽了。”

“我已经两周没睡过一个好觉了，”他说，“工作性质就是这样，总是四处奔波。不过，等我们把发报机安装好，你就会有正常的生活。我很惊讶你会愿意来帮一个情报员。”他补充道，换了个话题。

玛丽脸红了。“我不知道来接我的是大名鼎鼎的维斯珀，”她故意轻描淡写地说，“真荣幸。”

他看上去很惊讶，就好像从来没有人跟他开过玩笑。“你可以说得真诚些，”他冷冷地说，“顺便说一下，我叫朱利安。”

“你不会讲法语怎么工作？”她问道，接着仿佛听到埃莉诺责备她不应问太多问题。

“作为负责人，我很少与当地人打交道。如果我被抓住，就太危险了。所以我保持低调，通过其他男特工展开行动。”

“还有女特工，”她指出，“或者你认为我们不应该在这里？”

“我认为女性可以胜任，如果她们足够优秀——并且能全身心投入工作。”最后这句话听起来像是直接针对她。他的话里透着质疑，应和了她自己的疑虑。

她决定不予理睬，“你说我们要去芒特拉若利？”

“其实是去附近的一个村子，罗尼。目前我们在该地区没有安全屋，除了那栋别墅，别墅太大，太显眼，无法藏匿逃亡的特工。我们准备建立一个安全屋，但不能就这么走进村子，询问谁愿意冒着生命危险藏匿特工。所以我们从小事着手，先找一个当地人为我们提供情报联络点，然后问问他们是否愿意为我们藏匿特工。”

她还没来得及说话，拐角处传来隆隆的响声，一辆棕色军用大卡车向他们驶来。玛丽紧张起来，朝树林走去。朱利安抓住她的胳膊，这次她吓得不敢反抗。“别紧张，”他低声说，“我们是一对法国夫妇，早上出来散步。”她强迫自己继续正常行走，眼睛低垂着。不一会儿，卡车在远处消失了，这时他粗暴地甩下她的胳膊，“你知道你的身份是个法国女人吧？”

“嗯，当然。”

“那就装得像一点。”

她低下头，“对不起。我可以回别墅，你带别人去。也许乔茜……”

“太晚了，”他说，这时他们来到一个村子外，那里有一些横七竖八的石灰岩房子，还有一条蜿蜒流淌的运河，“到了。”玛丽惊讶地发现，他们的目的地离别墅很近，只有几英里的路。他在一座低矮的石桥前停下来，“我们在这个地区没有多少联络人。这里对我们来说很陌生，但是据说，村子里有些人同情抵抗运动，愿意提供帮助。我们需要找一所房子或一家咖啡馆，可以在那里留信息——最终我们的特工可以躲在那里过夜，如果需要的话。”

“不要找咖啡馆，”玛丽说，目光顺着主路望向村子，那是一条弯弯曲曲的鹅卵石街道，尽头是一个小广场，“找一家书店，如果有的话。”说话的同时，一个念头在她脑子里渐渐形成：可以在看书时交换信息，甚至把它放在某本书中。

“书店，”朱利安重复道，脑子里思量着这个主意，“太棒了！”他带着赞许的目光看着她，她涨红了脸，“有一个，就在广场外。德国人不会去那里，因为他们讨厌书。”随后，他的笑容消失了，“你得去做，说服店主。”

“我一个人？”玛丽问道。她落地还不到12个小时。

“没错。男人大中午去书店会引起怀疑。”

玛丽点点头，人们会奇怪他怎么没去打仗，“但我陪你来是做翻译。刚才军车从我们身边经过时，你看到我表现得多么慌张。”

“你打算做这份工作吗？”他厉声道。

玛丽想反驳，她的工作是在隐蔽的地方做报务员。然而，在降落地面不到一天里，她的第一个身份是翻译，现在又是密探。随后，她回忆起埃莉诺说过，特工必须在各个方面接受良好训练，因为随时可能被要求做任何事情；乔茜也说过，需要做什么我们就做什么。这是她的任务，至少是一部分任务。

“我知道你很紧张，”朱利安说，声音柔和了一些，“恐惧是人的本能，这个没错。它让我们保持警惕，让我们活着。但你必须训练它，驾驭它。去吧，问问老板有没有原版荷马史诗《奥德赛》。”

“这暗示什么？”

“我们用一些精心设计的问题，测试某人是否同情抵抗运动。我们可能会问鱼贩黑线鳕是否正当季，或者问花店店员郁金香的事，通常都是不合时令或难以得到的东西。”他长吁了口气，不耐烦地说，“我真的没时间再解释了。如果他以前帮过忙，自然就会明白。”

玛丽走进村子，经过一所学校，看到孩子们课间在院子里玩耍。书店在广场北边，一个安静的店面，在一幢带阳台的房子下面，敞开的浅蓝色百叶窗中间放着一盆枯萎的罂粟花。外面的招牌上写着“马恩书店”，黄色油漆已经褪色。小书店里很安静，只有一个男孩在翻阅漫画书，空气中弥漫着旧纸张的气味。

玛丽一直等到男孩付完钱走了，才来到柜台后面的店主跟前。他是个干瘪的男人，头顶都秃了，只剩下一圈白发，戴着一副眼镜，像是直接架在浓密的小胡子上，中间什么也没有。她注意到，墙上挂着一幅第一次世界大战的装饰画。

店主是个退伍军人，也许还有些爱国精神。“你好。我想找本书。”

“哦？”店主听起来很惊讶，“现在很少有人读书，大多数人只是想用我的书来点火。”

店主对于来了生意显得很高兴，玛丽真不愿让他失望。“一卷原版《伊利亚特》。”她说。店主转向身后的书架，开始从中翻找。“我是说《奥德赛》。”她急忙纠正。

店主慢慢转过身，“你不是真的想要那本书吧？”

“不是。”

他瞪大了双眼，显然知道这个暗示。“你可以接受包裹吗？”她问。

“不。”他使劲摇了摇头，目光掠过狭窄的鹅卵石街道上的一家咖啡馆，几个党卫军坐在玻璃窗后面，正在吃早餐，“我有新邻居。对不起。”

玛丽的心跳加快，德国人肯定看见她走进书店了。

她克服恐惧，又试了一次，“先生，我们会低调行事，只是把信夹在书里，你甚至不会注意到。”她没有提到特工可能需要躲在书店里，知道这个要求太过分。

“小姐，我女儿和她不到一岁的儿子就住在楼上。对于我自己，甚至我妻子，我一点也不在乎，但我得考虑外孙的安全。”

玛丽想起在东安格利亚老家的苔丝。抛下孩子是一回事，但把她置身于危险之中令人无法忍受。她没有权利要求这个可怜的人这么做，她开始向门口走去。这时，她的脑海中浮现出维斯珀的身影，满怀期待地在村边等着她。她不能失败。

“先生，我们需要你的帮助。”她的声音里透着绝望。

店主摇了摇头，接着从柜台后面出来，走到书店门口，把橱窗里的招牌变成“打烊”字样，“再见，小姐。”他说完便从后面的一扇门里消失了。

玛丽停了一下，考虑要不要去追他。但她不会说服他，而引起别人的注意会让事情变得更糟。她沮丧地走到街上。她失败了。

玛丽从书店出来，沿着原路走出村子，穿过那座矮桥。当她到达离开朱利安的地方时，没有看见他。他放弃了她？有那么一刻，她几乎松了一口气；她不必告诉他，她失败了。但是没有他，她将无处可去。

随后，她看见了朱利安，半掩在树林里，于是沿着堤岸向他走去。“情况怎么样？”

玛丽摇摇头，“他不同意。”

她等着维斯珀的责备。“我并不惊讶，”他说道，“该地区发生了多次报复行动，现在大家都不敢帮忙了。”

“要么再找一家商店。”她建议道。

“今天不能再问任何人了。我们已经打扰过书店老板，如果继续在村里问东问西，人们会开始议论起来。”

“现在怎么办？”

“我带你去你住的地方。本来会有另一个特工带你去公寓，但既然我们来了，我就带你去吧。我们可以改变部署，制订新的计划。”玛丽感到一阵失望，她本来希望能回到安全屋，再见到乔茜。“快点。”他命令道。

玛丽以为他会返回树林，然而，她惊讶地看到，他朝着她刚才去过的村子走去。“我记得你说过，你不能在这里被人看见。”她说，没有跟着他。

他转过身来，“你总是问这么多问题吗？”他的声音里带着明显的沮丧，“我说过我不应该让人看见，如果你静静地跟着我，我就不会。”他又带她进了村子，绕着广场，走过一条条偏僻小街。“你用来发电报的公寓就在这个村子，”他低声说，“待在这里，你就能了解到我们可以找谁帮忙找到安全屋。”

“那个公寓不能用作安全屋吗？”

朱利安摇摇头，“太显眼了。把逃亡的特工藏在那里不安全。”那么，玛丽想，怎么可能对她就安全呢？“我们有不同类型的安全屋，”他解释说，“传信息，发电报，藏匿特工，每一个都有特定的用途，互不相同。”

他带她穿过一条小巷，在一栋房子后面停了下来。“到了。”他拿出一把万能钥匙，打开门，然后爬上陡峭的楼梯。

当他们爬到顶层时，他打开一扇门，门很矮，他得低下头才能通过。这是一间斜屋顶的阁楼，里面有一张床和一个盥洗台，别的什么也没有。不过，这比她头天晚上住的小屋好多了。

“我想那是你的。”他朝角落歪了歪头，那里放着一个玛丽熟悉的箱子。

“我的发报机！”玛丽急切地冲过去，打开箱子，双手抚摸着机器。看到机器着陆时没有受到严重损坏，她松了一口气。天线的线圈有点弯，但她用手能把它弄直。发报电键也有点松动，自从埃莉诺把它拆过之后，机器就不太好用，在运输过程中变得更糟。不过，她可以把它修好。“有胶水吗？”她问。

“没有，不过我会派人送来。”玛丽记在脑子里，如果胶水没到，就去找些松脂或柏油。这时她才明白，埃莉诺在阿里塞格庄园拆卸发报电键，正是让她为这样的时刻做好准备。

“你需要把发报机的天线挂在窗外。”他说。她向窗外望去，他指的是一棵杨树，上面的花蕾刚刚开始绽放。她注意到，街对面看起来很眼熟，书店，她的胃里一阵翻腾。这个公寓就在她看到党卫军的那家咖啡馆上面。

“但是党卫军……”她说道，“这怎么可能安全呢？”

“他们绝不会想到你在这里。”

“如果他们发现了呢？”

“不会的，如果你小心谨慎的话。你饿吗？”他问道。

“有点。”她承认道。她和艾伯特以及其他人一起享用的那点早餐已成为遥远的回忆。朱利安走到橱柜前，拿出半条面包和一些奶酪。玛丽不知道是他储存的食物，还是别人有钥匙。

他把食物端到桌子上，又去倒了两杯水。当他递过来一杯时，手在颤抖，水晃动起来。“你没事吧？”她问道。

“只是太累了，”他勉强笑道，“每天居无定所，连续几周独自一人……筋疲力尽。”

“但是手不会因为疲劳而发抖。这种情况有多久了？”

他的笑容消失了，“已经好几年了，弹片造成的神经损伤。但最近几个月，症状变得严重了。请别往外说。如果其他人知道……”

“我发誓。”

“谢谢你！”

他们默默地吃着东西，气温越来越低。“我可以在壁炉里生火吗？”她问，担心会像在之前的小屋那样，待在寒冷和黑暗中。

他点点头，“嗯，公寓有人住不是什么秘密。”当她拨弄炉火时，他向后一靠，伸开双腿，交叉在一起。这是他们认识以来，她见到他最放松的时刻。

“那现在怎么办？”她问道。

“你就待在这里，会收到要发送的信息，由情报员或飞行员威尔送来。”朱利安没有提到威尔是他表弟，玛丽不知道他是故意不提，还是在他的世界里，这些信息无关紧要。“他是空运官员，但除了飞行，他还帮助我协调发报工作。”他补充道，“我的小伙子们，还有女孩们，”他立即纠正了自己的话，“遍布法国北部方圆200英里的地区。我经常奔走其中，确保各项工作落实到位。”这时，她才明白他肩上的责任有多重。

“还有一件事，发电报时一定要小心。帝国保安部已经意识到我们在做什么，一直在寻找传输信号。”玛丽记得，埃莉诺在她出发前说过同样的话。“发报时间不要太久，留意那些测向车，或其他有人盯上你的迹象。”玛丽点点头。她听说过那些徘徊在街上的货车，车上装有探测无线电信号来源的特殊设备。很难想象，在这个寂静的小村会有这样的事情。“不过，你不能停止工作，”朱利安继续说道，“你必须把信息传递出去，我们发送到伦敦的信息至关重要。他们需要知道，我们正在尽一切努力，让德国人在大进攻来临时难以做出回应。”

“会是什么时候？”这是重大问题，连她自己都觉得这样问太鲁莽。

“我不知道。”他的声音里带着懊恼，“不要问得太多，记住了吗？这样对大家都更安全。大进攻即将来临，这是肯定的。我们来这里就是为了确保它成功。”他的语气明确而坚定，带有主人翁的意味。玛丽这时才明白，他的冷峻态度不是因为傲慢或冷酷，而是因为他肩负着整个行动的重担。此时，她对他有了新的认识，钦佩他的魄力。不过她又在想，对一个人了解这么多是否明智。“你或其他人只需要知道这些。”朱利安补充道。

他们冒着生命危险，玛丽想，似乎有权知道更多。

他从椅子上站起来，“我得走了。你待在这里，尽量表现得正常，按时把情报员送来的信息发送出去。”

玛丽站在那里，说：“等等。”她并不特别喜欢朱利安，觉得他脾气暴躁，粗鲁无礼，而且过于严肃。但他是她在这里认识的为数不多的几个人之一，她不想一个人待在这个陌生的公寓里，周围有很多德国人。

不过，她对此无能为力。他必须走，而她必须留下。“再见，玛丽。”说完，他走出门去，再次留下她一个人。

第十二章　格雷丝

1946年，华盛顿

第二天早上，格雷丝鬼使神差地坐上了开往华盛顿的火车。

昨天离开马克后，她就直接去上班了，脑子里还想着和领事的会面。起初，她只是想把照片放回行李箱。然而，在得知手提箱是埃莉诺的，而且她曾为英国政府工作后，格雷丝的疑问越来越多：照片上的女孩是谁，她们与埃莉诺有什么关系？答案有可能在华盛顿的档案馆里吗？能够有所发现的可能性似乎很渺茫，随着时间的推移，她越来越觉得不应该去那里见马克。

直到昨天快下班时，她才向弗朗基请假。“没出什么事吧？”他问道，额头上的皱纹因忧虑变得更深。格雷丝理解他的反应，在为他工作的这段时间里，她没有缺勤过一天。

“没有，没有，”她安慰道，“只是一点家事。”她肯定地说，希望避免被追问。

“你知道，努力工作，让自己忙起来，是最好的办法。”他说。一丝愧疚涌上格雷丝的心头，他以为她需要时间走出丧夫之痛。然而，她是要和一个根本不该见面的男人去追查一个与她无关的秘密。“你后天会回来吗？”弗朗基问，既是询问也是请求。

“希望如此。”她认为此行花不了多长时间。

“很好。”他笑了笑，“我习惯了有你在身边。”

格雷丝暗暗地笑了，弗朗基竟然承认对她产生了依赖。“谢谢！”她不仅感激他准了假，而且感激他为她留一席之地，感激他的理解，“我会尽快回来，我保证。”

蓝色列车沿着铁轨呼啸着向前驶去。格雷丝环视了一下车厢，座椅挺直，用舒适的皮革制成。透过擦得干干净净的车窗玻璃，可以看到阳光洒在水面的美丽景色。一个男孩推着手推车走过来，售卖咖啡和零食。格雷丝摇了摇头；她用钱很谨慎，不知道这趟旅行要花多少钱。于是，她拿出自带的鸡蛋沙拉三明治。

格雷丝打开三明治，凝视着窗外，一排排新建的平房整整齐齐。自男人们从战场上回来后，这样的工业城镇如雨后春笋般涌现，许多夫妇离开城市，在这里安家落户。格雷丝想象着每个家庭的女主人，在孩子们上学后清洗碗碟、整理房间，心里五味杂陈，既有内疚、渴望，又有些许宽慰。

格雷丝吃完三明治，把蜡纸揉成一团。她拿出照片，端详着似乎藏着秘密的一双双眼睛。每张背面都用流畅的笔迹写着名字，像乔茜、布里娅等，格雷丝寻思这是埃莉诺还是别人写的字。

11点过后，火车缓缓进站。马克已来到月台上接她。他刚刚刮过胡子，穿着挺括的白衬衫和休闲外套，手里拿着一顶漂亮的灰色软呢帽。看到她来了，他似乎有些惊讶。她意识到，他以为她也许不会来。马克吻了吻她的面颊，动作亲昵，令人难以自持。她不由自主地使劲闻着他那熟悉的须后水香味。“一路顺利吗？”他问。

她点点头，努力挣脱开他。“我们打算怎么做？”穿过车站大厅时，她问道。高高的拱形天顶让她大为惊叹，上面饰有八角形图案。

“我查了一下特别行动处的档案。”他答道。他们走出了车站，气温比纽约暖和一点。在一簇光秃秃的树梢上，格雷丝可以看到美国国会大厦的圆顶，她以前只见过它一次，那时还是个小女孩，和家人一起来旅行。她停了下来，欣赏着大厦的雄伟庄严。

他领着她来到一辆等候的出租车前，打开车门。“跟我说说。”当他爬进去关上车门时，她说。

“还记得我们谈论过特别行动处，一家英国机构，战争期间秘密派遣人员进入法国？”

“记得。他们被派过去做什么？他们是间谍吗？”

“不完全是。他们被派去帮助法国游击队，提供武器，破坏德军的行动，等等。”格雷丝纳闷，这跟埃莉诺有什么关系？马克继续说道：“不管怎样，我做了一些调查。我的一个战友，托尼，有个妹妹在五角大楼工作，她证实了领事的说法，特别行动处的档案战后被转移到了那里。”

“这很蹊跷。”

他耸了耸肩，“战争刚结束，很多事情都让人莫名其妙。不过，也许档案里有埃莉诺的资料。”

“或者照片上的女孩，”格雷丝补充了一句，“也许她们也与特别行动处有关。”整件事变得复杂起来。她从包里拿出照片。

他挪近了些想看看，“可以吗？”

她把照片递给他，“如果我们能查出她们是谁……”她心里犯起嘀咕，“但怎么才能拿到那些档案？我们肯定不会被允许进去……”她猛地呼了口气，把刘海吹了起来。

马克露出微笑，“我喜欢看你这个样子。”格雷丝脸红了，一切事关埃莉诺和那些女孩，她提醒自己。否则，她决不会来这里。

“嗯，那些档案确实没有公开，”他接着说，“但托尼说他妹妹能让我们进去。”

“你觉得她能行？”

“去看看再说吧。”

出租车绕着联合车站转了一大圈，在有轨电车之间穿梭，最后驶上一条宽阔的大道。虽然战争已经结束好几个月了，但是从堆积在楼房底部的沙袋，到粘在窗户上的黑色绝缘胶布，战争的痕迹依然清晰可见。身着破旧西装的男人在毫无特色的政府大楼前的路边抽烟，男孩们穿着冬衣在宽阔的林荫大道上打棒球，游客行走于博物馆之间——这些都是城市开始恢复生机的迹象。

出租车驶上一座横跨波托马克河的大桥，进入弗吉尼亚州。五角大楼映入眼帘，格雷丝在报纸上看到过它的照片，它是为了二战中迅速壮大的美国陆军部而建的。当他们靠近时，格雷丝被它的宏大规模惊呆了：每一面都有几个街区那么长。一台起重机仍盘旋在建筑物的部分脚手架上。既然战争已经结束，他们真的需要这一切吗？

出租车穿过巨大的停车场，在五角大楼一侧靠近入口的地方停了下来。马克付完车费后下了车。格雷丝抬头望着门口高高飘扬的美国国旗，迟疑了一下；她不该来这儿。这时马克走过来，打开她这侧的车门，“你到底想不想了解埃莉诺·特里格的事？”他身上散发出的沉着自信，让她感觉很踏实。她下了车。

两人走过去。马克摘下帽子，把他的名字告诉值勤的士兵。格雷丝打量着庄严气派的入口，寻思他们是否会被拒之门外。

几分钟后，一个穿着铅笔裙的女人出现了，深褐色头发，身材窈窕。她可能比格雷丝小一两岁，非常时髦，这让格雷丝有点自惭形秽。她头戴新潮的帽子，红唇微微上翘，简直就是又一个女影星艾娃·加德纳。她从格雷丝身边走过，向马克伸出手，浑身散发出淡淡的茉莉花香气。

“我是拉克尔，你一定是马克。”

“惭愧，”他谦逊地说，眼睛里闪着光芒，就像格雷丝在他们相遇的那天晚上看到的一样，“托尼说了很多关于你的事。”

“他撒谎。”拉克尔回敬道。天哪，格雷丝心想，感到一丝莫名其妙的妒意，他们在当着她的面调情吗？

“你是格雷丝吧？”拉克尔说，似乎才想起她来，但没等她回答，就又转向马克，“跟我来。”说完一转身，带着他们沿着长长的走廊向前走去，鞋跟发出咔嗒咔嗒的响声。几名身穿制服的男子从他们身边走过，胸前挂满了勋章，表情严肃。要是汤姆看到这一切，一定会充满敬畏，格雷丝带着一丝悲伤想。突然间，她很想家，想念纽约，想念弗朗基凌乱却舒适的小办公室。

“我们没有多少时间。”那几个人走过去后，拉克尔低声说，“布赖恩，他是档案管理员，去吃午饭了。在他回来之前，我们最多有一个小时。”格雷丝犹豫了一下，没有想到要偷偷溜进去，但现在退出为时已晚。拉克尔打开一扇门，领着他们下了楼梯。

“那些档案不属于机密？”马克问。

拉克尔摇摇头，“也没对外公开。”格雷丝记得领事说那些档案要被封存，怀疑是不是弄错了。“布赖恩说，这些档案是年初突然从伦敦送过来的，目前还没有人查阅过。”

“为什么要把档案送到这里？”当他们走到楼梯平台，开始下第二层楼梯时，格雷丝问道。这个问题一直困扰着她，为什么他们要大老远把英国的文件运到大西洋对岸？

“不知道。”拉克尔说。当他们到达底层时，她把他们领进一间储藏室，在链式闸门后面，堆放着高高码起的箱子。“你们要找的东西应该在那儿。”她含糊地指了指房间右边，大约有十几个箱子摞在架子上，“务必把你们找到的东西都放回原处。我半小时后回来。”她转身走了，把他们留在满是箱子的房间里。

格雷丝疑惑地看着马克，“在这么短时间内，不可能看完所有档案，从哪儿开始呢？”

马克抚摸着一个箱子，拂去灰尘，“每人负责一半，我们需要搞清楚其中的规律。”

她仔细看了看箱子的侧面，每个箱子上都有一个手写的字母，用圆圈圈起来，“你觉得这是什么意思？”他耸了耸肩。这时她想起包里的照片，上面都有一个小标记，于是迅速把它们取出来，“我记得领事说过埃莉诺为特别行动处的一个部门工作。”果然，每张照片下面都印着“F区”字样。

马克领先她一步，穿过一堆堆箱子，来到一个架子跟前，说：“在这儿。”她顺着他的方向望过去，至少有五个箱子上都有“F”标记。

“和箱子上的字母一样，”她说，“不知道它代表什么。”

马克从架子上取下两个箱子放在地上，跪下来打开一个。格雷丝不由自主地望着他。他的衣领向后张开，露出白皙的皮肤，棕色的头发卷曲着贴在脖子上。“别这样。”她默默地责骂自己。不管他们在纽约发生了什么疯狂的事，一切都过去了。他是汤姆的朋友，在帮她一个忙，让她有机会查阅档案。仅此而已。

格雷丝跪在另一个箱子前面，拂去灰尘，咳嗽起来。她打开箱子，里面装着档案，每个都在标签上写着姓名。她打开最上面的卷宗，里面有一张黑白照片，就像埃莉诺的那些照片一样，不过这是名男子。档案详细说明了欧洲敌占区的地点和任务，估计是特工为特别行动处执行的任务。“F代表法国，”马克喊道，“看起来，这些人都是在战争期间被派往法国的特工。”

她翻到下一个卷宗，接着是另一个，“我的都是男子。”

“我的也是。”

这说得通，格雷丝想。马克所描述的特别行动处的工作应该是由男人干的。除了箱子和照片上的“F”标记，一切似乎与埃莉诺没有任何联系。一时间，格雷丝怀疑这次华盛顿之行毫无意义。她今晚就乘火车回纽约，明天一早去上班。

“在这儿！”马克喊道，打断了她的思绪。她站起来，走到他那边，马克从箱子里拿出一摞厚厚的卷宗。“雷吉娜·安杰尔，”他大声念着卷宗上的名字，然后翻到另一个，“特蕾西·埃德蒙兹，斯蒂芬妮·特诺。”她打开一份卷宗，里面的照片与埃莉诺的那些照片相似。她还认出，照片下面的名字与埃莉诺的笔迹相同。没想到，特别行动处真的有女特工。

但是，卷宗上的名字和照片上的都不一样，格雷丝快速翻着箱子时，意识到这一点。她失望地垂下肩膀，“名字对不上，不是这些。”

“不知道有多少女孩为特别行动处工作。”

“这里大约有30人，”格雷丝一边翻着一边答道，“如果埃莉诺照片上的人真的也为特别行动处工作，那就再加12个。”她很惊讶竟然有这么多女特工。她拿起一个卷宗，标签上写着“萨莉·赖德”，里面是一份人事档案，包括一页带照片的背景资料以及培训记录。内容非常详细，记录了这个女孩就读过的学校，以及在各种测试和训练中的表现，全都是同一个人的笔迹。

格雷丝扫了一眼档案，看到萨莉的出生地是赫里福德郡。

里面有最后的已知联系人，不是在英国，而是在美国。情急之中，格雷丝拿出笔和纸，草草记下电话号码。接下来是地名：巴黎，里尔。这些女孩被派往被占领的法国执行各种任务。最后一条是1944年沙特尔。之后就什么都没有了。

格雷丝合上档案，开始翻阅其他卷宗。每个人都有相同的基本信息，家乡，联系方式。最有意思的是行踪记录，亚眠，博韦，她们的足迹遍布法国各个角落。

她还注意到一个细节：好几行被涂黑了。“有人把它们删掉了。”马克在她身后说。

“也许照片上那些女孩的档案在别的箱子里?”格雷丝猜测道。

马克摇摇头，“F区一共有七个箱子，其他箱子里的都是男特工。”他伸手翻了翻她找的箱子，“这是什么?”他抽出一个薄薄的文件夹，夹在两份档案中间，“奇怪。”他一边翻看着一边说。

“这是什么?”

“一些内部文件和电报，看起来不应该和人事档案放在一起，一定是有人把它们装错了。”格雷丝伸手去拿文件，寻思是否有助于对那些女孩的了解。她注意到，有几份文件是用同一信头的信纸签发：招募暨后勤主管E.特里格办公室。

埃莉诺不只是秘书，她掌握着大权。

档案室门口发出声响，格雷丝转过身，看见拉克尔站在那里。“拉克尔，”马克说，“没想到你这么快就回来了。”他们在档案室待了不到15分钟。

“我看见布赖恩穿过停车场，”拉克尔结巴着说，档案管理员一定是吃完饭提早回来了，“快来。”她领着他们走出后门，上了另一个楼梯。不一会儿，她把他们带到卸货区，“我给你们叫辆出租车。真不该这么做，我会丢了工作。”

“谢谢！”马克戴上帽子说，“告诉托尼……”但拉克尔已经关上门走了。

几分钟后，他们坐上了出租车。马克说：“很抱歉，没帮上什么忙。整个华盛顿之行就在档案室待了几分钟，本来可能需要好几个小时。”

“没错，但我们至少有了这个。”她把手伸进大衣口袋，拿出一份文件。

他瞪大眼睛，被她的大胆惊呆了，“你偷走了。”

“可以说，借走了。我不是故意的。拉克尔提前回来吓了我一跳，我没来得及多想就揣进口袋了。”就像车站的照片一样，把不属于自己的东西拿走了，难道还嫌事情不够乱吗？“对不起，我不该这样。”马克提供机会让她查阅档案，她希望他不会生气。

但是，他笑了。“真胆大，佩服。我可以看看吗？”他朝她挪近一些。她把文件递给他，他跳过在档案室看过的前几页。“上面到处都是埃莉诺的名字，”他说，“看来她是负责人。”

“完全不像领事说的是个职员，”格雷丝说道，寻思米查姆爵士还可能弄错了什么，或者撒了什么谎，“不过，我依然对照片上的女孩感到好奇。如果没有她们的档案，她们还会是特工吗？”

马克拿出两张订在一起的纸，扫了一眼，“这是所有女特工的完整名单，至少看起来如此。”

“有照片上的那些女孩吗？”

他点点头，指着一个熟悉的名字，艾琳·尼尔内，又指着另一个，乔茜·沃特金斯。她们现在有了姓氏，成了完整的人。“那么，她们在名单上，但没有人事档案，”她若有所思地说，“不知道这意味着什么。”在12个人的名字旁边有一个小标记——和照片上一样：NN。

“这代表什么？”

马克翻到第二页，那里有说明。“Nacht und Nebel，”他读道，“夜与雾。”

“这是什么意思？”

“这是德军的一项计划，目的是让一些人彻底消失。”他合上文件，转向格雷丝，表情阴沉，“对不起，格雷丝，”他搂着她的肩膀，轻声道，“这意味着照片上的女孩都死了。”

第十三章　埃莉诺

1944年，伦敦

埃莉诺应该提前知道的第一件事是：缺少安全标记怎么办？

她独自一人坐在诺格比大厦的办公室，一遍遍地翻着卡片滚筒，就像看了无数次的电影。每张3英寸×5英寸的索引卡都包含一个女孩的详细信息：背景、优缺点、最后的行踪等。她其实不需要再看了，一切信息都已烙在她的脑海中。

埃莉诺揉了揉眼睛，接着环顾了一下四周。说得好听点这里是办公室，其实是一个没有窗户的杂物间。当她带着处长的条子到总部行政办公室，要求为她的部门申请一个办公场所，办事员说这里是唯一空着的地方。埃莉诺对此感到怀疑，但是没有证据，只好接受了这处地下室。这里只能勉强放下一张桌子，空气中弥漫着清洁剂的气味，总有一天她会忍受不了。不过，它的位置很好，靠近收发信息的发报室。背景中不断传来电传打字机的咔嗒咔嗒声，此时听起来就像一首熟悉的摇篮曲，即使在梦中，她也能听到。

要是真能做梦就好了。自从埃莉诺开始把女孩们送往战地，几个月来，她几乎一直住在诺格比大厦的办公室里，只是每隔几天回家换一次衣服，让母亲知道她一切都好。贝尔·托滕伯格在25年前从平斯克来到这里后，就把自己的姓氏改成了特里格，以便能和英国人打成一片。她从未对女儿的工作表示过赞许，称之为“无聊的小办公室工作”。她常说，如果埃莉诺必须工作，不妨去哈罗德或塞尔福里奇百货公司。有很多次，埃莉诺想和母亲聊聊她招募的那些女孩，看到她们就让她想起妹妹塔季扬娜。但埃莉诺知道，这一切对母亲来说毫无意义，她早已在喝茶、看戏的社交活动中埋葬了悲伤，将埃莉诺永远无法忘却的那些黑暗岁月抛在了脑后。

埃莉诺几乎24小时都待在诺格比大厦，只是在预定传输和接收信息的中间时段，趴在办公桌上打个盹儿。其实她大可不必这么辛苦；无线电传输几乎都在晚上进行，它们会被分类、破译，然后在早上交给她。但是，她喜欢及时研究这些信息，识别文稿模式以及它的传输方式。通过实时接收信息，感觉就像女孩们在直接和她说话。

埃莉诺从桌后站起来，朝发报室走去。在走廊里，两个穿制服的男人正在低声交谈。当她经过时，他们迅速移开目光。这些男军官对她没有好感，对她领导女特工表示怀疑。埃莉诺心想：只要他们不妨碍我工作以及关照女孩们，别的我都不在乎。

埃莉诺走进发报室，空气中弥漫着浓重的烟草味和咖啡味。五六名报务员，都是比她年轻的女孩，或在发送信息，或伏在电文上，破译来自战地的电子信号，这些电子信号在格兰登安德伍德的传输站接收，然后用电传机发送到诺格比大厦。在伦敦总部工作的女性被战地特工称为仙女教母，每人分配给一个或三五个特工，她们忠诚地等待着无线电呼叫，就像等待主人回家的忠犬。

埃莉诺端详着占了一面墙的黑板，上面用粉笔写着女孩们的名字。无线电传输每周安排两次，届时伦敦可以发送人员或设备空投的消息，并接收战地发来的消息。遇有紧急情况，信息传输可能会更频繁，如果报务员处境不妙，就会减少安排。露丝列在日程表上，她是从布莱切利挖来的电码译员，和汉娜一样，在伦敦大轰炸中失去了孩子。

玛丽的名字也在黑板上，表明今晚要传输信息。自从玛丽在巴黎北部盲降落，已经过去一周了。邻近网络的一个报务员进行了初次沟通，称玛丽着陆了。三天前，玛丽错过了她的第一次预定呼叫。信息传输延迟几小时不罕见，德军可能发现并屏蔽她的信号，但三天可能意味着发生了严重事情。

埃莉诺感到一阵惊慌，随即克制住自己，陷入隐隐的忧虑中。她早就知道不能对这些女孩产生感情。埃莉诺对每个人了如指掌，她们的背景和历史、长处和弱点。她还记得第一次派遣女孩，一个叫安吉的苏格兰女孩，被送往阿尔萨斯-洛林。在那一刻，她们的所有计划和准备都付诸实施，她的一切努力都有了结果。接着埃莉诺遭到了打击：这个女孩的情况失控。埃莉诺变得紧张起来，几乎惊慌失措，准备取消一切。她心里涌起一种保护欲，一种母性本能。如果她知道那是什么感觉的话，她会这么说。

随着时间的推移，女孩们的部署工作并没有变得轻松。她有责任把她们的安危挂在心上，不过，她知道统计数据，一些人很可能无法幸存。现实情况是，她们中的一些人不会再回来了。然而，多愁善感只会影响她的判断力。

"长官？"一个女孩说，她名叫简，不苟言笑，长着一头姜黄色头发，"有条信息，玛丽发来的。"埃莉诺一跃而起，冲向简的工作台。在页面底部有玛丽的代号——天使。埃莉诺很不喜欢这个预示死亡的名字。她本想改一下，但事情多了起来，没有顾得上。

"你有一次性密码吗？"埃莉诺问。

简点点头，递给埃莉诺一张字条，上面写着玛丽在战地用来给信息编码的密码。

埃莉诺开始破译这条信息，不知道它是否会含糊不清。由于天气干扰无线电信号，或者环境迫使报务员行动仓促，这种情况时有发生。但是，这条信息简洁明了："在红雀窝，鸟蛋安好。"埃莉诺抚摸着纸面，仿佛听到玛丽敲击电键的声音。"红雀"指的是维斯珀，"鸟蛋"指的是她的发报机完好无损。

电文平淡，流畅，缺乏特点，可能是任何人所发。玛丽的第一个字母的力度，也就是她固有的发报手法，比往常轻了许多。

埃莉诺仔细查看信息，寻找玛丽的安全标记，即那些有意打错的字母，用来验证身份。她知道玛丽的第一个安全标记是用p代替第35个字母，但这条信息不够长。此外，它也没有包含c，应该用k代替，那是她的第二个安全标记。埃莉诺咒骂电码老师，总是想创造不易被发现的独特的安全标记，却搞得过于复杂，无法在每一次传输中行之有效。

埃莉诺又看了一遍，觉得不太对劲。她转向简，“你怎么看？”

简戴着眼镜读了一遍，又读了一遍。“我不确定。”她慢慢地说。埃莉诺从简的脸上看出，她也很担心。

“是她吗？”埃莉诺追问道。她回忆起那天晚上在坦米尔机场的情景，当时玛丽很紧张，似乎心存疑虑。但出发前人人如此，好家伙，怎么会没有疑虑呢？

“我想是的，”简说，听起来像是希望，而不是肯定，“信息太简短，也许她很匆忙。”

“也许。”埃莉诺不确信地重复道。除了发报手法有点轻以外，没有别的东西可以引起她的紧张，但她还是感到不安。

“你想怎么办？”简问，回到自己的座位。她们最多有几分钟的时间给玛丽回电报。埃莉诺需要告知玛丽下周二的武器投放计划，以便维斯珀网络成立一个接应小组，组织当地人为游击队接收并储存弹药。但是，如果玛丽出事了，信息就会落入敌方手中。

我得给她发个私人信息，埃莉诺想，只有玛丽会懂。她犹豫了一下。联络时间极其宝贵，报务员超时发送信息会有很大风险。但她需要确认那真的是玛丽，没出什么差错。“告诉她蝴蝶在我手里。”她对简说。这是暗指玛丽带有吊坠的项链，玛丽离开的那天晚上被她没收了。虽然不是很确定，但她觉得那条项链对玛丽意义重大，也许和她女儿有关。这条消息肯定会激起她的情感反应。

埃莉诺屏住呼吸，看着简编成电码发送出去。两分钟过去了，三分钟过去了，她想象着玛丽收到信息，希望她能说点什么，让他们相信这就是她。信息来了：“谢谢你的消息。”看不出任何东西证明那真的是玛丽。埃莉诺的心沉了下去。

不过，发报手法很熟悉，第一个字母很重。“这次看起来像她，对吗？”简问，希望得到肯定。

“是的。”埃莉诺答道。玛丽在训练中被反复告知，不要谈论自己的情况，也不要发布个人信息。也许她只是服从命令，对埃莉诺的信息做一般性答复。

“我们该怎么办？”简抬头看着埃莉诺，不确定是否要传达下次空投武器的消息。

埃莉诺犹豫不决。她训练这些女孩，全力支持她们。但此刻，她有些过于谨慎，这不像她的风格。她必须相信她们能胜任这项工作，并做出正确的决定。否则，这一切都不会奏效，整个计划就会泡汤。

埃莉诺必须做出决定。她盯着发报机，好像能听到玛丽的声音，知道那就是她。埃莉诺认为，尽管玛丽在阿里塞格庄园接受训练时遭遇重重困难，但这个女孩坚强、聪明，在训练中成长得很快，能够应付战地的挑战，否则她决不会把她送到那么危险的地方。她现在必须相信，玛丽不会让她的发报机发生任何意外，停止发报意味着推迟整个行动。成败在此一举。

“发送。”她倔强地抬起下巴，吩咐简，然后走出房间。

第十四章　玛丽

1944年，法国

玛丽独自坐在阁楼里，等着几个小时过去，就可以发电报了，尽量不去想一墙之隔的德国人。

自从朱利安把她带到罗尼，已经过去一个多星期了。他没有再来，不知道这些日子去了哪里。这间小公寓很舒适，有两扇玻璃窗，一扇在正面俯瞰街道，另一扇在后面对着运河。此时，傍晚的阳光透过后窗照射进来，形成奇形怪状的图案，在床上的旧羽绒被上舞动。

原来德国人不只是经常光顾楼下的咖啡馆，他们就住在同一栋楼里，包括隔壁的一套公寓，占据了顶层的一半空间，其他的则在下面。玛丽是在深夜去走廊的厕所时，第一次发现了这个情况，她觉得朱利安简直疯了，也许他根本不在乎她是否会被抓住。但随后她意识到，这是一个完美的安全屋，因为他们做梦也想不到这么近会有什么事。在德国人眼皮底下发电报，她获得了一种特别的满足感。

玛丽抬头看了看钟，5点15分，快到发报时间了，一个她不认识的情报员早些时候给她送来了这条消息。最难熬的是等待，训练中没有人告诉过她这一点。每天她都在等待发报的指示。晚上她听着收音机，希望英国广播公司的节目会在最后的“私密信息”中包含特工到来的信号，或者秘密宣布大进攻即将到来。周二，她离开公寓去了广场上的市场，还有一次去了糕点店，免得当地人议论那个躲在安东街公寓里的奇怪女人。她很少外出，除了和房东太太有过几次短暂接触，她根本不需要使用化名或假身份。

她望着窗外沐浴着柔和阳光的草地，思念起苔丝，希望东安格利亚的天气晴好，女儿可以利用白天变长的时间，晚饭后到外面玩耍。要是允许她带一张苔丝的照片来就好了。孩子的形象在她的脑海中依然清晰，不过，自从玛丽上次见到她之后，她可能已经变样了。

玛丽把椅子挪到角落里的矮桌旁边，发报机就放在那里，伪装成一台留声机，上面有一个盖子，可以迅速倒转掩蔽设备。她从衬裙里抽出情报员之前送来的字条，上面有她现已熟悉的维斯珀的笔迹。首先她得把信息编成电码，她在鞋里摸索着取出写有密码的丝绸。玛丽几乎看不懂那条信息，里面充满了只有维斯珀才明白的隐晦字眼，希望在诺格比大厦收到这条消息的人也能明白，不知道埃莉诺是否会在那里。玛丽把译好的电文读了几遍，确保准确无误。然后，她在蜡烛上把原始信息烧掉，扔掉最后一截，以免烧到手指。

她从备件包里挑了一个晶体管，以便能以正确的频率发报。插入晶体管后，她开始发送电文。电键在她指尖下嘀嘀地响着，动作轻巧灵活。她注意到自己在战地的短暂时间里有了进步，就像在课堂上学过的一门外语，到了国外变得流利起来。现在她能快速编出一条信息，一词不落。

楼下传来一阵响亮的笑声和歌声，玛丽停了下来。她站起身，走到后窗前，听出声音来自楼下的咖啡馆。不过，她注意到窗外她偷偷固定在树枝上的天线脱落了。如果天线位置不对，信号可能无法发出。她打开窗户，向外伸出手。

突然间她僵住了，手悬在半空中。楼下的阳台上站着一个德国士兵，好奇地看着她。

玛丽挤出一丝笑容，挥动着手，好像是在晾衣服。"晚上好！"她用法语问候道，尽量让声音听起来轻松些。然后，她缩回胳膊，双手颤抖着关上窗户。

她知道，她应该停止发报。德国人似乎没有起疑心，但此时可能正在向上级汇报。不过，她必须把这条信息发出去，还剩最后几个词了。她猛敲了一阵，然后停下来，心跳声比敲击电键发出的嘀嘀声还要响。她把发报机的顶盖翻过来，伪装成留声机，希望还不算太晚。

突然，楼梯上传来脚步声，有人来了。她被发现了吗？毁掉发报机，如果做不到，至少毁掉晶体管。她在训练中接受的指示在脑海中飞快闪过，但她发现自己无法动弹，就像被车头灯困住的动物一样呆坐在那里。

脚步声越来越响。他们会破门而入，还是逼她开门？她手里攥着那条吊坠里藏有氰化物胶囊的项链，"快速吞下。"埃莉诺曾这样说。苔丝出现在她的脑海中。可怜的孩子，5岁就要失去父母吗？几个月来埋藏的内疚一下子涌上心头。她是一个母亲，孩子需要她，如果出了什么事，她会付出沉重代价，待在这里纯粹是不负责任。

脚步声在门前停了下来。玛丽数着：7，8，9。门外响起敲门声。

玛丽绝望地回头看了看，希望有一个可以逃生的出口，藏在这里绝无可能。敲门声又响了起来。她无奈地走过去，打开门。

她惊讶地看到飞行员威尔站在门外。“你吓死我了。”她长吁了一口气。

“那就停止发报。我在走廊一路都能听到嘀嘀的发报声。”他的表情很严肃，爱尔兰口音听起来更重了，“如果你被抓住，对谁都没有好处。”接着他的目光变得柔和起来，“你还好吗？”

她想说，无聊、孤独、紧张，周围都是德国人，但抱怨显得太小气，于是说：“你来这儿干什么？”这时她的恐惧渐渐消退了，“我要到周四才能再发报。”

“我不是来给你送情报。”

“哦？”

“朱利安需要你的帮助。”

她的耳朵竖了起来，“又要做翻译吗？”

他摇摇头，“别的事。”

想起上次出师不利，她突然紧张起来，“他想让我做什么？”

“别问了，”他说，“走吧。”

玛丽匆忙穿上大衣，戴上帽子，然后拿起手袋。但她忍不住又问道："如果朱利安需要我，为什么不自己来找我?"

"他来不安全。"不安全？她寻思发生了什么事，不禁担心起来。作为F区的负责人，朱利安是法国北部最显眼的目标之一，德国人会想尽办法找到他。外面的危险变得越来越真实，突然间，无聊地待在这里似乎并没有那么糟糕。

威尔领着玛丽走下楼梯，来到停在路边的一辆标致汽车前，打开车门，说道："上车。"

街上，商店开始纷纷打烊。正在拉上百叶窗的书店老板抬起头，但没有认出她。楼下的咖啡馆热闹起来，德国人聚集在吧台和桌子周围，她希望他们不会注意到她。

威尔发动汽车，一言不发地开车离开了村子。她用眼角余光打量着他，"朱利安告诉我，你是空运官员。"

他咯咯地笑了，"这是个很响亮的名称。"

实际上，他的工作范围很广。他是月球飞行中队的队长，这群杂牌飞行员和英国皇家空军一起，将人员和物资空投到被德军占领的法国。他负责飞行时间、降落地点以及人员安排。事实上，他还负责F区和伦敦之间的所有邮件。"我表哥夸大其词了。"他说。

"乔茜说你们是亲戚。"

"我们像亲兄弟一样在康沃尔郡朱利安家的农场长大，"他解释说，"我妈妈是单亲母亲。"和我一样，玛丽想，不过她还没准备好对威尔说那么多。"朱利安的妈妈是她的妹妹，很长一段时间，我就生活在小姨家，因为她得工作。我11岁时，她因流感去世了。"威尔说得很轻松，不像特工们那样守口如瓶，“所以朱利安和我一起长大，现在只剩下我们俩了。”

“你们没有家人了吗？”

“我一直是一个人，朱利安属于所有人，却又不属于任何人，尽管他结过婚。”他的脸色变得阴沉起来，“他妻子和孩子乘坐的雅典号客船被德国鱼雷击沉了，没有幸存者。”

“哦，天哪！”玛丽叫道。她不知道在朱利安冷峻、专注的外表下隐藏着巨大的痛苦。她很惊讶他还活着，还能行走。她想到苔丝，心里一阵剧痛。如果她女儿出了什么事，她会活不到第二天看到太阳升起。

“所以，现在只有我和他，我愿意为他做任何事，即使他完全错了。”

“你是说提醒当地人？”她想起刚来的那天早上，他和朱利安意见不合。

他点点头，“来自法国各地的人们站出来帮助我们，一个干洗店店主用溶剂帮我们做假证件，马勒伯朗士街的一家妓院老板，在别人都避之不及时把我们藏了起来，还有许多游击队员。这些人会为我们的所作所为付出生命，他们应该知道将会发生什么，以便保护自己和家人。”

他把车停在小火车站前，她和朱利安在她到达后的第二天早上在这里取过自行车。“又来送我了。”她若有所思地说。

威尔呵呵地笑了，“这似乎就是我的命。”也许有一天，他还会送她回家。她把这个念头默默地藏在心里。“你的火车10分钟后到。”

“我的火车？”她感到一阵失望。当威尔说朱利安需要她时，她以为她会见到他，他们一起去某个地方。“我不明白。

我要去哪儿？朱利安在哪儿？”

“之后他会和你见面。”威尔说。什么之后？玛丽寻思。她还没来得及问，威尔就掏出一张纸，“记住这个地址。”她看到上面写着：蒙马特区埃梅尔街273号。

她难以置信地转向他，“巴黎蒙马特区？”

“是的。朱利安说，你该去见识一下巴黎了。”

三小时后，玛丽从地铁站出来，进入巴黎北部的蒙马特区。外面细雨蒙蒙，潮湿的路面在月光下闪闪发光。圣心大教堂的白色圆顶高耸在山丘上，在夜空的映衬下显得格外耀眼。下水道散发出阴湿的气味。

她听从威尔的指示，乘夜班火车进入巴黎北站，然后换乘地铁来到以高地闻名的蒙马特区，蜿蜒的鹅卵石街道两旁布满了生意兴隆的咖啡馆和画廊。

威尔告诉她，按照那个地址，去找安德烈亚斯，然后带上交付的包裹，在11点最后一班火车之前，到圣拉扎尔车站与朱利安碰面。“这个包裹对于这次任务至关重要。”他说。那么朱利安为什么要派一个没有送信经验，只在乡下待了一个星期的报务员做这件事？“你要找的地址是一家咖啡馆，窗户上挂着一只金丝雀笼。如果笼子里没有鸟，那就意味着不安全，不能靠近。”

威尔给她的地址是坡地上的一幢排屋，一楼有一家咖啡馆，条纹遮阳篷下的窗户上方有一块木制招牌，上写“大使咖啡馆”。她寻找鸟笼，但没有看到，心里一阵恐慌。威尔说，空鸟笼意味着进去不安全，但没说没有鸟笼该怎么办。

玛丽只得硬着头皮走进咖啡馆。除了一群人在打牌，里面几乎空无一人。留声机里传来玛丽·杜巴斯演唱的《我的军团士兵》。在镜面吧台后面，一个系着白围裙的男人头也不抬地擦拭着玻璃杯。现在怎么办？

她在一张桌子旁坐下，把手套面朝外放在报纸上，这是她在训练中学会的抵抗组织的暗号。几分钟后，一个侍者走过来，把菜单放在她面前。玛丽有些不知所措，威尔没有提到过这部分计划。她打开菜单，里面有一把万能钥匙。她抬头看着侍者，他朝餐厅后面微微扭头示意了一下。

显然，他的意思是让她去那里。但接下来呢？玛丽握着钥匙，站起身，紧张地从那些打牌的男人身边走过。其中一个人抬眼望了望，玛丽屏住呼吸，以为他会说些什么，但他只是打量着她，带着法国男人特有的审视目光。她没有理会，继续沿着不长的走廊往前走，经过了厨房和卫生间。她发现自己来到了一个储藏室，后面是窄窄的楼梯。玛丽不由得浑身发毛，这是个圈套吗？她回头看了看，没有看见那个侍者。

她振作起来，爬上楼梯。顶部的门锁上了，她插上万能钥匙，转了几圈，但没有转动。她又试了试，终于成功了。她推开门。

这是个昏暗的狭小房间，像是阁楼或仓库。一个老人坐在台灯下，戴着鸭舌帽，头低垂着，周围烟雾缭绕。为什么他不直接让她进来？

玛丽走近一看，发现他在制作某种爆炸装置，正小心翼翼地连接电线。他没有跟她打招呼，她寻思是否该说些什么。她从训练中得知，不要使用化名，除非得到提示。一分钟过去了，又一分钟过去了，最后他抬起头说道：“掀起衬衫。”

“什么？”她气愤地问。

老人拿出一个用牛皮纸包着的包裹，有信封那么大，1英寸厚。接着，他拿出一卷胶带，说：“我得把这个固定在你身上。”她抬起胳膊，撩起衬衫，然后转过头去，感到非常羞辱。不过，他一副严肃的样子，小心翼翼地尽量不过多触碰她的身体。“你得慢慢走，”他说，“别把它弄湿了，否则它会失效。无论如何，都不要跌倒。”

“为什么？”

“因为这会让你自己和周围的人丧命，包裹里是炸药。”

玛丽僵住了，回想起在阿里塞格庄园，爆炸时有发生。有传言说一个特工在训练时粗心大意，失去了一根手指。朱利安不可能指望她把炸药运出巴黎。

老人吸了一大口烟，在这里抽烟简直是疯了。“走吧。”他说，打发她离开。

远处，钟敲响了10下。如果想及时见到朱利安，赶在宵禁前出城，她现在必须离开。

玛丽屏住呼吸，迈了一步，又迈了一步，从房间出来，就像逃离一个危险的动物。她开始走下楼梯，每一步都感觉像是她的最后一步。她强迫自己正常地穿过咖啡馆，从那些打牌的男人身边走过。汗水顺着肌肤流下来，她尽量不去想炸药湿了会怎么样。

她跌跌撞撞地走在街上，差点摔倒。她做好准备，等待爆炸，那意味着她的死亡，但包裹完好无损。

30分钟后，她站在圣拉扎尔车站的入口。带着这个危险的包裹，她走了很长时间，担心碰到什么或摔倒。虽然已是深夜，车站里挤满了旅客，带着昏昏欲睡的孩子和大包小包的行李，士兵自命不凡地从他们身边挤过。玛丽看了看告示牌，下一班火车15分钟后从8号月台开出。她朝那里走去。

她扫视着人群，寻找朱利安，急于把包裹交给他，了结这桩差事。终于，她看见他了，在前面大概20米处的月台上等着她。她举起手引起他的注意，他们的目光相遇了，但他没有笑，依旧表情严肃。随后她明白了：法国警察就站在他们中间，逐一检查接近月台的所有乘客。

玛丽心头一紧。她身后挤满了乘客，大致排成一队，慢慢走近警察。此时离开队伍，不可能不被发现。但包裹太大，如果有人摸她的腹部，一定会暴露无遗。她盯着垃圾桶，希望能把包裹放在那里，或者厕所里。但是，队伍一直向前移动，她快到检查点了，根本没法把炸药从身上卸下来。

她到了队伍的最前面。“证件，”警察命令道，她迟迟没有动，如果解开大衣去拿钱包，一定会露出包裹。后面的旅客开始嘟嘟囔囔地发牢骚。“出列！”警察喊道，失去了耐心，挥手把她交给另一个警官做全面检查。

“厕所？”她迫不及待地问，估计会被那个警官拒绝，“月经。”她指着下身，用法语说她来月经了，希望这个字眼能让她避免贴身检查。警官显得有些错愕，挥手示意她赶快去隔壁的女厕所。到了里面，玛丽掀起衬衫，知道自己只有几秒钟的时间，否则会引起注意。她小心翼翼地把炸药从身上取下来，皮肤被撕破了，流出鲜血，她克制住不叫出声来。有一瞬间，她考虑把包裹留在厕所里，以免被警察抓住。但威尔说过，包裹对这次任务至关重要。于是，她把它塞进手袋底部的秘密隔层，用力挤压边缘，以便能放进去。

她走出厕所，再次进入检查队伍，感觉朱利安的眼睛仍在盯着她。不一会儿，她排到了队伍的前面。警察伸出手，上下拍打她的身体，她努力不做出厌恶的表情，反抗只会让事情变得更糟。这家伙双手在她身上乱摸一通，比拳打脚踢更加可怕，童年的噩梦突然浮现在脑海，她以为早已将它们彻底埋葬。她咬紧牙关，尽量不去理会那冰冷、无耻的触摸。她对自己说，只要能让他不细查手袋，其他的都不重要。

朱利安在远处目睹着这一幕，气得满脸通红，握紧了拳头。看到他伸手去拿枪，玛丽用眼神恳求他不要动，不要反抗，否则将破坏整个任务。警察会逮捕他，甚至他们俩。

似乎过了很久，警察才把脏手从她身上移开。他伸手拿过手袋，看了看中间的隔层。他搜查得很仔细，肯定会发现隐藏的包裹。

“亲爱的！”关键时刻，朱利安疾步走上前。警察还没来得及阻拦，他已经站在了玛丽面前。“我妻子怀孕了。”他用蹩脚的法语说，打破了自己不讲法语的规定。玛丽呆住了，她刚刚告诉警察她来月经了；朱利安没有听到，而他的话显然与此相矛盾。她等着警察识破这个谎言。

“我好难受。”她紧跟着说，弯下腰来。

警察往后退了一步。“走吧！”他命令道。朱利安举起自己的证件，挥手让她通过大门。

“别停下。”朱利安低声说。她没有停，也没回头，害怕随时会被拦住。

上了火车，他把她扶到座位上，伸出胳膊紧紧搂住她。她的心怦怦直跳，不知道他能不能隔着后背的衣服感觉到。她屏住呼吸，担心警察会冲进车厢逮捕他们。火车似乎停了好长一段时间，她祈祷它快点开走。最后，火车缓缓开动起来，离开了车站。

火车上没有灯光，随着巴黎渐渐远去，乡村的黑暗笼罩着整个车厢。玛丽抬头看着朱利安，他的面庞在月光下清晰可见。他低头凝视着她，眼睛里流露出既宽慰又忧虑的神情，似乎还有些别的什么，不过，也许是她的想象。他们的目光交织在一起，久久无法移开。她很想和他说话，但他们不敢讲英语。最后，她再也忍受不了了，挣脱开他的目光，转过头去。他一直紧紧地搂着她，她的头靠在他肩上。

凌晨2点，火车驶进玛丽出发时的那个小车站。威尔开的那辆车还停在那里，朱利安找到表弟藏钥匙的地方。他熟练地穿过黑魆魆的路，驶向村庄。两人依然没有说话，好像仍怕别人听到似的。

最后，他们到了玛丽的公寓。“谢天谢地。我以为咱们死定了。”朱利安低声说，意识到周围住着德国人。

“因为你决定不告诉我就把炸弹绑在我身上？”玛丽说，她的宽慰很快变成了愤怒。她从手袋最下面的隔层拿出炸药递给他。

“我担心，如果告诉你，你会吓得不敢去做。你干得很出色。”

这个赞扬并没有给她带来安慰。“我不是小孩子。你要拿我的生命冒险，至少让我知道为什么。”

“对不起，”他举起双手，“再也不会了，好吗？我保证。让我解释一下，我们要炸毁芒特拉若利南边的那座铁路桥，”他低声说。她赢得了他的信任，终于让她了解了整个计划。他从外套口袋里掏出一张地图，铺在桌子上。“桥在这儿。”他指着一条狭窄的小河，“这是德国坦克的一个重要通道，摧毁它会损害他们在诺曼底的防御能力。但我们不能过早行动，否则他们会有时间修复。”看来掌握时机就是一切，“所以我们在收集炸药，你今晚取回的只是我们需要的十几件中的一件。到目前为止，我们所做的一切，所有的武装和破坏，与这次任务相比都微不足道。”

“哪方面？”

“行动的规模，潜在影响，以及危险性。如果成功了，我们就不必再躲在暗处了。”

“然后呢？”玛丽又问。

他歪着头，似乎没听明白。

“如果我们从暗处走出来，暴露了身份，那么怎么继续工作？就结束了？”

“没有结束，”他斩钉截铁地说，浇灭了她的希望，“我们潜伏几个星期，躲藏起来，待在远离该地区的安全屋，把行动基地转移到其他地方。”

“不可能永远持续下去。”她轻声说，很钦佩他的毅力和决心。

“当然，”他马上说道，“没有人能永远留在那里。”她怀疑他是否真这么认为。“但如果我们被俘了，会有很多人站起来接替我们。”

“那么，什么时候能结束？”

“战争胜利的时候。”他的表情很坚定。在他看来，没有别的可能。

“我差点就没命了。”她又变得怒气冲冲。

“这是你报名时的协议之一，不是吗？”玛丽咬着嘴唇，觉得他错了，但又不知道错在哪里。“其实这种TNT炸药稳定性很高。”他补充道。

“你可以提前告诉我。”她说，稍微放松了一点。

“我知道，很抱歉。不管怎样，派你来让我有机会再见到你。”他突如其来的热情让她措手不及，她觉得自己也意外地被他吸引住了。此时见到朱利安，她意识到，自从上次见面后，她很想念他，这似乎很奇怪，因为起初她真的一点也不喜欢他。

“在车站运气真好。能在检查前从队伍里出来，”他换了个话题，“你是怎么做到的？”

“我告诉警察我来月经了，”她有些不自在地说道，“这是训练时乔茜教我的。她说埃莉诺告诉她，要想让男人离你远点，最管用的法子就是提到你的大姨妈。”

“聪明，”他说，声音里带着一丝钦佩，“我听说过不少埃莉诺的事，她工作一定干得很出色。”

“是的。她招募了乔茜，还有我。她很严厉，不是所有女孩都喜欢她。”

“但你喜欢？”

“我想我很钦佩她。她选择了我，我希望她认为我能胜任这项工作。”

玛丽脱下大衣，挂在架子上。“你流血了。”朱利安靠近一些说。

她低头一看，发现衬衫染红了。“是我撕胶带时出的血。”她说。

他走到脸盆前，浸湿一块布，然后走过来，“需要清洗。我可以吗?”她点点头，轻轻撩起衬衫，转过脸去。他轻柔地清洗着伤口，手指贴在她的皮肤上，热烘烘的，几乎有些滚烫。“需要包扎一下，”他担心地说，“不然会感染。”她发现他的手抖得比以前更厉害了。

“你的手……”

“累的时候就会加重。”

“那就好好休息。”

“谈何容易，”他摇了摇头，“不能随便撂挑子。”

“就在这儿休息。”她语气坚定地说，不想再争论下去。

但无济于事。“我得走了。天亮时我要赶到机场。”他说。她感到纳闷，他们没有收到有关空投的电报，但她不想问太多，以免他厌烦。

“还有好几个小时呢，现在去睡觉。”她指着床严厉地说。

他抿着嘴笑了，“遵命，长官。”不过，他没有上床，而是坐在旁边的椅子上，身子后仰，头靠着墙，“就睡一会儿。”

“如果你累死了，对谁都没好处。”她只是开个玩笑，但这句话萦绕在他们心里，太接近事实了。无论是死于流感，还是被德国人逮捕，死神一直在他们身后紧追不舍。她把毯子递给他，“恐怕我只有这个。”

他挥挥手，“不瞒你说，我睡过比这糟糕得多的地方，划艇和沼泽地，甚至下水道。昨晚我睡在乡下的谷仓里。”

她关掉灯，躺在床上。她很想去泡个澡，消除一天的疲惫，但她不敢在这个时候放水，以免引起周围德国人的注意。两人沉默了几秒钟。“你不感到厌倦吗?”她问道，“四处漂泊。”

“我不介意。我并没有一个真正的家。”他的声音里带着明显的悲伤。

“我听威尔说过你的家人，”她说，希望他不会生气，“真的很遗憾。”

“我16岁时遇到里芭，此后再未爱过其他人。我把他们送上了那艘船，”他僵硬地说，“之前他们一直住在根西岛。考虑到我的工作性质，我觉得最好让他们离开欧洲，所以安排他们去加拿大投奔里芭的姐姐。途中那艘船沉了，是我把他们送上了死亡之路。”

“不要责怪自己，你是想保护他们。”

“这些都不重要了，不是吗?他们死了，就像进了集中营一样。我总是想象他们最后在一起的情景，里芭抱着孩子们，但我永远无法确定。”玛丽不知道该说些什么来安慰他。接着，他清了清嗓子，“你呢?你丈夫支持你这么做吗?”

“我没结婚，”她脱口而出，“嗯，我知道档案上说我已婚，但事实上，我丈夫并没有死于战火。五年前，他在我们的女儿出生后就离开了我。”

“都是你一个人在抚养她?”他问道。她点点头。“那么这次任务应该是小菜一碟。”这是她认识他以来，第一次感受到他的风趣。

他伸出手摸着她的手，“你女儿到了懂事的年纪会感到骄傲的。”他的手指缠绕着她的手指，久久不放。他向后仰着头，闭上眼睛，呼吸逐渐变得悠长而均匀。看着他在那里休息，神态平静安详，玛丽心中涌起一股柔情。她停下来，感到惊讶，她不可能对他动心，当理查德离开她时，她就把自己的激情彻底埋葬了。多年来，她很少与人交往，以免重蹈覆辙。然而，当她躺在朱利安旁边，他的手在黑暗中温暖着她的手时，她知道自己的内心感受是真实的。

她想起了他在火车上深情凝望她的样子，难道并非她自作多情？她对自己说，不，那只是孤独，不会是别的，他一个人数周数月到处奔波，乔茜曾开玩笑地说过“在战地那种事难免发生”的话。不过，她不可能指的是朱利安，他的心里只装着任务，不会让任何东西干扰自己。

她也不会，玛丽睡眼蒙眬地想。她来这里是为了工作，然后回到苔丝身边，决不能让任何事情妨碍这一切。她考虑把手从朱利安的手里抽出来，但决定还是算了。于是，在他温暖舒适的触摸下，迷迷糊糊地进入了梦乡。

过了一阵子，她睁开眼睛，窗外的天空由灰色变成了粉红色。玛丽坐起来，咒骂自己睡过头了，朱利安说他得在天亮前离开，她寻思他是否还在睡觉，抬头一看，他已经醒了，正望着她。他们的目光交织在一起，就像在火车上一样。

她强迫自己移开目光，“几点了？”

“快天亮了。”他说，通过天空的颜色辨别时间。

“我真不应该睡着。”玛丽腾地站起来说道。

他站了起来，“没关系。”他早就醒了，本来可以早点离开，但他没有，“这是我几周来第一次睡个好觉。”

门外传来一阵声响。玛丽打开门，威尔站在那里，不安地挪动着身子，眼睛看着别处。她看得出来，他也感觉到了她和朱利安之间的微妙情感。“你没有来机场，我很担心。”他对朱利安说，“我们得走了。”

她转向朱利安，“去哪儿？”

“我被召回英国。”

她不由自主地倒抽了一口气，“什么时候？”

“今天早上走。对不起，我没告诉你，”他说得很快，似乎想起了昨晚的承诺，不再对她保守秘密，“这件事要保密。我只回去待几天，”他急忙补充道，“最多一个星期。”他的声音中带着渴望的语气……

“那炸桥的事？”

“炸桥不会在两周内进行，到时我就回来了。”他的声音听起来有些犹豫，好像自己也不确定。

知道他要走了，玛丽昨夜试图埋藏的感情似乎就要爆发出来。“你必须回去吗？”她低声问，心里已经知道答案。

“现在，我们必须尝试白天起飞。”不待朱利安回答，威尔抢着说道，“我们得快点。”

“我跟你去飞机场好吗？”她问，试图找到一个可能需要她的理由。

“人越少越好，”朱利安摇摇头，“尤其是在天亮时。”这样也好。她真不忍心看着莱桑德冲过来，把他从他们的世界里抢走。

“注意安全，等我回来。”他又转向威尔，“好好照顾她。”

威尔郑重地点了点头。玛丽想抗议说她不需要任何人照顾。别忘了，她是个特工，不是什么财产，或什么人的女朋友。但这是他们两人之间的一种特殊情谊，似乎是一种比她本人更重要的东西。

突然间她感到不安，觉得他不应该离开，“你真的要走吗？我是说，这样飞来飞去，太危险了。”

“没有别的办法，”他回答，“我一周后回来。”说完，他走出房间。当她看着他和威尔一起离开时，不禁觉得她已经永远失去了他。

第十五章　格雷丝

1946年，华盛顿

“那些女孩都死了。”当出租车驶过大桥回到华盛顿时，格雷丝喃喃地说道。简直难以置信，她们也就20来岁，最多不超过25岁，应该结婚生子，或者在战后的伦敦和朋友们出去寻欢作乐。“怎么死的？”

“Nacht und Nebel，”马克说，“意思是‘夜与雾’。这是一项德国计划，让一些人失踪，从此杳无音讯。”

“你怎么知道这些事？”

他不自在地挪了挪身子，“去年战争结束后不久，我在战争罪法庭为检方工作过一段时间。”

“你以前怎么没说？”难怪他那么了解特别行动处的情况，“马克，那是很重要的工作。”

“最后有点不太愉快。”他的语气平静，但她能感觉到背后隐藏的痛苦，“我不想谈它，至少现在不想。”

"好吧，"她心软了，"跟我说说'夜与雾'。"

"这是一项奇怪的计划，属于机密。通常德国人会对此做详细记录，但在这里，纳粹想让一些人消失得无影无踪。"马克说。

"包括那些女孩。"

他点点头，"希特勒亲自下令，要将被俘特工'斩尽杀绝'。"连女人也不放过，格雷丝想。"不留下他们存在的任何证据。很遗憾，我们没有找到好消息。文件里还有什么？"

她抽出剩下的文件，总共有六份，用的是粗体字。每份文件都带有这样的信头：特别行动处，F区。"你认为这些是什么？"

"总部办公室的内部信函。"他指着一页日程安排表，在日期和时间旁边列着女孩们的姓名，"看起来好像与发送电报有关。"他缩回手，手指轻轻地拂过纸面。

"那现在怎么办？"她问道。

"我不明白你的意思。我想我们已经了解了一切。"

"并非如此，"格雷丝说，"我是说，我们知道照片上的女孩和埃莉诺一起为特别行动处工作过，她们都死了。但我们不知道为什么那些女孩的人事档案没有和其他人放在一起，为什么埃莉诺要来纽约。"整件事在格雷丝的脑海中盘旋，就像一个巨大的结，无法解开。

"我们进入了一条死胡同。"马克承认。

但格雷丝不打算放弃，至少现在不会。此时，出租车蜿蜒穿过国会山，向联合车站驶去，火车将把她送回纽约。她拿出翻阅档案时匆匆写下一些信息的纸片，说："有些档案有女孩或她们家人的联系信息，我尽量记了下来。”

“真聪明，我也应该这么做。不过，格雷丝，这些信息可能已经过时了。而且她们的联系人应该在伦敦，或者国外。”

“不是全部，其中一个留的是马里兰州的号码。如果我打过去，也许可以和某个人聊聊，甚至是战争中幸存的女孩。”

“不妨试试。那就去我家吧，那儿有电话。”他建议道。格雷丝犹豫了一下，突然意识到两人的身子挨得太近。她不确定这么做是否合适，但马克已经把地址给了司机。出租车向左急转弯，朝另一个方向驶去。

出租车驶过一个个陌生的街区，大型花岗岩建筑逐渐被连栋房屋和商店所取代。“乔治城，”当道路变成缓缓的坡路时，他解释道，“我就住在纤道附近，离波托马克河不远。”她点点头，好像知道这个地方似的。

几分钟后，出租车拐进一个高档街区，在一栋砖砌排屋前停了下来。马克付了车费，然后来到屋前打开门。

屋内很整洁，铺着橡木地板，除了角落里的老式留声机，没有照片或其他个人物品。格雷丝寻找女人的痕迹，但没有找到，看起来马克在这里住的时间并不长。他把她带进书房，墙上挂着电话。“我去煮点咖啡。”说完把她一个人留在那里。

格雷丝走到书桌前，拿出记着电话号码的字条。她拨通电话，告诉接线员号码，然后等待着。书桌后面的暖气片发出微弱的咝咝声。

电话铃响了一次又一次，没有人接听。这个办法不行，格雷丝沮丧地想。她准备挂断电话，但就在将话筒放回座机前的一刹那，另一端传来嘈杂声，格雷丝急忙把它放回耳边，

“喂？我想找安妮·赖德小姐。”

“等一下。”对方砰地放下电话，然后，重重的脚步声渐渐消失。格雷丝想象着一个和自己一样的公寓，房东太太去叫她的房客。

“什么事？”电话那头传来另一个女人沙哑的声音，显然是个英国人。

“赖德小姐吗？”

“你是谁？”

格雷丝清了清嗓子，“我叫格雷丝·希利。很抱歉打扰你，我在找萨莉·赖德，安妮·赖德是她的联系人。”

“萨莉？”对方惊讶地提高了嗓门，“她怎么了？”

“我在找她，我想你可能知道她在哪儿。”

“萨莉是我妹妹，她已经不在了。”

“对不起，我不知道她过世了。”萨莉并没有被列入“夜与雾”的失踪女孩名单。“她是在战争中牺牲的吗？”

“不是。她在战后死于车祸。”像汤姆一样，格雷丝心里一阵紧缩。

格雷丝强迫自己专注于通话，“很抱歉打扰你，我想问问你妹妹战争期间所做的工作。”她停了一下，这个问题过于私密，没法在电话里问，“我现在在华盛顿，离你不太远。我们能见个面吗？”

“我不知道……”女人的声音有些犹豫。

“拜托，这很重要。如果方便的话，我可以去找你。”

“不，”女人急忙说，似乎不欢迎别人闯入她家，“我今晚得去威拉德酒店。你愿意的话，我们7点在酒吧见。”

格雷丝犹豫起来，这意味着错过回纽约的最后一班火车。但如果想更多地了解这些女孩，她别无选择。

“谢谢！我会去的。”

格雷丝挂断电话，皱起眉头，想到弗朗基，又要耽误一天的工作。她考虑问问马克是否可以再打一个电话，不过料定他不会介意，于是再次拨通电话。铃声响了两次，没人接听，她意识到弗朗基可能下班了。但过了一会儿，电话里响起他的声音：“布勒克尔父子公司。”

“弗朗基，是我。”她不必说出自己的名字。

“孩子，你好吗？”他的声音听起来很遥远，有些含混不清，她怀疑他是不是喝多了。

“弗朗基，你听起来没精神。怎么了？”

电话那头一片寂静，空气凝滞。“是萨米，他回来了。他表哥家有个大孩子，他想抢走我给萨米的钱。萨米死活不给，结果被暴打了一顿。”

“哦，天哪！他没事吧？”

“嗯，他被揍得鼻青脸肿，不过没有大碍。”想到萨米经历了那么多磨难，现在又遭人欺凌，她真想放声尖叫。“他不能再回到那里。你说得对，孩子，他不该这么小就独自一人，我正在提交申请把他送到福利院。”

可怜的萨米最终还是会住进儿童之家。“真令人遗憾，弗朗基。介入这种事太让人难过，也许我们可以另想办法。”

“我想我们别无选择。不过，我们可以等你明天回来再谈。”

她迟疑了一下，“说到这个……我还得再请一天假。”

电话那头传来一声叹息，她几乎能看到他垂头丧气的脸。“你在哪儿，孩子？我想我应该知道。”

她也这么想。“我在华盛顿。”她老实说道。

“你究竟在那儿干什么？”

“我在查找一个叫埃莉诺·特里格的人的消息，就是前几天在中央车站被撞死的那个女人。”

“为什么？你认识她吗？”

“不认识。”

“那她和你有什么关系？”

问得好，格雷丝想，“一言难尽，弗朗基。我发现了她的一个手提箱，里面有12个年轻女孩的照片。我拿走了照片，但当我去归还时，手提箱不见了。我想弄清楚她是谁，那些女孩又是谁，然后把照片还回去。我过一天就回来，到时候再详细解释，好吗？对不起，我没有告诉你这次行程。”她真的很后悔，弗朗基对她那么好，她从一开始就应该让他知道这件事。

“没关系，”他立刻原谅了她，“如果需要帮忙，我可以过去，我善于和官僚们打交道。”

“我知道，”她抿着嘴笑了，很感谢他的提议，不过，她必须自己解决这件事，“我们的客户更需要你。”说完，她突然想到一个主意，“有一件事倒是想请你帮忙。在事故发生前，埃莉诺从英国来到纽约，你能联系一下在移民局和海关的朋友，看看他们有没有她的消息吗？我是说，当她到达这里时，在表格上填写的内容，诸如此类的。”她知道，这很冒失，除了额外休假，还要求帮忙，但弗朗基不会拒绝。

"没问题，孩子，包在我身上。快点回来——要注意安全。"

格雷丝把话筒放回到座机上，回到客厅。"今晚我要和一个女孩的姐姐见面。"她对马克说。

马克笑嘻嘻地递给她一杯咖啡，"那么你要待到明天啦？"

她喝了一小口，"很可能。我想等我和她见完面不会有火车了，我得找一家旅馆过夜。"她默默计算着那要花多少钱。

"住这儿吧。我能理解你可能不愿意，"他急忙补充道，"但我有一间客房，一切光明正大。"

她仔细观察着马克，怀疑他别有企图，"这不太合适。"

他举起双手，"由你决定，那可是个很好的房间。战争期间我把它租出去了，当时政府工作人员潮水般涌到这里，住房短缺。除非你觉得不能管住自己。"

"我能……"她吃了一惊，随后意识到他在开玩笑，羞红了脸，"那太好了。谢谢！"

晚上7点，他们乘出租车来到威拉德酒店。从拉斐特公园望过去，白宫后面的天空一片昏暗。马克扶她下了车，他的手温暖而坚定地搭在她的后背上。酒店大堂很豪华，地板镶嵌着玫瑰花饰，天花板精心地绘有48个州的徽章，大理石柱从地面直至天花板。枝形吊灯是一个奇妙的球体，由四个青铜女神组成。椅面是用上等皮革制作，花盆里栽种着超大的棕榈树。格雷丝真后悔没有带件漂亮衣服来。

走到酒吧区入口处，她停住脚步，犹疑地扫视着这个地方。这里人头攒动，都是西装革履、抽着雪茄或香烟的男人，女人少得可怜。哪一个是安妮呢？她忘了问她长什么样。

格雷丝瞥见大堂远处角落的酒吧，走过去，马克跟在后面。她转向他，说："我很感激你所做的一切，马克，不过……"

"你想单独和安妮谈谈。"他替她说完。

"你介意吗？"

他笑了笑，"一点儿都不。我本想做护花使者，但我能理解。"

"我只是觉得，如果没有别人，她更可能愿意跟我交谈。"

"当然，"他点点头，一屁股跌进豪华皮椅子里，"我在这儿等你。"

格雷丝继续朝酒吧走去，感觉马克在看着她，心里热乎乎的。为什么他会对自己产生这种影响？她不是一个感情用事的人，必须停止这样。格雷丝朝领班走去，不知道安妮是否预订了桌位，"我想找一个叫安妮·赖德的女人。"

他不假思索地指着另一个酒吧，"她在那边的酒吧。"在两个男人中间，她依稀看见一个穿着鸡尾酒侍者制服的女人。原来安妮不是威拉德酒店的客人，而是在这里工作。格雷丝觉得自己刚才的想法很愚蠢，但她怎么可能知道呢？

酒吧里挤满了人，烟雾缭绕。一时间，她真后悔没让马克一起来。她一边向前挤，一边说着"对不起"，一个身材魁梧的男人给她让开路。她举手示意，安妮走了过来。"我是格雷丝·希利，我们通过电话。"安妮应该不超过30岁，但走近一看，她的面容憔悴，浓妆艳抹也遮不住深深的皱纹。

安妮突然显得很不安，格雷丝寻思，她是不是不愿与自己交谈。"还有几分钟，我就可以休息了。你可以在里面等。"

她指着吧台旁边的一扇门。格雷丝走过去，进入离厨房不远的一间储藏室，里面摆着堆满食物的架子和几只木凳。看到一只老鼠在箱子之间蹿来蹿去，格雷丝暗暗告诫自己，即使以后有机会，也不要在威拉德酒店吃饭。

过了一会儿，安妮走过来，在凳子上坐下，示意格雷丝也坐下，“你说你想打听我妹妹的事。”

“是的，还有一个和她一起工作的女人，埃莉诺·特里格。”

安妮眯起眼睛，眉头紧锁，就像一个奇怪的标点符号。“是为她工作，”她严厉地纠正道，“埃莉诺负责一切。”她站起来，似乎要离开。

“等等！”格雷丝说，“如果我让你不高兴了，我很抱歉。”

安妮又慢慢地坐下来，低声咕哝道：“该死的埃莉诺。”

格雷丝不知道埃莉诺怎么把她惹火了，决定最好还是换个话题，于是从包里拿出照片，问道：“你认识这些女人吗？”

“我在特别行动处的时候见过其中几个。”

“你也在特别行动处工作过？”

“是的，做职员。我也想去当特工，但埃莉诺说我不具备条件。”安妮苦笑了一下，“她说得没错。我只是知道这些战地女孩的名字而已，”她指着照片说，“这些都是埃莉诺的人。”

“她们是她的人是什么意思？”格雷丝问道，小心翼翼地转到这个敏感话题。

安妮从包里拿出一包香烟，“埃莉诺负责特别行动处的女特工行动。他们把这些女孩派往法国，担任情报员和报务员。”安妮点燃香烟，吸了一口，伸手去拿照片，“这个，他们叫她乔茜，刚来时只有17岁。”格雷丝想象自己17岁的时候，关心的是成年派对、海滩避暑。那时候，她连去曼哈顿的路都搞不清楚，而这些女孩在法国与纳粹斗争。格雷丝觉得既敬畏，又汗颜。

“大概有多少女特工？”

“几十个，”安妮答道，“最多不超过50个。”

“为什么是12张照片？”格雷丝问道。

“这些人没有回来。”

“她们是怎么死的？”

“处决，注射。真是骇人听闻。”这些女孩应该被当作战俘，然而她们被屠杀了。

但是，根据“夜与雾”计划，德国人不想让任何人知道这些女孩的下落。“你是怎么知道的？”

“消息传到了总部，”安妮答道，猛地呼出一口气，一团烟雾缓缓向上升腾，“大多数情况下都不是官方消息，而是从一些在集中营见过或听说过那些女孩的人那里得知的。到战争结束时，她们被杀害已经不是什么秘密了。”

酒店大堂的钟声响了八下，安妮的休息时间就要结束了。“跟我说说埃莉诺吧，”格雷丝试探地说，“她是谁？”

“她和其他人不一样，”安妮说，“她年纪大一些，外国人，来自俄罗斯，或者波兰，东欧某个地方。”格雷丝注意到，特里格这个名字看不出这一点，是故意改的吗？“她是以秘书身份进入特别行动处的。”安妮补充道。

“但她最终成了特别行动处的部门负责人，”格雷丝插嘴说，“她一定表现得很出色。”

“非常棒。埃莉诺的大脑就像一本百科全书，了解每个人的经历和详细信息。她能读懂别人，一眼就能看出一个人是不是干这行的料。她特立独行，出言谨慎，总让人觉得她在保守秘密。我想那是她应尽的职责。”

“你喜欢她吗？”格雷丝问道。

安妮用力摇了摇头，“没有人喜欢埃莉诺，但我们都尊敬她。如果你在战地，你会希望得到她的照顾。不过，你不会想和她一起喝上一杯，你知道我的意思。她是个古怪的人，刻板、严厉，难以交谈。不知道她现在在做什么。”

格雷丝清了清嗓子，“很遗憾地告诉你，她已经去世了。”她决定不提那些可怕的细节，“几天前在纽约。”

“纽约？”安妮重复道，既难过又惊讶，“她来美国干什么？”

“我以为你也许知道，”她答道，“领事馆的人说他们正在寻找亲属，去认领埃莉诺。”

安妮在烟灰缸里捻灭香烟，烟蒂上留下一个完美唇印。“他们不会找到。埃莉诺孤身一人，在她母亲去世后，她就没有任何亲人了。”

“她的个人生活呢？”

“完全没有。她不与人交往或吐露心事。她似乎对男人不感兴趣，我不是那个意思，她对女人也不感兴趣，心里只有工作。她是一座孤岛，非常隐秘，有人觉得……她身上可能藏着不为人知的秘密。”

“跟我说说特别行动处的事吧。”

“从一开始就有问题，”安妮说，“你不能带着一群毫无经验的女孩，认为让她们在苏格兰高地跑几个星期，教她们学学射击，就能够在战区应付。那种生存的本能和勇气需要多年的积累，不是教出来的。”

安妮继续说道：“还有规模问题。每个人都知道，三人秘密行动不如两人秘密行动安全。拿维斯珀网络来说，那是很大的组织，在巴黎及周边地区活动，由维斯珀，或者红雀领导，我想他是用代号称呼。他手下一定有几十个，甚至几百个特工。网络规模越大，背叛和泄密的风险就越大。”

“对不起，”格雷丝说，“你说的背叛是什么意思？”

“当然是对女孩们的背叛，”格雷丝觉得脚下的地似乎在晃动。“你不会认为那么多女孩都是单独被捕的吧？不，”安妮自问自答，“一定是有人出卖了她们。”尽管格雷丝很惊讶，但她没有作声，不想打断安妮的话。“她们被SD，也就是帝国保安部抓获，大多是在登陆行动前几周，不仅是在巴黎，而是整个法国。有人出卖了她们，至少埃莉诺是这么想的。”

“埃莉诺？你怎么知道？”

“战后我见过她一次。她来看萨莉，要求和她私下谈谈。我不该在房间里，但我偷听了，你知道，我得照顾妹妹。萨莉刚从战场回来，衰弱得不成样子，不能再让埃莉诺给她添麻烦了。她对那些在战争中失踪的女孩有许多疑问，就像你一样。”格雷丝觉得有些内疚，谈论战争和她妹妹所做的工作，对安妮来说不是件轻松的事。“一周后，我妹妹在车祸中丧生了。”

“埃莉诺想了解那些女孩发生了什么事？”格雷丝问道。

“不是发生了什么，而是怎么发生的，这件事一直压在她心头。她说这和发报有关，有人在假装女特工发报。她想问问萨莉是否知道些什么。当然，萨莉不知道。埃莉诺决心查明那些女孩的遭遇，是谁出卖了她们。”

听到这里，格雷丝屏住了呼吸，难道这就是埃莉诺来纽约的原因吗？

“我得回去工作了。”安妮说着站了起来。

“谢谢你，”格雷丝说，“我知道这对你来说很不容易。”

“的确。如果你能了解到什么，也就值了。有消息你会告诉我，对吗？”安妮说。

格雷丝点点头，“一定会，我保证。”

“谢谢！那些女孩对萨莉来说就像姐妹。”格雷丝想，应该是她感谢安妮，而不是反过来。她还没来得及说出来，安妮用力握了握她的手，回去干活了。

第十六章　埃莉诺

1944年，伦敦

埃莉诺站在处长办公室门口，手里拿着电报，“长官，事情有点不对劲。”

10分钟前，无线电传来一条消息。“是玛丽。”报务员简说，开始破译信息，埃莉诺飞快地穿过房间。

并非玛丽的信息来迟了，像她刚到的那一次。这个女孩一直定期呼叫，有时比预期的更频繁，发送的信息都没什么问题。但她的第一条信息，似乎有点不对劲，一直令人不安。埃莉诺试着告诉自己，那只是玛丽初到战地，情绪紧张让她敲击发报电键不太流畅，绝不会有其他问题。

但是，当她浏览这个电报时，心里不禁一沉。这条消息自称来自“天使”，但问的事情很不正常：“等待游击队的武器，请告知下一次投放地点。”这条信息过于轻率、明显，一个训练有素的报务员不会这样问。

令人生疑的不仅仅是电报的内容，信息顶部的“安全标记验证”的印章也未见到，该印章意味着密电里存在玛丽的两个安全标记。

“该死！”埃莉诺咒骂着把电报揉成一团。简对埃莉诺的失态感到惊讶。埃莉诺担心的不仅仅是玛丽，一台被盗用的发报机可能意味着大规模泄露或破坏。

埃莉诺刚想扔掉电报，随即改变了主意。她把纸弄平，朝处长办公室走去。

走到门口时，看到他正在伏案阅读，埃莉诺知道她来得不是时候，他可能不希望被人打扰。不过，他倒不会不让她进来。他从正在读的报告中疲倦地抬起头，放下烟斗，招呼道：“特里格？”

“是关于一个女孩，长官。”当然，对她来说，事情总是和那些女孩有关，“是她的发报。”埃莉诺通常尽量不去打扰处长，以免惹得他不耐烦。她希望能够独立管理自己创建的部门，但此时已经顾不上这些了。“看这儿。”她边说边走过去，把电报放在他面前。

“是玛丽，”他说，“几周前，你还因为她没有发送信息忧心忡忡。这是好消息，不是吗？”

“恐怕不是，长官，”埃莉诺指着最后一行电文，“玛丽绝不会直接问这个问题，维斯珀，或者他手下的其他女孩也不会这样问。”

处长抬起头，狐疑地看着她，“你一直说那女孩不成熟，也许她犯了个错误，或者时间仓促。”

“我说她很天真，甚至有点幼稚，但并不粗心。不是那么回事，长官。”他期待地看着她，她迟疑着想找出更多证据来支持自己的说法，“事情不对劲。电报信息不合情理，而且缺少安全标记。”

“其他人的信息呢？有什么问题吗？”

“只有她的，”埃莉诺犹豫了一下，“其他的都正常。但如果玛丽出了问题，就会影响整个网络。信息也许无法传递给我们，可能会出现中断，甚至泄露。”

“也许是机器的问题，”处长说，“如果我们发出重新校准的命令……”

“不可能，长官。从技术上讲，传输没有问题，问题出在信息本身，以及女孩传送信息的方式。”

“你怎么看呢？”

“说实话，我不知道。”埃莉诺讨厌承认自己犹豫不决，“要么当时情况危急或者她受到胁迫，要么……”她欲言又止，这句话简直难以说出口，“要么并不是玛丽在发报。”她深吸了一口气，“我担心，长官，我们陷入了危险。”

他瞪大了眼睛，“这怎么可能？发报机之前可是调试了上百次，即使其中一台机器被缴获，德国人还需要获得晶体管、密码和安全标记，一个称职的特工绝不会将它们放弃。”

希望他说得对，埃莉诺心想，“如果这个信息是某种暗示的话，无论是谁都会故意不加安全标记。如果发报机和晶体管被一起缴获，这种可能性完全存在。”

“你在进行占卜，特里格。我们必须以已知事实为依据。”埃莉诺常常希望能有一个水晶球，就像美国电影《绿野仙踪》中的女巫那样，看看战地发生了什么。有一次，她甚至梦见自己得到了一个，但是它太模糊，什么也看不清。

处长靠在椅背上，抽着烟斗，“就算你说得对，你想让我怎么做？你是说，我们应该完全停止发报吗？”

埃莉诺犹豫不决。这样做意味着把特工独自留在战地，失去与总部的联系或重要生命线。“不，长官。”

“那怎么办？”

“我认为应该切断与玛丽的联系，直到她的情况被完全核实。”

“但她是为最大的维斯珀网络工作。我们会瘫痪，行动会受阻。”处长说。

埃莉诺不无自豪地注意到，在这么短的时间内，女孩们已成为战斗中不可或缺的一部分。一年前，那些男人还怀疑她们根本帮不上忙，而现在，没有她们，他们的工作无法正常运转。

“你不是说这些女孩能胜任这项工作吗？我相信你，赌上了自己的名字。”他的声音里带有责备的意味。埃莉诺想指出，男特工也出过差错；所以当初才需要成立女子特工组。在过去的一年里，女孩们越来越多地承担起报务员的职责，让这一切看起来像是她们的问题。

“她们能胜任，长官。”从记事以来，埃莉诺第一次感到不自信，“不是女孩们的问题。一定是那边出了状况。”

处长接着说道：“你们的消息已经传到丘吉尔那里，他非常高兴。”这可是极高的赞赏。

但是，这并没有解决问题。“长官，事实上，我们无法知道我们发送的信息是否真的被自己人获取。如果不能关闭无线电进行核实，那么，我认为应该有人亲自过去查看一下。”埃莉诺说。

“我想你认为应该是你。”

“我确实想去。”埃莉诺坦陈。

“我们以前有过这种情况，特里格，”处长气冲冲地说，“你的入籍申请还没通过，我没法帮你办证件。即使我能，我也不会派你去战地。你知道的机密太多了。”

“还是派我去吧。”埃莉诺再次恳求道。处长惊讶得眨了眨眼睛。埃莉诺一贯冷静、理智，此时她的声音里流露出绝望。她需要看看那边到底发生了什么，女孩们是否没事。她意识到自己的失误，感情陷得太深，就因为这个原因，他也会说不。

“这是不可能的。”他坚决地说。

“我得看看出了什么事。如果你不派我去，至少在核实情况前与她切断联系。”他没有回应。“当我接受这个任务时，你答应我拥有完全控制权。”

“对于那些女孩，是的，但不是整个战争，它是整个计划中的一部分。大进攻迫在眉睫，每到月圆之夜，如果我们不空投人员和物资，就会错失良机。”

“但是，长官，如果空投信息被敌方获取，我们的特工和补给也会落入敌方手中。我们必须阻止这一切！”她提高嗓门，哽咽了。

“我不能凭着毫无根据的预感就停止整个行动，”他反驳道，“一切必须向前推进。”他俯下身，压低声音，“距离大进攻只有几周，不，几天时间了。我们不能分心。”

埃莉诺的沮丧情绪终于爆发了，她竭力保持镇静。“我要去陆军部。”她威胁说，已经无法控制自己。

处长的脸气得通红。“你要凌驾于我吗？”对他来说，这是最大的背叛。接着他的表情缓和下来，“你不会的。”他知道这是虚张声势，“我一直处处支持你，特里格。”

她想说，我也一直支持你，但她克制住自己。她不能冒险和他对着干。把白厅牵扯进来，会让那些一开始就认为女孩做不到的人证明，他们的怀疑是对的。这不仅仅是她的自尊受到威胁，而且，她迫切需要的公民身份申请的命运还掌握在处长手中。

除了观望和等待外，别无选择。

埃莉诺一言不发地冲出处长办公室。然后，她回头看了看，想再回去，恳求他出面，按照她的想法采取行动。但她知道说服不了他。他已经断然拒绝了她。这一点也不像他。他对她失去信心了吗？不太可能。她知道，他正承受着加快行动的压力，无论出于什么原因，都不可能放慢速度。

她没有回自己的办公室，而是走到诺格比大厦的后巷。她渴望呼吸一点新鲜空气，但周围那些又高又窄的建筑物似乎都在向她倾斜，靠得太近了。她伸手去够消防梯的梯子，开始一层一层地往上爬。

她来到大厦楼顶，虽然不够高，看不到伦敦的美景，但依稀能看到圣保罗教堂的尖顶和一小段伦敦桥。前方的黑色烟囱像一个硕大的烛台伸向天空，似乎点燃了火红的落日余晖。

埃莉诺深深地吸了口气，潮湿的空气中弥漫着煤和汽油的味道。愤怒和无助让她浑身颤抖，与处长争论让她的肾上腺素飙升。她知道，那边出了问题。她的女孩们陷入迷惘和孤独，而她辜负了她们，就像她曾经辜负了自己的妹妹。但没有人听她的，连处长也是如此。

突然，她身后传来一阵脚步声。埃莉诺猛地转过身，在楼顶的另一个角落里，站着一个男人，侧身对着她，眺望着伦敦南部。她扫了一眼，这个侧影似曾相识，但想不起来是谁，随后，她屏住了呼吸，惊叫一声："维斯珀？"

他没有点头或承认自己的身份，但他的沉默说明了一切。她只是听说过维斯珀的大名，从她来的那天起，他的名字和事迹就传遍了总部大楼。她在人事档案中见过他的照片，现在看起来他本人和照片中的形象不太一样，变得更粗犷，但她一眼就认出了他的面孔。她端详着这个男人。他身材高大，英姿勃勃，下颌轮廓分明，肩膀宽阔，一切都与他的身份相称。不过，对于一个笼罩着璀璨光环的人来说，他比她想象的要年轻得多。

她手下一个女特工最直接的联系人就站在她面前，她简直不敢相信。

埃莉诺走上前去。"你来这儿干什么？"话一出口，她就意识到不该这么问。他没有理由回答陌生人的问题。"我是埃莉诺·特里格。"她打量着他的脸，寻思他是否知道她的名字，但他的表情没有丝毫变化，"我负责女子特工组。"

"我知道。玛丽对你评价很高。"

埃莉诺愣了一下，觉得玛丽说得太多，打破了规矩。与此同时，她不禁感到一丝自豪。虽然埃莉诺有理由对玛丽严厉，但她经常担心会让那个女孩恨她，这也许是她平生第一次为这样的事担心。“她怎么样？”她问道。

他勉强笑了笑，“聪明，迷人，惹人生气。”

埃莉诺强忍住笑，想起那个在训练中爱问问题的女孩。不过，她问的是玛丽的工作，而维斯珀的回答完全是另一回事。维斯珀在战地人称独行侠，身为领导，他总是有意与下属保持距离。她怀疑，他是否对玛丽产生了感情。

“其他人呢？”

“你手下的女特工只有几个在我的网络。”埃莉诺点点头。“乔茜很了不起。她现在和游击队员在一起，他们叫她小家伙，但我认为他们都怕她。她的枪法比任何人都准，在这一点上，他们都很信任她。”

“你来伦敦干什么？”埃莉诺问，心想他返回英国一定是因为极其重要的事情。她应该被告知他要来，这让她很恼火，但并不意外。是处长故意瞒着她吗？或许处长自己也不知道。

“别在这儿。”他边说边指了指楼顶的一个拐角处，那里远离窗户，不会被人听到。她跟在后面。“我被召回总部述职。”他说。

“为什么？”

“我真的不能谈这个。”这不是她的职责范围；他不能向她汇报，她也不必知道。

但她执拗地说：“玛丽和那些女孩是我的人。我是说，是我招募并训练了她们，我需要知道发生了什么事。”维斯珀点点头，表示尊重，但仍什么也没说。“你们的工作怎么样？”她试图换一种问法。

“我认为事情进展顺利。当然，并不完美，但都在意料之中。”她不知道这是真的，还是他在向总部充好汉。“去年冬天，我们的仓库遭遇了破坏，现在已经恢复正常。目前的焦点是炸毁芒特拉若利大桥。”埃莉诺点了点头。她在总部的每日简报中看到了这个消息；她之所以同意提前部署乔茜就是为了做好准备工作。这座桥是拦截德国坦克向海岸进攻的咽喉要道。爆破任务十分危险，会将整个网络置于危险中。

“需要的东西都有了吗？”

“我们缺少炸药。几周前，马赛的一名特工与我们取得了联系。他能弄到我们需要的东西，用TNT炸药换取一些军火。我们正在设法解决。”

“有没有可能你们中计了？”她单刀直入地问。这个问题问得太突然，似乎不着边际，但这是她最需要了解的事情，以便确定玛丽那边有没有意外，没有必要藏着掖着。

“不可能！”他怒气冲冲地脱口而出，但似乎没有埃莉诺想象的那么惊讶。

“不过，你考虑过这种可能性，对吗？”

“这种可能性总是存在。”他反驳道，不愿再多说。

这时，几周以来的所有担心一下子涌上心头。“她的电报，”埃莉诺大胆说道，“从接收到的一些信息来看，不太像是玛丽发的。”

“我相信那只是因为紧张，初入战地的新奇感。”他答道，“她很好，至少几天前我最后一次见到她时是这样。”当他说起见到玛丽，声音中充满了温暖，证实了埃莉诺对于他和那女孩产生感情的猜测。她寻思玛丽是否也有同样的感觉，两人是否已经擦出火花。“她从蒙马特区给我取回了一个包裹。”他补充道。

巴黎。“天哪！你不是让她去当情报员吧？”玛丽有语言能力，但她还不成熟。那些隐藏身份的必备技能，譬如，如何融入环境，如何避免犯低级错误，她根本没有掌握。

“她比你想象的能干。”

“也许。”想到有人比她更了解她手下的女特工，埃莉诺感到十分恼火。

“不管怎样，我们必须在战地保持流动性，把人员派到需要的地方。”

埃莉诺又回到了那个一直困扰她的问题，问道：“但她的信息让人捉摸不定，那边到底发生了什么事？”

他低头看着靴子，过了好一会儿才说：“我不知道。玛丽很好，但这次任务与以往不同，有点不对劲。”

“你告诉总部了吗？”

“他们不听我的，认为我在战地待得太久，影响了判断力。我能做的只是说服他们让我回去。既然你也知道，为何你什么都没说？”

“我试过，但他们也不愿听我的。”她感到一种强烈的无能为力，心里涌起一阵沮丧。当权者现在只对一件事感兴趣：大进攻。任何拖延或妨碍它的声音，包括特工们的安全，他们都不会听。埃莉诺这时意识到，女孩们所处的危险比她想象的要大得多。

“那现在怎么办？”她问道。

“回法国，自己想办法。”

“你可以中止计划。”刹那间，她心中燃起一线希望。取消整个行动，把女孩们救出来，安全地带回家。这并不是失败，而是推迟行动。她们可以重整旗鼓，改日再战。

“不行。”当然不行。正如处长所说，大进攻迫在眉睫。“这就像一列高速货运列车，任何人都无法阻挡。如果我不做，没有人会做。”他迈步准备离开楼顶，“我需要尽快回到法国。”

“我可以帮你，”她冲他喊道，“如果你已经准备好返回法国，我很乐意亲自安排空投。”埃莉诺可以利用她的职位加塞，安排维斯珀立即离开。

“谢谢！”她这么做不只是为了他，那些战地特工需要他才能活下来。

“等等！”当他再次准备离开时，她喊道。她想向女孩们传达一个信息，帮助她们度过面对的一切磨难，或至少让她们知道，她在总部不知疲倦地工作，希望她们能安全归来，她没有放弃她们。她努力想找到一个能同时概括这一切的词：她的关心和担忧，赞扬和告诫。但是她说不出话来。

“告诉玛丽，”她开口道，在所有的女孩中，他最有可能见到她，“告诉玛丽，我很担心，因为她的电报不太对劲。上司不让我停止呼叫或关闭她的无线电，告诉她我很担心。”她想说一些不是告诫，而是建议的话，帮助女孩渡过所有暗礁险滩。但似乎没什么可说的了。

维斯珀已经走了。

第十七章　玛丽

1944年，法国

朱利安离开了他们。他说去一周，但已经过去10天了，他还没有回来，也许再也不会回来了。

玛丽抱着双臂，直打哆嗦，虽然天气很暖和，湿润的空气更像初夏而非春天。此时天空异常灰暗，乌云预示着暴风雨即将来临。她想象着苔丝在那座古老的牧师住宅，希望充满春天欢乐的湿地让她不那么老想着妈妈好几周没来看她了。

她望着安全屋后面的田野，希望朱利安的高大身影出现在地平线上。但他仍远在英国，她试着想象此刻他正在做什么。几天前的晚上，她梦见自己走在肯辛顿大街上，看见了他，但他并不认识她。她之前竭力不去理会的感情在他离去的时候一下子爆发出来。她知道，等他回来的时候，不会再予以否认。

玛丽忠实地守在发报机前，等待伦敦传来信息。她每天晚上还坚持收听英国广播公司的节目，留意插入的“私密信息”，这些信息有时用来暗示空投，祈祷能收到莱桑德待命的信号。但是什么都没有。她抬起头，看天上是否挂着一轮满月。过去的七天，天朗月明，适合飞行。如果朱利安没有回来，他可能得等到下个月，这个想法让她难以忍受。

她并不是唯一想念他的人；朱利安的离开让大家六神无主。从情报员带给她的信息中，她能感觉到这一点，现在信息少了，语气也变得不确定。除此之外，整个法国北部的情况越来越糟，一些小道消息在特工之间不胫而走：在法国中南部的奥弗涅地区有人被捕了，一个情报员行踪不明。这些零碎信息表明形势不妙，帝国保安部正在逼近，收紧包围圈。而他们即将执行迄今为止最危险的任务：炸毁大桥。

楼下传来一阵声响。玛丽站起来，扫视了一下房间，确保所有东西都已藏好，发报机转成留声机的样子，以防警察来了。她打开门，走廊里空无一人。

过了一会儿，威尔从栏杆上探出头来。玛丽大为惊讶；自从那天他把朱利安接走，就没有来过这里。不等她邀请，他径自踏进房间，关上门。他的表情异常严肃，玛丽屏住呼吸，准备迎接坏消息，是关于朱利安还是别的什么？“预计今晚会有人员空投。”他直截了当地说，棕色的眼睛透着冷峻。

她激动地跳了起来，但她没有收到空投的消息。“你怎么知道？”

“从东部一个特工网络传来的消息。”

这很蹊跷，信息来自其他网络，而不是通过她来接收电报。“是朱利安吗？”

威尔担忧地皱起眉头，“他们说信息含混不清，但除了他，还能有谁？如果是我亲自飞，就知道了。”

“你要求过吗？”

“当然。我再三要求，都被拒绝了。”威尔皱着眉头说。也许这就是他情绪不好的原因。“他们说我需要留在这里。”他补充道。威尔算是一个副指挥官，朱利安不在的时候，他就是负责人。他总是独来独往，这个角色对他来说并不适应。

“嗯，朱利安今晚就回来了，你可以继续飞行了。”她乐呵呵地说。

但他依然沉着脸。“玛丽，还有一件事。”他忧郁地说，“你知道铁路桥的事吗？”

她点点头，“当然。”他们所做的一切，包括她冒着生命危险从巴黎蒙马特区取回炸药，都是为了这个。

“爆炸安排在明天晚上。”

“这么快？”

“我们得到消息，一个庞大的德国车队后天会从那里通过，所以我们必须提前行动。”

“但朱利安说要等他回来。”

“等不了。我们先将炸药连上雷管，然后在爆炸前把他从着陆点接回来。这应该不成问题。”

她不明白他的语气为什么那么沉重，“出什么事了吗？”

他沉吟片刻，“明天去桥上引爆炸药的女孩失踪了。”

在这个网络中，只有一个女孩能承担这样的任务。玛丽瘫倒在床边，希望自己听错了。“威尔，”她慢慢地说，

“是谁？”

“乔茜失踪了，”他坐到她身边，“她和艾伯特，还有游击队员马尔桑，四天前去给游击队送武器，之后就不见了。不知道他们是否被捕了，”他急忙补充道，“也可能只是躲起来了。”

“或受伤了，或死了。”玛丽说，各种可怕的念头涌现在脑海，“查过她最后的发报地点吗？最后露面的村镇呢？我们必须通知总部……”如果朱利安知道，他可以在伦敦打听一下。

“查过。一个侦察队正在竭尽全力寻找。”从他的声音中，玛丽知道没有任何收获。如果乔茜没事的话，她会想办法回来，或者至少保持联系。不，只有一件事能阻止乔茜完成任务，那就是她被捕了，或被杀了。

她在阿里塞格庄园见到的乔茜那么强悍、桀骜不驯。玛丽转向威尔，眼里噙满了泪水。“怎么会这样？”她把脸埋在他胸前哭了起来。她不仅为乔茜伤心，也为所有人伤心。如果德国人抓住了乔茜，玛丽和其他人还有逃脱的可能吗？

玛丽心里充满悲伤，浑身瘫软，随时准备妥协，但乔茜不会容忍她这样没出息。她强迫自己平静下来，慢慢地停止了抽泣。几分钟后，她直起身子，擦干眼泪。

“除了等待，我们没有别的办法。”威尔说道。

“那么炸桥的事，”她强迫自己专注于眼前的任务。朱利安说过，这次行动必须不惜一切代价，“现在派谁去引爆炸药？”

“我不知道。我要去附近几个安全屋，看看有没有合适的人。实在不行，我自己来。”

“我来吧。”她未加思索，脱口而出。她到底在想什么？他愣愣地看了她几秒钟，似乎没搞明白。“引爆炸药，我可以做。”

“不行，你没受过这方面的训练，你是报务员。”她在阿里塞格庄园只接受过最简单的爆破训练，为整个爆破行动引爆炸药完全是另一回事。“朱利安决不会允许。”他补充道。

“为什么？”

威尔耸了耸肩，“他保护欲很强。”她想问，是对我，还是对所有女特工？玛丽那次冒险去巴黎取炸药，他倒是全然支持。发生了什么变化？她想起在他回伦敦的前一晚他们之间的亲密关系，不知道威尔第二天早晨是否觉察到了，也许，朱利安在走之前跟表弟说了些什么。

这与眼前的问题毫无关系。“朱利安现在不在。没有人能做这件事，你得去机场。”她说道，脑子里酝酿了一个计划，“你去接他，我去引爆炸药，然后与你会合。朱利安知道离开该地区的地下通道。等炸药爆炸时，我们早已接到朱利安，远走高飞了。”

威尔犹豫不决。朱利安会竭力反对这个计划，他们俩都清楚。但是，当威尔意识到她是对的时，他的表情似乎变了。即使她错了，也没时间想别的办法了。

“很好。快点，跟我来。”他们从公寓出来，走下楼梯，穿过村子，这次是步行。

“我该怎么办？”她紧跟在疾走的威尔身后，问道，“我是说，在我引爆炸药之后。”

“你得过桥到达会合地点。沿着河岸向南走到我在地图上指给你的那个弯道，然后向东走到那天晚上我送你来的降落场。”他把这一切说得轻而易举，“你能找到吗？”她点点头。

他们默默地继续往前走。“战前你是做什么的？”最后她问道。

她本以为他会像朱利安那样，责备她话太多，容易暴露。“赛车手。”他说道。

“汽车吗？”她惊讶地问。

“摩托车。”考虑到他喜欢飞行，这并不令人意外，同样都很刺激。“瞎胡闹，我知道。确实如此。”她意识到，这表兄弟俩战前就完全不同。

很快，树林开始变得稀疏，前面出现了一座铁路桥，就像一个巨大的骷髅。玛丽的心跳加快了，它比想象的要大得多。“我们有足够的炸药吗？”

“桥上至少有十几个地方放置了炸药，”他说，“我们不必炸毁整座桥，只要让火车无法通过就行。你还记得怎么引爆炸药吗？”

“嗯……”玛丽迟疑了一下。她以前没太认真学习爆破。她是被派去当报务员，根本没想到要去搞爆炸。

“现在改变主意还不晚。”他说，似乎看出了她的疑虑。

她不服气地扬起下巴，“我能行。”

他从包里拿出雷管，然后指着桥的一角，说：“你得把它固定在桥的连接处，要等到天黑了再说。真希望我能替你去做。”

她摇摇头。她身材娇小，不容易被发现。如果被抓了，她的法语会帮上忙。“你需要准备去着陆点接朱利安。”她说。

“你必须在朱利安到达前与我会合，”他焦躁不安地说，明白他们匆忙制订的计划存在缺陷，“飞机一着陆，我们就得迅速撤离现场。”

“我知道。”她一只手按住他的肩膀，直视着他的眼睛，“我会的。”

“好吧，”他咕哝道，“如果你有个三长两短，我表哥会杀了我。”

“威尔……”她觉得应该为她和朱利安的关系道歉，至少是承认，但她怎么能解释自己都没搞明白的事情？

“没关系，”他挥了挥手说，声音听起来有些尴尬，“快去完成任务吧。”

“我会的，相信我，”她坚定地说，“走吧。”

威尔消失在黑暗的树林里，玛丽的信心也渐渐消失了。她到底在干什么？她抬起头，仿佛在天空中看到了平生那些看不起她的人的脸。首先是父亲，然后是理查德，他们让她相信自己永远都不够好。然而，她打消疑虑，想象着朱利安登上莱桑德，急切地想要回到特工们身边。她不敢相信再过几个小时就能见到他了。

等待天黑的过程无比漫长，暮色似乎比平常多停留了一阵子。当夜幕最终降临时，玛丽从藏身之处蹑手蹑脚走出来，沿着平缓蜿蜒的河边悄悄向前移动。沉睡的河岸让人丝毫看不出它对战争的重要性。

慢慢地靠近时，她默默地庆幸不必再携带真正的炸药。当然，安放雷管不是小事。威尔告诉她的连接处在20英尺高的地方。对乔茜来说，这不是问题，她在阿里塞格庄园攀岩轻而易举，但在玛丽眼里，这就像一座高山。她蹑手蹑脚地从桥下走到威尔指定的地点，靠近一个主要的连接处。冰冷的河水从低洼处渗进她的靴子，感觉极为不适。她摸了摸钢架上凸出的螺栓，可以形成一个攀岩墙。她把雷管塞进上衣，开始往上爬。

当她伸手去够高处的螺栓时，脚滑了一下，锋利的金属划破脚踝。她疼得不由自主地叫了起来，声音划破了寂静的夜空。她咬着嘴唇，挣扎着再次去够那个螺栓，这次没有滑倒。

最后，玛丽到达了大桥的连接处。她一只手死死地抓住桥身，吃力地从上衣口袋里取出雷管。她仔细看着它，努力回想训练时所学的雷管知识，然后颤抖着双手，把雷管导线接了起来。她默默地祈祷自己做得很好，一切都没问题。

她把雷管固定在合适的位置。就在这时，她感到远处传来一阵隆隆声，空袭，她马上想起了伦敦的恐怖岁月。然而，随着声音越来越大，桥身开始震动，她意识到火车来了。没有时间爬下去了，它快开过来了，现在整座桥都在震动，雷管随时有可能脱落。玛丽一只手抓着雷管，另一只手抓着螺栓，竭尽全力毫不松手。有生以来第一次，她不会逃跑，也不会害怕。火车在头顶上方轰鸣，她紧紧闭上眼睛，祈祷自己能坚持下去。

火车终于穿过大桥，震动渐渐平息下来。玛丽重新检查雷管是否牢固，然后双腿颤抖着从桥上爬下来。在桥面上，她停下来喘口气，朝两边看了看，开始穿过大桥。她知道，她应该慢慢地走，躲在塔架的阴影里，以免被人看见。不过，这里没有行人走的路，火车可能随时会来。她沿着轨道跑着，仿佛全身赤裸，奔向大桥对岸。

她准时到达了着陆场。

在这片平坦、贫瘠的狭长地带，她没有发现一个人影。玛丽怀疑自己是不是来晚了，威尔已经接到朱利安，丢下她走了。但地面上放着一些小木桩，等飞机一接近就要被点燃。随后她看见了躲在树木阴影下的威尔。

“有动静吗？”她走上前问道。威尔摇了摇头。她大失所望，朱利安现在应该到了。玛丽的心提到了嗓子眼，她强压住心中的不安。几个小时说明不了什么，飞机降落有一个时间窗口，飞行员可能因为大雾或害怕被发现而延误或绕行。

“我们应该躲在隐蔽的地方。”他领着她走进开阔的树林，一棵树倒了，后面的地面凹下去，形成了一个沟。他坐在地上，示意她也坐下。

一阵寒意袭来，她打了个哆嗦，感觉到靴子里残留的湿气。要是能生一堆火就好了，当然，这不可能。她靠近威尔，不管他介不介意，凝视着林外，希望有朱利安归来的迹象。她几乎能看到他从阴影中走出来，目光凌厉机警，但还是扬起一丝笑容。不过那只是幻觉，是她的想象。10分钟过去了，15分钟过去了，希望变成了失望，然后变成了忧虑。

她斜倚在一棵树上，闭上眼睛，紧张得睡不着觉。随后天上传来一阵响声，她猛地坐直身子，似乎有什么东西从夜空中坠落。

降落伞！

她一跃而起，不顾一切地冲出树林。他们一定将他空投了，因为着陆不安全。当降落伞降下时，她侧步闪开以免被撞到。“我说过我会回来的。”朱利安说。

头顶上的嗡嗡声把她吵醒了。玛丽猛地睁开眼睛，她还在黑暗的树林里，重逢是一场梦，朱利安仍然没有出现。她似乎一直靠在威尔肩上，他紧紧搂着她让她暖和点。这时，他们急忙挺直身子，分开来。“有消息吗？”他摇摇头。

天空依然未明，但地平线已经开始泛红。现在太迟了，朱利安的飞机不会出现了。

她茫然地望着天空，想知道发生了什么。“着陆信息会不会弄错了？”她追问道。

“没有弄错，我肯定。”他没有再说什么，但眼睛里透着明显的恐惧。按计划，朱利安此时应该到了，一定是出事了。

玛丽凝视着天空，随着黎明的临近，天色开始渐渐泛白，她希望这一切只是一场噩梦。“也许飞机还会来。”她说，装出满怀希望的样子。

威尔了解规矩，摇了摇头。“燃料不够，天也快亮了。”他一口气说出不可能的原因。

“你说信息没错，那会发生什么事呢？”

“我不知道，不管怎样，不能再等了。如果他降落不安全，那么我们在这里也不安全。”玛丽感到毛骨悚然。“我们得走了。”威尔坚决地说。

他站起来，朝树林深处走去。“离开，第二天同一时间再来。”这是预定的空投或降落没有出现时的规矩。玛丽停留了片刻。尽管有危险，她仍不愿离开，这里是他们与朱利安重聚的最大希望，也许是唯一的希望。在明天再次尝试前，她将面临一段漫长的等待，黑暗而痛苦。不过，威尔是对的。在这里的每一秒都有被俘和死亡的危险，不仅是为了他们自己，还有其他特工和帮助他们的当地人。

“也许他奉命留下来了。”玛丽在树林里追上威尔说。

“那也阻止不了他，”威尔坚定地回答，“我表哥一定会回来。”

但朱利安没有回来，这只能说明出了非常严重的问题。

“他会在第二次降落时出现。”威尔说，努力让自己的声音充满信心。

“但我们等不及了，”玛丽意识到，“今晚就要引爆大桥。”她在威尔的眼中看到了惊恐。按照指示，她把炸药定时器定在今晚10点引爆。他们的计划是接到朱利安，然后他带他们撤离。

现在已经不可能了。没有朱利安，他们无法撤离；只有他清楚谁可以信任，哪里可以藏身。“回公寓去，”威尔命令道，脑子里开始酝酿一个计划，“销毁所有无法隐藏或携带的东西，就好像你从未住过那里。”

“为什么？”

“今晚我要送你离开法国。”

“我们不能就这样离开，”她抗议道，“我们得在这里接朱利安。”

“玛丽，他不会来了。”威尔说道，第一次大声说出这句话，亲口承认了事实。

“他也许……”她执拗地说。

他停下来，转向她，紧紧抓住她的肩膀，“我们不能再等了，一旦桥被炸毁，大家都不安全。一切都结束了，玛丽，你已经尽了自己的职责。趁现在还来得及，赶紧回到你女儿身边去。”

“怎么回？”她麻木地问，不知所措。

“魔术师网络在凡尔赛附近有一架莱桑德，几个月前着陆时遭到高射炮袭击，他们一直在秘密修复它。如果我能到达那里，让它重新升空，我们今晚就可以飞回去。”他指了指相反的方向，“在东面大约5公里处还有一个着陆点。你往正东走，穿过树林，就会到达那里。在看到我之前，你先在那边躲起来。9点半见，我们会在爆炸前起飞。”他把这一切说得轻而易举。

不等玛丽回答，他便转身走了。等等，她想喊叫。她想再次抗议，如果朱利安还有机会回来，他们就不能离开法国。但是，她知道争论不会有任何结果。而且，她知道，趁着夜色的掩护，威尔最好现在离开。她看着他消失在树林里。

那天黄昏过后，玛丽来到公寓门口。这一天过得很是缓慢。她无视威尔的命令，决定不带走自己的东西。如果有人来这里，最好让人觉得她只是出去了一会儿。她试图给伦敦发报，表明她和威尔即将回去，弄明白朱利安为什么没有回法国。但是，没有回应。伦敦那边应该有报务员接收信息，即使这不是她预定的呼叫时间。她怀疑是不是德国人干扰了信号，或者只是天气原因。没关系，明天他们就会回到伦敦，朱利安肯定在那里等着他们，把一切解释清楚。

她看向角落，目光停留在藏有发报机的留声机上。她不能把它带走。她知道，威尔想让她毁掉它；她在训练中学过怎样做。她走过去，打开箱子，环顾四周，寻找坚硬的东西。炉边的铁锅是最佳选择，她拿起来，高高地举过头顶。

然后她停了下来，铁锅悬在半空中。她又把它放下，在走之前，她应该再和伦敦联系一次。她急忙找到丝绸盒子，挑了最上面的一次性密码。接着，她从口袋里拿出晶体管，插入发报机，调整旋钮找到正确频率。"天使呼叫总部。"她发出这条信息。

很快传来回复："总部收到。"她还没来得及发出将要炸桥的消息，又传来第二条信息："确认收到红雀。"

当她破译信息时，心里仿佛堵了一块石头。信息说的是朱利安，伦敦已经送他过来，想要确认是否安全着陆。

但他没有。她匆忙回复："红雀没有收到，再说一遍，红雀没有收到。"

没有进一步的回应，信号丢失或被干扰了。她不知道她的信息是否已经传递过去。

玛丽思索着这一切，感到呼吸困难。伦敦总部以为朱利安着陆了。他在哪里？如果他出事了，是在飞行途中还是在地面上？目前无法知晓，但有一点是肯定的：如果朱利安已经着陆，她绝不可以离开法国。

玛丽想等着看看伦敦方面是否有回应，但她不敢让威尔在飞机上等她太久，冒着被捕的危险。她又看了一眼发报机，这是她获得朱利安消息的唯一渠道，实在不忍心毁掉它。反正，没有晶体管就没人能使用它。

她再次抓起晶体管和丝绸，转身跑出公寓，去与威尔会合。

到了外面，玛丽强迫自己保持正常，一边整理着毛衣，一边沿着街道向前走去。

“小姐！”一个男人低声叫道。她愣住了，肯定是警察或德国人。定睛一看，原来是那个书店老板，在街对面招呼她过去。

玛丽犹豫了一下。她没有时间停下来，于是挥了挥手，希望这就够了。但他继续向她打着手势，玛丽担心别人看见，急忙朝书店走去。

“晚上好！”她走进空荡荡的书店，彬彬有礼地说。她曾来过书店一两次，想找点书打发漫长的孤独时光。他们从未提起过第一天晚上她请求帮忙的事。他现在想要她干什么？

他塞给她一本拉迪亚德·吉卜林的小说。她还没来得及表达自己的困惑，他就打开书，露出一个凹槽。他终于愿意帮忙了。

只是太迟了。她想告诉他，但随即改口道：“它会派上大用场。”老人听了面露喜色，站得更直了，似乎很自豪能帮上忙。“谢谢你，先生。”她握着他的手说，匆匆离开了书店。

她出了村子，穿过运河上的桥，就像朱利安带她来的第一个晚上那样。一小时后，她到达了着陆点。一架飞机在场地中央空转，一时间，她希望是朱利安回来了。但威尔站在机舱门口，手搭在眼睛上，在地平线上搜寻她的身影。当他看到她时，表情马上变了，先是松了口气，随即不耐烦地说：“快上飞机，马上就要引爆了。我们得走了。”

他退到一边，让她上去，但她没有动，呼哧呼哧喘着粗气。“威尔，等等。我收到伦敦的电报，说他们把朱利安送回来了。”

“这不可能。”他脸上的表情既惊讶又沮丧，“我们按时到达了着陆点。”

“也许他降落到了别的地方。”

“地点是我定的，怎么可能呢？”

“我不知道，一定是有人改变了地点。这意味着朱利安在境内，可能受伤或被捕或……”她无法说下去，“除非我们知道他出了什么事，否则我不能离开。”

“你是说……”他突然停住了，“你不打算和我一起走吗？”

“我要留在这里，继续找他。你回伦敦告诉总部他失踪了。我试着发过信息，但不知道是否成功，也许他们不相信我。”

“玛丽，桥被炸毁后，这里会很危险。没有人比我更关心我表哥，但这样做太不明智，留在这里等于找死。”

玛丽摇了摇头，“我乘下一趟飞机。”

“也许没有下一趟了。”

“你会想办法回来的，你总是这样。你不在的时候，我可以继续寻找朱利安。他回来时我必须在这里，”她坚持道，“没有翻译和报务员，他会一筹莫展。”

“天哪，他是网络负责人。”威尔怒道，“在你来之前，他干了很长时间。他能应付。”

“在找到他之前，我不能离开，至少要知道发生了什么事。”

“朱利安会希望你离开，”威尔催促道，“如果你出了什么事，他会支撑不下去。朱利安对你有感情，”他补充了一句，大声说出了她不敢承认的话，“他很关心你。自从失去妻子后，他从来没有这样对待过任何人。”朱利安对你有感情，这句话在她脑海中不断地重复。“你得想想你的女儿。你做到了，玛丽。你活了下来，并非人人都能这样。为什么不接受这份恩宠呢？”

“因为我做不到，”她直视着威尔的眼睛，“你也做不到，所以一周后你会回来找我。”

“可是，你去哪儿呢？”他停下来，想了想，“拉丁区的妓院。你听说过吗？”

“朱利安曾经提到过。他说那里的女人把我们的特工藏起来。”

“不只如此，妓院还是一个信息交换所。在整个被占领的法国，这是我们最有价值的安全屋，只有在极端紧急情况下才能使用。”这肯定符合条件，玛丽想。“妓院老板莉塞特认识巴黎一半的男人，如果有人能打听朱利安的下落，非她莫属。”

“我马上去那儿。”她保证道。

威尔望着远方，皱起眉头，仍然心有不甘，“一旦大进攻开始，飞行就会大幅减少。”他绝望地转身朝飞机走去。她看得出，没带她走让他很难过。

“我知道，”她说，“也就一周，最多两周。”

“一周，”他坚定地说，“不管能不能找到，你都得跟我走。注意听广播，以防我在别的地方着陆。无论如何，都不能回公寓。”

“我得回去看看伦敦方面有没有发来朱利安的消息。”她争辩道。

“不行。一旦桥被引爆，形势就很危险。如果你被捕，就帮不上朱利安了。明白吗？”她点点头。“一周，”他重复道，“无论如何，你都要上这架飞机。答应我？”

“我答应你。”他的目光中流露出怀疑。他是认为她会拒绝离开，还是根本不相信她能活过这一周？

没时间问了。快10点了，大桥随时都会爆炸。

玛丽匆匆吻了一下他的脸颊，朝树林跑去。

第十八章　埃莉诺

1944年，伦敦

埃莉诺僵住了，从床上坐起来，大口喘着气。她在黑暗中摸索着打开床头柜上的台灯，顾不上考虑是否拉上了遮光窗帘。她刚才又做了噩梦，梦见自己在逃避什么，好像在被人追赶，眼前一片漆黑。

真是活该，埃莉诺一边揉着眼睛一边想。她下了床，舒展了一下僵硬的身体。在诺格比大厦连续待了三天后，几小时前，她听从处长的命令，回家休息一下。她真不该回家。在办公室打盹，她从来没有做过噩梦，因为脑子里装着太多东西和需要安排的事。只有在这里，她才会梦见车祸、逮捕，梦见在一个黑暗、不知名的地方，女孩们向她呼喊救命，但她就是够不着她们。

她的生物钟告诉她已经4点多了。她站起来，走进卫生间，打开浴缸热水龙头。她向处长提出怀疑已过去五天了，被处长拒绝也过去五天了，没有再收到玛丽的消息。

处长依然我行我素。他似乎根本不关心特工的安危，但埃莉诺知道那不是真的。应该说，她们就像一列高速行驶的火车，速度太过迅猛，根本停不下来，造成连带损害在所难免。她的思绪又回到了在楼顶与维斯珀的谈话，他的担心和沮丧。如果掌权者连最资深的特工的话都不听，他在战地目睹了一切，她还有什么希望说服他们？

担心无济于事。埃莉诺放下不安，爬进浴缸。水放了太长时间，已经远远超过战时规定的4英寸。她怀着内疚和蔑视的复杂心情享受着这种放纵。不过，她没有停留太久，匆匆洗了个澡。该回到诺格比大厦了，重新开始等待。她担心的不仅仅是玛丽，他们已经两周没有收到乔茜的消息了，布里娅最后一次的信息也很模糊。仿佛女孩们正从她的指间滑落，她们的声音在黑暗的暴风雨中变得越来越弱。

埃莉诺从浴缸里出来，擦干身子，伸手去拿浴袍。她刚开始穿衣服，突然楼下传来敲门声。她听了听，看看是不是清晨街上的声音，送奶工在交换瓶子，卡车在沿街送货，但那的确是敲门声。她听到母亲低沉困惑的声音，还有一个男人的声音，紧张而急迫。他是多兹，总部的管家，同时兼任她的司机。他至少比预定时间提前了一个小时，之前他从不下车来接她。埃莉诺迅速穿上衣服，一边系着扣子一边走下楼梯。

多兹第一次站在门口，看上去很不自在。“怎么啦？”埃莉诺问。

多兹摇摇头，不想当着埃莉诺母亲的面说。埃莉诺的母亲瞪大了眼睛，终于明白女儿并不在大百货公司工作。埃莉诺从门边的挂钩上抓起包，一言不发地跟在多兹后面跑了出去。她的头发在身后飘散开来，坐进车后座时，她一边把头发绾成发髻一边说道："告诉我吧。"

"处长让你赶快过去，好像是发报的事。"埃莉诺的心跳都停止了，想象着所有可能出问题的事情，但总是回到一件事上。

"该死。"她骂道，真不该离开总部。她的脚紧紧踩住车厢地板，希望多兹能开快点，尽管车子在湿滑的街道上已经开得太快。

汽车在诺格比大厦前停下，处长在门口等她，这比黎明前的召见更令人担忧。"有个信息我不太明白，"他抛开一贯的谨慎，在走廊上边说边朝发报室走去。"来自南方的一个网络，有点不对劲。"她意识到不是维斯珀网络，稍微松了一口气。

他递给她一张纸，上面是已破译的信息，询问空投武器的详细情况。但发送信息的是名男性，不是她手下的女特工。埃莉诺轻吁了一口气，"对不起，长官，我不熟悉这个报务员。"她不明白处长为什么在这个时候把她叫来，谈论一个与她手下无关的电报，"如果你愿意的话，我可以把他的档案拿出来，比较一下他的发报手法。"

处长严肃地摇摇头，"不需要。一名报务员给这条信息做了标示，因为它应该来自一个叫雷·汤普金斯的特工。"

"汤普金斯三周前在马赛郊外的安全屋被捕了。"埃莉诺认识这个名字。

“没错，这条信息不可能来自他。”

埃莉诺又看了一眼那张纸，一阵寒意袭上脊背。“可能是他手下的人。”她试探着说，心里明白这不是真的。

处长摇了摇头，“那个网络另外两名会发报的特工几天前也被捕了。不，恐怕我们必须做最坏的打算，有人获取了发报机，正在使用它。”

埃莉诺思索着当前的情况。他们的一台发报机几周前被查获了，有人（想必是德国人）拿到了晶体管和密码，继续发送信息，好像一切正常。但是，德国人真的敢用被俘特工的发报机发送信息？明知道他们的安全标记也许不对，很可能会被发现？是的，因为它成功了。她回想那些不太对劲的信息，一开始都是简短、试探性的问题，只有在她做出回应后，他们才开始询问空投武器的地点以及其他有价值的信息。这是她最害怕的事，尽管还没完全弄明白——也许并不想弄明白。

埃莉诺仔细查看这条信息，在字里行间寻找答案，沮丧之情油然而生。她向处长提出过她的担忧，他为什么就是不听？

“这可能会对整个F区造成影响，”处长说，“我需要你帮助评估损失，想出应对之策。”

埃莉诺疯狂地回想着那段时间伦敦发送到战地的电报，他们无意中把那些情报交到了德国人手中。他们可能已经暴露了安全屋、武器库，或者更糟的是，特工的身份。她对南方的网络不太熟悉，因为她手下的特工没有被派到那里。她得把档案梳理一下，这需要几个小时，不，几天时间。

她想起那天晚上在楼顶与维斯珀的谈话，感到不寒而栗。他提到马赛的一个特工，帮助他们获得炸药。如果马赛的网络已经出事，并且联系到维斯珀，那么维斯珀网络也可能出事了。

她必须提醒他们。埃莉诺拔腿跑出门外。“等等……”处长在她身后喊道。埃莉诺没有停下来，她冲下楼梯，奔向发报室。

“玛丽·鲁克斯，”她命令道，“我得给她发条信息。”

简一脸困惑地说：“还有20分钟才是她的传输时间。”原则上是禁止在非预定时间向战地发送信息的。如果特工不在发报机旁，她根本收不到信息。

但埃莉诺走投无路，必须试试，“别废话。”

简调整了一下发报机，发出呼叫，测试玛丽是否在另一端。一片寂静。“没有回应。”简说。

“再试一次。”埃莉诺屏住呼吸。简一次又一次地召唤玛丽。

过了一会儿，传来嘀的一声。“她在那儿。”简高兴地说。

埃莉诺并没有感到宽慰，“问问她，海德公园里有没有阳伞。”这是关于是否收到空投的暗号。她想直接询问维斯珀的情况，他是否已安全返回，但考虑到不能确定对方是谁，她不敢这么做。

接着是短暂的沉默，简把信息编成电码，发送出去，随后又是一阵嘀嘀声。不一会儿有了回复。“它说‘确认’。”简边破译信息边慢慢说道。

“就这个？”简点点头。回复异常简短，埃莉诺想要更多东西，证明对方真的是玛丽。“她的发报手法怎么样？”她问。

简耸了耸肩，“这么短的信息，根本无法判断。”

当然。埃莉诺迟疑了一下。她需要更多信息，但又不敢多说。“问问阳伞是红色还是蓝色。”蓝色是人，红色是补给。简把这条消息编成电码，迅速发了出去。迟迟没有回复，一阵寒意袭上埃莉诺的心头。情况不太对劲。

“我们很快就得结束通信。”简提醒道。对特工们来说，传输时间超过几分钟就会不安全。

但埃莉诺无法停止。“发送这个。”她在纸上草草写了一条信息，递给简。简瞪大了眼睛。“你见过阿琳·奥图尔吗？”纸上写道。而在信息传送中是严禁使用真名的。不过，阿琳是一名从阿里塞格庄园淘汰的学员，没能完成培训。她不在战地，她们俩都知道，玛丽也知道。

“你确定吗？”简问道。埃莉诺冷冷地点点头，简开始编写电码。

信息发出后，很快有了回复。埃莉诺越过简的肩膀，看着她破译电文：“见过阿琳。一切都好。”

埃莉诺感到脊梁骨发凉。一个冒牌特工正在使用发报机。

她回头望了望处长，两人的目光交织在一起，充满恐惧。发报机被查获了……有多久了？埃莉诺绞尽脑汁，回想最近发送到维斯珀网络的信息，评估损失情况。也许只是几次武器空投，幸运的是，没有部署多少新特工。

但是朱利安……她的思绪回到在诺格比大厦楼顶见到他的那天晚上。她向他保证，她会将他返航的消息优先发送，然后直接去了发报室。“我需要安排一次空投。告诉玛丽，‘罗密欧亲吻朱丽叶。’”这是预先设定的表示人员到达的暗号。

玛丽当时没有打开发报机。几小时后，传来了回复：“不要使用往常的地点，改在莱米罗郊外的着陆场降落。原来的地点已不安全。”她想询问原来的机场发生了什么事。莱米罗比通常的空投地点更靠西，远离所有安全屋，但她不可能通过发电报公开询问。朱利安回来后会查明真相。

埃莉诺回想起更改空投地点的信息，头脑一片混乱。“朱利安。”她大声说。处长瞪大了眼睛，恍然大悟。他们没有得到证实他已经抵达法国的消息，他们真的把朱利安投入了敌人的怀抱吗？

“询问红雀是否着陆。”她命令道。简疑惑地看着她，这个信息不够谨慎，过于明显。但埃莉诺毫不在乎，“发送！”

简开始编写电码，发送出去。没有回应。一分钟过去了，又一分钟过去了。“总部呼叫天使，”她敲击电键，发出信号，“总部呼叫天使。”简一遍遍地敲击，中间停顿一下，仔细倾听，但是没有动静。

玛丽，或冒充她的人，已经走了。

第十九章　玛丽

1944年，巴黎

玛丽在妓院地窖里已经待了五天。她环视着这个黑暗、封闭的狭小空间，想起了第一天晚上朱利安把她留在那里过夜的园丁小屋。她把头枕在脏兮兮、满是香水味的枕头上，累得顾不上考虑谁用过这张嘎吱作响的床垫。她的衣服肮脏不堪，自己都能闻到从中散发的臭味。房间另一头有个洗衣篮，一件带胸垫的紧身胸衣随意地扔在上面。玛丽在想，她怎么会来到这儿？

离开威尔后，她穿过树林往回折返。几分钟后，远处传来低沉的隆隆声。桥爆炸了，她转过身，停了一下，看到火光照亮了夜空。爆炸成功了，她心中涌起一阵自豪感，但很快就被恐慌所取代。德国人会迅速追击嫌疑人，她必须继续赶路。

尽管答应了威尔，但玛丽并没有马上去巴黎的妓院，她需要在这一地区寻找朱利安的踪迹。她很想回到公寓，再发报一次，但想起威尔的警告，没有那么做，而是回到朱利安带她去过的那个安全屋，希望他会在那里。但是，别墅空无一人。书房的桌子上摆着脏盘子和变质的食物。壁炉里有一堆灰烬，有人在那里烧过文件。玛丽把手放在上面，希望还有温度，但似乎几天前就熄灭了。椅子被掀翻了，她怀疑是不是德国人发动了突袭。看来，其他特工早已消失了。

随后，玛丽前往巴黎，乘火车到了市郊。她躲在一条小巷里度过了不眠之夜，以免因违反宵禁被逮捕。第二天早上，她搭了一辆卡车，司机是个没牙的老色鬼，只喜欢盯着她的大腿，没有问任何问题。

最后，她来到左岸。这里的街道狭窄而拥挤，两三层的小楼一栋挨着一栋，似乎是完美的藏身之地。如果有足够的钱，她宁愿租个房子独自待着，而不是按照威尔的指示去那个陌生的妓院。

她来到马勒伯朗士街的妓院，爬上小酒馆上面的侧楼梯。一个和她年龄相仿、化着浓妆的女人开了门。

“我是蕾妮·德马尔，”她用假身份说道，“威尔让我来的。”她没有暗号，希望提他名就行。那女人的眼睛里闪过一丝光芒，表明她认得。

“他在哪儿？”

“他乘飞机回伦敦了。”

“你应该和他一起走，现在情况很危险。”女人不满地说道，“在过去的一天，已经有两名特工来敲门了。”

“他们是谁？”玛丽问。

"从蒙特勒伊来的特工，寻求庇护。我不得不回绝他们。"玛丽估计自己也会被赶走。"我是莉塞特。"她补充道。

"我需要找个地方待六天，直到威尔回来接我。"玛丽看得出，这个女人在计算着风险，权衡值不值得为威尔卖命。

最后，莉塞特点点头，"六天。不能再长了。"

莉塞特把她领到地窖。"还有一件事，"玛丽说，莉塞特转过身，抱着双臂，"维斯珀没有如期返回，但我们认为他在法国。我需要找到他。"

"不可能，"莉塞特厉声说，"你知道在过去的24小时里外面发生了什么吗？十多名特工被捕，几乎所有的安全屋都被起获。"玛丽回想起那座空无一人的乡间别墅，其他特工都被捕了吗？如果德国人知道那个地点，那么也会知道她的公寓。她后悔没有把发报机拆毁，担心会被发现。"那些帮助他们的当地人都害怕了，开始告发他们。你能来这里真是个奇迹，"莉塞特继续说道，"现在打听消息对我们来说就是找死。"

"求你了。"玛丽抓住莉塞特的胳膊，冲动地说，"你必须明白，我没有和威尔一起飞回英国，就是因为我需要找到维斯珀，我不能就这么坐在这里。"

莉塞特断然摇了摇头，"如果你待在这儿，就不能让人看见。否则会让这里陷入危险，还有我的姑娘们。"

"那我就不能待在这儿了。"玛丽回绝道。

"好吧，"莉塞特后让步了，"我帮你打听一下，但你必须躲起来。"

玛丽想说她得自己去找。但是，她和当地人没有任何联系，能有什么机会找到他？不，莉塞特是她最好甚至唯一的机会。“谢谢！”她最终说。

“我会帮你去打听，但不要抱太大希望，”莉塞特提醒道，“那么多人被捕，一切都结束了。”

玛丽在地窖里苦等了五天，找到朱利安的希望越来越渺茫。每天晚上，莉塞特都空手而归，没有他的任何消息。玛丽的脑海中常常浮现他的面孔，她想知道他在哪里，是否受伤了。

上面传来嘎吱嘎吱的声音，将玛丽从思绪中拉了回来。脚步声很重，不像是莉塞特。一分钟过去了，又一分钟过去了，然后一片寂静。玛丽冒了一身冷汗。头顶上的脚步声又响了起来，接着是叮叮当当的声音。她略微放松下来，可能是酒吧侍者安德斯，在把前一天晚上的玻璃杯摆放好。妓院在白天有一种安静的气氛，默默地为接下来的喧闹夜晚做准备。

门口的铃铛突然丁零零响了起来，酒吧门开了。玛丽又紧张起来。姑娘们都使用隐蔽的后门，白天几乎没人来这里。她从地窖爬上楼梯，从门缝往外偷看。两个警察走进酒吧。

“你见过这个女人吗？”一个警察举起照片问。玛丽知道他们一定是在找她。

安德斯摇了摇头，“她不是我们这里的。”玛丽祈祷侍者不会暴露她。

“玛丽·鲁克斯。”警察追问道。他们知道她的名字，但怎么知道的？

“她不在这儿，”安德斯说，接着从柜台下面拿出一瓶昂贵的白兰地，“我们关门了。”他把酒瓶递给警察。玛丽屏住呼吸，贿赂有用吗？

“我们晚上再来。”警察阴森森地说，接过白兰地，朝门口走去。

当门关上时，玛丽瘫靠在门框上。不过，她只感受了片刻的解脱：一双手突然从后面抓住她，把她拉回地窖，差点摔下楼梯。她挣扎着摆脱束缚。

莉塞特出现在面前，气得满脸通红。“白痴！”她咆哮道，声音愤怒而低沉，“你在那儿干什么？想害死我们吗？”玛丽想找个合适的理由，但没有找到。“给你。”莉塞特塞给她一个法棍面包。

“谢谢你！”玛丽歉疚地说。她狼吞虎咽地吃着面包，顾不上仪态。她想要水喝，但是不敢。“警察在找我。他们怎么知道我是谁，怎么知道我在这儿？”

莉塞特耸耸肩，“这些日子他们好像什么都知道。”

“还是没有维斯珀的消息？”

“没有。我查了所有的线索，他好像根本没有着陆。”也许不知怎么失踪了，玛丽想。“没有他的一点影子，其他人都不见了。也许他没有离开伦敦。”

玛丽摇摇头，“他离开了，有个电报这么说，我肯定。”但谁知道那些信息还有多少可信度？不过，至少这部分听起来是真的，朱利安回来找他们了，但没有成功。

“你爱他，是吗？”莉塞特直率地问。玛丽被这个私人问题弄得措手不及，她几乎不认识这个女人。她准备否认，但莉塞特的神情夹杂着悲伤和理解；玛丽寻思这个女人失去了谁，是不是在那之后才沦落风尘。

“是的。”她坦陈。对于一个认识不久的男人来说，“爱”这个词似乎有些过重，但听到它被大声说出来，她知道这是事实。

“好吧，不管他去了哪里，没有一点踪迹。现在比以往任何时候都危险。”莉塞特低声说，“昨天有三名大学生被捕，曾经为我们制作证件的干洗店老板也不见了。”自从来到妓院，玛丽对莉塞特的人脉惊叹不已，她能够利用自己的关系获取信息，帮助抵抗组织。但莉塞特的卷入只会加剧危险，德国人正在收紧包围圈，他们迟早会发现玛丽藏在这里。

“现在你有了吃的，就待在下面，别让人看见。”莉塞特命令道，“还有别的事吗？”

玛丽迟疑了一下。莉塞特竟然觉察到了她的异样，而自己却浑然不觉。“我得走了。”她说。

“走？没有再安排飞行啊。”

“我不能再待在这里了，我给你们带来太多危险。”

“你能去哪儿？”

“我得回公寓去。”

“傻女孩，现在很不安全。如果你被抓了，所有帮助过你的人都会有生命危险。”

“我别无选择，我的发报机还在那儿。我本该在离开前把它毁掉，但当我决定留下来寻找朱利安时，就没有动它，以防伦敦方面有他的消息。现在我要走了，必须毁掉它。”她等着莉塞特继续发话，但她没有，“谢谢你所做的一切。”

莉塞特跟着她来到地窖楼梯口。“一路平安。要小心啊。如果你出了什么事，维斯珀永远不会原谅我的。”

到了外面，玛丽眯起眼睛，她已经快一周没有见过阳光了。她犹豫了一下，琢磨是否应该天黑后再去，但宵禁后出门更加困难。她知道，如果现在不走，她可能永远也走不了。

她捋了捋头发，希望她的邋遢外表不会太显眼。不过这里的行人都是些学生和艺术家，他们的衣服五花八门。然后她沿着林荫大道走去，欣赏着拉丁区那些坡顶房屋。她经过一座大教堂，教堂的门敞开着，古老潮湿的石头散发着熟悉的霉味扑鼻而来。玛丽停住脚步。她和苔丝曾经每个星期天都手拉着手，去伦敦的圣托马斯莫尔教堂做礼拜。她走进教堂，跪了下来，感觉到膝下的大理石地板冰冷坚硬。她的祷告像流水般奔涌而出，为朱利安以及其他逃亡的特工，也为她的家人。

过了一会儿，她站起来，向门口走去，真希望有时间在一个黑暗的中堂点支蜡烛。但是，花时间停下来祈祷已经够愚蠢了，她打起精神，继续赶路。

当她到达罗尼村时，已经下午3点多了。与巴黎熙熙攘攘的街道相比，这里一簇簇的房屋显得狭小拥挤。但当她走近安全屋时，一种温暖的感觉袭上心头。在村子住了几个星期，这里某种程度上已成为她的家。

不过，没有时间多愁善感。玛丽盯着一楼关上百叶窗的咖啡馆，疑虑越来越大，她不应该来这里。她匆匆穿过街道，透过书店的玻璃窗向店主点了点头。他的表情比平时更加忧虑，或者这是她自己的想象？她在安全屋前停了下来。一楼的咖啡馆几乎空无一人，那些经常在晚上光顾的德国人宿醉未消还在睡觉。楼上房东房间的百叶窗通常是敞开的，此时却拉上了。她绕到房子后面，然后又停了下来。

后面的门半开着。

快跑，一个声音在她内心深处喊叫。然而，她仔细打量了一下地面。门廊上有一片厚厚的棕色泥土，形状像是男人的鞋底，而房东太太平日总是把门廊打扫得干干净净。泥土是新的，有人一小时内来过这里。

玛丽回头看了看。她知道，她应该转身离开。威尔是对的，回来太危险。但她不能就这么不负责任地丢下发报机。她开始上楼梯。

到了楼上，她掏出万能钥匙，一不小心，叮当一声落到木地板上。她急忙捡起来，再次用颤抖的手指把钥匙插进锁眼。她溜进房间，不知道自己是否来晚了。

房间和她一周前离开时一样，似乎没被动过。装有无线电的留声机看起来就像一个普通的家用电器。她打量着无线电，突然想到一个主意：她应该快速给伦敦发送最后一条信息，暗示埃莉诺，朱利安仍下落不明，她就要回家了。玛丽知道不应在此逗留，但她必须试一试。

她插上晶体管，转动表盘，没有反应。她吓出一身冷汗，发报机坏了。她看了看它的背面，怀疑是否有人动过。她所知道的有关修理发报机的一切在脑海中闪现，但是没有时间了，她得走了。她不能带着它，否则会被人发现。不，如果她不能再发送一次，就得毁掉发报机，以免落入敌人手里。她拿起一周前准备用来砸毁发报机的铁锅，举过头顶。

门口传来轻轻的敲门声，玛丽僵住了，有人来了。

她望望窗户，希望窗外的树能支撑得住她。没有办法逃脱。敲门声又响了起来。“什么事？”她勉强问道，放下铁锅。

“小姐？”门外传来一个尖细的声音。玛丽松了口气，听出是房东太太7岁的儿子克劳德。“楼下有你的留言。”

玛丽心里一震，会是朱利安吗？“请等一下。”她放下铁锅，然后关上发报机箱子，拎起来朝门口走去。“克劳德，请你告诉妈妈……”她打开门说道。

一个伪警察的枪口对着她的胸膛。

“玛丽·鲁克斯，”伪警察说，“你被捕了。”另一个伪警察从她身边挤过去，开始搜查公寓。

她举起一只手示意投降，另一只手把发报机箱子放在门后。搜查公寓的伪警察走过来，用脚踢了它一下。

“轻点，”持枪伪警察责备道，接着对玛丽冷笑一声，“我听说你会需要它。”

第二十章　格雷丝

1946年，华盛顿

“走吧。”马克说。她和安妮的会面结束后，马克领着她离开威拉德酒店。来到外面，格雷丝呼吸着新鲜空气，希望把香烟的烟雾从肺里清除出去。

马克朝出租车走去，格雷丝伸手碰了碰他的胳膊。“等等，”她说，随即缩回手，“我们走一会儿行吗?”这是她在纽约养成的习惯，每当难过或想心事时，就在一个个街区漫步。

他咧嘴笑了，“我很乐意。你在晚上看过纪念碑吗?”她摇摇头。“那必须看看。”她想反对——似乎太远了，也太晚了。她没打算走那么远。不过，此时空气清新宜人，远处的华盛顿纪念碑令她神往。“我在法学院的时候经常去，”当他们走过漆黑的政府大楼时，他说道，“后来由于灯火管制和宵禁，好几年都没能去了。”他领着她沿着椭圆形草坪边缘在第15街往南走去，“那么，和安妮谈话有帮助吗?”

“有点帮助。她证实了我们从档案中得到的想法——埃莉诺负责特别行动处的女子特工组。不过还有别的事，”格雷丝停了下来，转向马克，“她说有人背叛了那些女孩。”

“怎么背叛？”

“她不知道。”

“这太不可思议了。”马克说。

“嗯，但她对此深信不疑。她说埃莉诺来看过她妹妹，问了许多问题，因为她也持有同样的看法。你不相信吗？”

马克耸了耸肩，“我不知道。我是说，每个人都喜欢用阴谋论看问题，对吧？对于那些失去亲人的人，比如萨莉的姐姐，甚至是埃莉诺，这可能比真相更容易接受。”

“那些女孩在战争中失踪了，”格雷丝若有所思地说，脑海中浮现出一幅画面，“埃莉诺去寻找答案，是她招募了她们。”她肯定和他们一样，发现这些女孩死于“夜与雾”计划，但她还了解到别的东西，这让她怀疑出现了背叛者。这是他们缺失的部分。

“在纽约？”马克问道，声音里透着明显的怀疑。他们绕过西广场上临时政府大楼的边缘，这些建筑是为了容纳战争期间大量拥入的工人而修建的。马克扶着她绕过一段破损的路缘，“她似乎不太可能在纽约找到她要找的东西。”

“这就像我们在华盛顿找我们要找的东西。”似乎所有东西都不在它应该在的地方了，“不过，这可能不是她的第一站。”

他们来到广场，马克伸出胳膊让她挽着，他的粗糙的羊毛大衣蹭着她的手背。他带着她向右朝林肯纪念堂走去。

“你不想丢下它不管，是吗？”他问道。

格雷丝摇了摇头，“我做不到。”不知不觉，这件事从好奇变成追求，已经成了她的私事。

“你到底想知道什么？那些女孩死了，这还不够吗？”

“没错。埃莉诺也知道这一点，但对她来说还不够。她一直在寻找，不只是想知道发生了什么，她还想知道为什么。”

“‘为什么’很重要吗？”

“当然很重要，马克。那些女孩再也没有回到家人的身边，”格雷丝的声音高了起来，抽回自己的胳膊，“也许这里面还有更多的故事，甚至是重要的英雄事迹。如果我们能告诉这些家庭，他们的女儿是怎么死的，或者说，她们没有白白牺牲，那将是一件了不起的事，不是吗？”

“你希望汤姆也是这样，是吗？”马克问，“有人能告诉你，他的死并非毫无价值。”马克的话像刀子一样刺痛了她。

沮丧之余，格雷丝转身离开他，沿着林肯纪念堂的台阶拾级而上。她来到高台上巨大的总统雕像前，仿佛它在守望着首都和整个国家。爬完台阶，她有些气喘吁吁。

不一会儿，马克追了上来。格雷丝转过身，欣赏着广场全景，长长的倒影池一直延伸到华盛顿纪念碑，向南可以远眺规模较小的杰斐逊纪念堂。他们谁也没说话，马克走到她身后，轻轻地搂住她。格雷丝哆嗦了一下，但没有躲开。她承认自己喜欢他——他们在一起的时间很短，她不该这么做，也不想这么做。他身上有一种冷静的气质，似乎很吸引她。不过，她现在没有心思谈情说爱。

“战争期间我还在上学，”他最后说，呼出的热气暖暖地吹在她的头发上，“但我在诺曼底失去了两个哥哥。”

“哦，马克。”她挣脱开来，转过身面对着他，“我很抱歉。”

“所以我知道你有多难过。”他补充道。

“我想是的。”她说。但事实上，当悲伤来临时，每个人都是一座孤岛，这是她经历的切身体会。她到纽约后不久，曾试图加入一个战争寡妇组织，希望能结识一些人，帮助她打破心中的那堵墙。然而，当她坐在那些了解她经历了什么的不幸女人中间时，却感到更加孤独。

但她不想把话题转到自己身上。“我好累。”她最后说道。

“今天可真不容易。”他附和道，“很晚了，我们走吧。”

他们在广场边叫了一辆出租车，半小时后，回到了乔治城的马克家。进到屋里，他在壁炉里生了火，倒了两杯白兰地。“在这儿等着。”他说，留下格雷丝一个人。她坐在超大的皮椅上，抿了一口酒，火辣辣的，感觉很舒服。

几分钟后，他端着两个盘子回来了，里面放着火腿奶酪三明治。“看上去很好吃。”她说，突然意识到有些饥肠辘辘。

“没什么特别的，”他递给她一张餐巾纸，“不过，一个人生活，我学会了用冰箱里的东西应付一下。”

“一直这样吗？”她问，“我是说，就你自己。”这个问题过于私密。

他耸了耸肩，“差不多吧。在法学院时，我和几个女孩约会过，但从来没有像汤姆那样爱过一个女孩。”格雷丝感到既开心又难过。“毕业后，我去了战争罪法庭，然后来到这里。我的生活节奏太快，无法安定下来，还没有找到一个能跟上我脚步的女孩，至少现在还没有。真的，一直就是我自己和我的工作。”他笑了笑，“至少到现在为止。”

格雷丝转过脸去，被这番表白弄得措手不及。当然，她已经感觉到马克对她的感情，他们之间的关系远远超过了一般朋友的关系，但由于汤姆的缘故，他们不敢往那方面考虑。

为什么不可以？她在想。对一个寡妇来说，一年后开始约会还算得体。汤姆会希望她放下过去，快乐起来，至少她是这么想的；他死得那么早，那么突然，他们从来没有机会讨论这些事情。而他非常喜欢马克。不，不是汤姆的回忆支撑着她。她在纽约建立了自己的世界，一个只依靠自己的堡垒，她还没准备好让任何人进来。

“你呢？战争期间你在做什么？”他问。

格雷丝略微放松下来，用餐巾纸擦了擦嘴，“我在韦斯特波特当邮政检查员，我父母住在那里，只是为了在汤姆去打仗时有点事做。我们说好了，等他回来就搬到波士顿，买个房子。”那些梦想现在变得那么遥远，就像一团揉皱的纸巾，被随意地扔掉了。她清了清嗓子。

“而现在你住在纽约。”

“是的。”她没想到这个城市会这么适合她。

“你家人同意吗？”

“他们不知道我在那儿，”她坦白道，“他们以为我和闺蜜马西娅在汉普顿的家里疗伤。”因为这是一个好寡妇该做的事。

“你逃走了？”

“是的。”她并没有做错什么。她是个成年人，没有孩子要照顾，也没有丈夫，她拿起东西就可以走人。“我不想回去了。”

“家里情况那么糟吗？”

“不。”这就是问题所在，情况其实一点也不糟。“只是不适合我。我嫁给汤姆，从没考虑过自己想要什么。”汤姆死后，她愧疚地意识到，感觉像是一个新的开始。

突然间，她受不了了。“我累了，要去睡了。”格雷丝说着朝他安排的客房走去。

格雷丝关上门，和衣躺在陌生的床上，床单冰凉而挺括。街上过往车辆的车灯漫射在天花板上，形成舞动的图案。她听到马克洗澡时的哗哗流水声，接着听到他躺在床上发出的吱吱声响。

格雷丝闭上眼睛，想要休息一下。她的脑海中出现了埃莉诺和女孩们的身影，仿佛在呼唤她，想告诉她什么。安妮说，出现了背叛，有人把女孩们交给了德国人，可能是战地的另一个特工。但被俘的女孩并不是都在巴黎附近执行任务，作为维斯珀网络，甚至邻近的网络成员，她们分散在法国各地，要想掌握所有女孩的信息，这个人的级别必须非常高，甚至负责全部工作。

格雷丝从床上一跃而起，冲出房间，整个人身不由己地被推着往前走。不一会儿，她发现自己站在马克卧室的门口。她敲了敲门。走开，她惊恐地想。但为时已晚，他打开门，衬衫半敞着，站在她面前。“没出什么事吧？你需要什么吗？”

“埃莉诺，”她脱口而出，“我们一直以为她在寻找那些女孩的答案，会不会她已经发现了真相？”她深吸了一口气，

"或者她早就知道了，因为是她背叛了她们？"

他迟疑了几秒钟，考虑着她的话，"你想进来吗？"格雷丝点点头。

他的卧室乱七八糟，衣服搭在沙发上，衣橱满得溢了出来。他在唯一的椅子上为她腾出一块地方，把公文包挪到前面的搁脚凳上。

"你认为埃莉诺背叛了那些女孩？"她坐下后，他问。

"我不知道，但如果真是这样，她可能一直在试图掩盖真相，而不是找到真相。"

"有这种可能。安妮说埃莉诺有着神秘的过去，没有任何朋友，来自东欧。万一是为德国人工作呢？"

格雷丝脑子一片混乱。她不愿这么想，但又不能漠然置之。

"真是令人难以置信，"她说，"万一埃莉诺从一开始就是叛徒，潜入了特别行动处呢？她会把这些女孩当作棋子，帮助德国人获得情报。她不是保护她们，而是让她们去送死。"她停了一下，试图理清一切，"但安妮说，埃莉诺战后来找过她妹妹，问了很多问题。如果是她背叛了那些女孩，她为什么要这样做？"

"谁知道呢？也许她想确保没有人怀疑她。"突然间，一切都变了，就连埃莉诺的死，一场简单的车祸，似乎也笼罩在神秘之中。难道埃莉诺对自己的行为感到愧疚，故意冲上马路寻死？

"真不敢相信她会背叛那些女孩。"格雷丝说。不过，她是个陌生人，一切皆有可能。"今晚不能再想这件事了，我该走了。”她疲倦地说，但仍呆坐在那里。

“有时候，”他脸上露出心疼的神情，“你只是不想一个人待着。”他穿过房间，坐在她身边，挨得很近。他们的脸转向对方，她闭上眼睛，确信他会吻她，她几乎想让他吻她。但他没有，而是用拇指抚摸着她的脸颊，一滴眼泪落在了他手上。

过了一会儿，他站起来，走到衣橱前，拿了一件法兰绒衬衫递给她。她走进盥洗室去换衣服，透过洗涤剂的清香，仍能闻到他身上的味道。

当她从盥洗室出来时，他正在椅子和搁脚凳上铺床单，她以为是让她睡在那里。然而，他却自己平躺在椅子上，在狭窄的空间调整着瘦长的身躯。

“我不可能睡你的床。”她抗议道。

“你必须睡这儿，我睡哪儿都行。”她坐在床边，觉得这样很不得体，但并不在乎。她甚至有点希望他能过来。

她靠在床头，“我之前说过我战前的生活……我爱汤姆。”在丈夫好友的卧室谈论他，感觉很奇怪，但她觉得有必要解释一下，“现在依然如此。但那种生活，你知道，结了婚，住在郊区，我一直不太适应。”

“我明白，”马克答道，“就像我在耶鲁。”格雷丝很惊讶，她一直认为马克和那些男孩亲密无间。“我靠奖学金读完大学。我想汤姆没提过这个。”格雷丝摇摇头。“不，他当然不会。我一直在打工，在餐厅做服务生，努力赚些外快，维持生活。汤姆从不在乎，但有些家伙让我知道，我永远不属于他们的圈子。最终这一切并不重要，我做得很好。”他指着房间继续说道，“我的毕业证和他们的一样，但我永远不会忘记那种感觉。”

格雷丝摇摇头，“这不仅仅是不适应。当汤姆从军官学校毕业时，他想让我去佐治亚州参加毕业典礼，在他出征前一起待几天，但我没去。我借口说工作脱不开身，实际上是受不了那趟旅行。身处那些军官和他们的太太中间，是我最讨厌的婚后生活，简直令人无法忍受。得知我不能去，汤姆就安排出发前到纽约来看我。这正是他坐上那辆吉普车的原因，也是他身亡的原因。”没有去佐治亚州是她一生中犯的最大错误。

马克坐在她旁边，搂着她的肩膀，“谁会想到呢，格雷丝，世事难料。”他们坐在一起，好几分钟没说话。最后，他在她旁边躺下来。他没有碰她，只是紧紧握着她的手。

两人都没有再说话。几分钟过去了，床头柜上的时钟发出嘀嗒嘀嗒的声音。她转过身看着他。他离她只有几英寸远，双腿跷在床沿上。他闭着眼睛，呼吸变得均匀而悠长，像是睡着了。她心中充满了渴望，伸出手，想叫醒他。

然后，她停了下来。在纽约发生的事已经够糟了，但这……这种渴望，完全是另一回事，必须停止。

突然间，她感到极度内疚和疑惑。她在这里做什么？她是来了解埃莉诺和那些女孩的情况，现在她知道了。这里已经打听不到别的事，没有理由再留下来。该回到纽约，回到她和弗朗基的工作中，想想接下来的生活了。

格雷丝悄悄下了床，不由自主地走到马克身边，想伸手摸摸他的脖子。感觉到她在那里，他在睡梦中挪动了一下身子。出于错误的原因，她又一次冲动地想叫醒他。不，她现在得走了。

格雷丝拿起自己的衣服，踮着脚走出房间。她在盥洗室换了衣服，然后在书房打电话叫了出租车。她的手袋放在那里，下面压着她从五角大楼拿走的文件。她应该把它们留在这里，让马克送回档案室。她拿起文件，打开来。

在从五角大楼回来的出租车上，她和马克看过这些文件。但此刻，她用一种新的眼光审视它们。这当中有证据表明埃莉诺背叛了那些女孩吗？

有一封电报写道："谢谢你们的合作以及送给我们的武器。SD。"格雷丝感到胸口一阵发紧。SD是帝国保安部的简称，这条信息清楚地证实，德国人一直在操作英方特工的一台发报机，而且，他们还厚颜无耻地或愚蠢地让伦敦知道此事。

它还附有来自E.特里格的批示。"消息未经验证，"它写道，"继续传输。"这份备忘录的日期是1944年5月8日，正是那些女孩开始被捕的时候。

证据清楚表明，埃莉诺知道发报机遭到查获，但仍继续发送重要信息，使得德国人能够逮捕那些女孩。格雷丝盯着文件。这是埃莉诺自己的供词，就像签了字一样。

"天哪……"格雷丝低声说。就在几分钟前，埃莉诺背叛了女孩们的想法似乎是不可能的事。现在，确凿的证据就摆在她面前。

她想叫醒马克，告诉他埃莉诺的真相，但是没有意义。她对埃莉诺的怀疑，之前跟他说过的那些，其实都是对的。她真希望自己不曾来过华盛顿，把一切都抛在脑后，永远不知道可怕的真相。格雷丝感到不知所措，她把文件夹在腋下。

然后，她头也不回地离开了。

第二十一章　玛丽

1944年，法国

玛丽被捕时没有反抗。

当她站在房间门口，枪口抵着她的肋骨时，她在训练中学到的东西在脑海中闪现：反抗、搏斗、逃跑。虽然不擅长徒手格斗，但她从乔茜那里知道踢腹股沟和抓脸的招数。

然而，小克劳德一直站在走廊里，她唯恐孩子在冲突中受伤，所以什么也没说，跟着警察走了。

他们把她押往巴黎，不是像她想象的那样，坐着警车或四轮马车，而是一辆带有皮座椅的黑色雷诺轿车。他们默默地穿行在16区的街道上，玛丽强忍住向街上行人呼救的冲动。女人们推着婴儿车，男人们下班回家，全然不知有人被囚禁在车里。她努力记住汽车行驶的路线，希望能逃出她即将被关进的监狱。

令她吃惊的是，汽车停在了福煦大街一幢宽敞、雅致的房屋前。当被领进屋里时，玛丽看得出，这曾经一定是个大户人家，房间里摆放着全套黄铜家具，深红色的窗帘与花卉地毯完美相配。空气中弥漫着难闻的烟味。看着一个情报员在一个个房间匆匆穿行，两个穿制服的男人在半掩着的门后交谈，玛丽心想，这里无疑是德军情报机构的办公场所。

那个警察紧紧地抓住她的胳膊肘，领着她上了一层楼，又上了一层楼。到了最上面一层，警察打开一扇门，里面是一个貌似宿舍的房间，带有倾斜的天花板，六张行军床，以及角落里一个摆满书的架子。褪了色的小黄鸭墙纸表明，这里曾经是儿童房或游戏室。警察把她扔进空荡荡的房间，现在没人能看见他们了，假装的斯文也就消失了。突如其来的粗暴让玛丽措手不及，她绊了一跤，小腿撞到床框上。她揉揉腿，缓解一下疼痛，然后环顾四周，隐约闻到一股汗味和排泄物的味道。显然，其他人来过这里，像她一样的囚犯。是谁呢？

警察砰的一声关上门，留下她一个人。玛丽在房间里转来转去，寻找逃路。门锁上了，她跑到窗前，试着打开它，但它被封住了，从钉子上的油漆来看，似乎有些年头了。她在房间里寻找其他逃跑路线，没有找到。然后，她又走到窗前，望着对面那些仍然有人居住的豪宅。其中有一对老年夫妇，她考虑设法引起他们的注意。他们知道有人被关在这里吗？也许他们并不在乎。透过另一扇窗户，她看到一个年轻女人，也许是个互惠生，在长桌旁招待几个穿校服的小女孩吃晚餐。玛丽的喉咙哽住了，不知自己是否还能见到女儿。

下面传来男人的说话声，把玛丽的思绪拉了回来。她跪下来，耳朵贴在暖气片上，试图听清通过管道传来的声音。一个带着德国口音的声音气势汹汹地问着什么，回应的声音很低沉，是英国人，听起来有点耳熟。

玛丽的心怦怦直跳，她努力让自己平静下来。德国人的声音又来了，接着是英国人。两人的对话让玛丽想起乒乓球赛，德国人问问题，英国人说不。沉默了几秒钟，接着是可怕的撞击声。玛丽屏住呼吸，等着再次听到英国人的声音。当它传来时，变得绝望而断断续续，几乎是在啜泣。

玛丽感觉魂飞天外，不知道德国人对那个人做了什么，是否同样的命运也在等着她。她惊慌失措，跑到房间门口，又试了试把手，急于想要逃走，但门被锁上了。她再次试了试窗户。现在她的处境极其不妙：她被困在纳粹情报总部，身份已经暴露。德国人知道她是谁，知道她为特别行动处工作，也许还知道她引爆了炸药。无论在巴黎还是伦敦，特别行动处没人知道她在这里，她没有办法求救。她在接受审讯和酷刑训练时听到的故事充斥着她的脑海，不管楼下那个人的命运多么悲惨，她一定会是下一个。她再也不能活着离开这里，再也见不到苔丝了。

房间门突然开了，玛丽向后一闪，以免被撞到。一个德国人站在门口。“鲁克斯女士。”他嘲讽道。玛丽不寒而栗。

德国人把她带到下面一层，打开一间办公室的门，闪到一边让她进去。玛丽发出一声尖叫。

朱利安坐在屋子中间的椅子上，手脚都被绑了起来。

玛丽这时才明白，他为什么没有像计划的那样回到他们身边。德国人已经逮捕了他。

“给你们五分钟时间。”德国人咆哮道，然后砰的一声关上门。

“维斯珀。”玛丽说，不敢在这里说出他的真名。他们对他做了什么？他的脸被打得几乎认不出来。脸颊上有一道长长的伤口，左眼肿得睁不开，鼻子歪斜，严重骨折了。但是，她找到了他。玛丽向他跑去，喜悦、宽慰和恐惧同时涌上心头。她紧紧地搂住他，差点把椅子掀翻。

他把头朝她的方向靠了靠，由于双手被绑住，无法靠得太近。“你没事吧？他们没有伤害你吧？”

“我没事。”她安慰他，感到很内疚，在这种状况下他还要为她担心。

“那座桥？”他低声问，“成功了吗？”

她点点头，“炸毁了。”

他向后一靠，“谢天谢地。他们想从我这里得到时间和详细信息，我尽可能拖住他们，但不知道情况如何。”他的脸上布满了伤口，正是他的牺牲，任务才得以完成。

“行动进行得很顺利。我自己引爆的。”她的声音中流露出一丝骄傲。

“什么？”他那饱受折磨的脸上先是惊讶，然后是愤怒，“该死的威尔！真不该让他负责。”

“没有别的办法，”她说，“乔茜失踪了，没有她的消息。”玛丽的眼里噙满泪水。她和朱利安都被捕了，乔茜还有希望逃脱吗？

“威尔呢？”朱利安问道。看得出他对表弟很担心。

“据我所知，他没事。他去伦敦通知总部你没回到巴黎。

明天他应该回来接我。”然而她已身陷囹圄。“他本想让我和他一起走，但我留了下来。”

“他不应该让你这样。”

“不是他的选择，我坚持要留下来。”

“为什么？”

她的声音颤抖起来，“我需要找到你。”他们的目光交织在一起。这也许是他们在一起的最后时刻，他们之间的爱意已经无法隐藏。他的头再次向她偏过去，但被束缚住了。她俯下身迎接他，两人的嘴唇碰在一起。她轻轻地吻着他，不想弄疼他的伤口，但他紧紧贴着她，似乎毫不在意。

过了一会儿，她抽开身子，问道：“他们是怎么抓到你的？”

“他们在着陆场等着我，他们知道降落的位置和时间。你们为什么要改变地点？”

“我们没有，”她难以置信地说，“也就是说，我们收到伦敦的消息……”

他摇了摇头，“伦敦说他们收到了你的信息。”

他们面面相觑，恍然大悟。德国人查获了一台发报机，冒充特工向伦敦发送信息。“他们肯定是这么知道的。不仅仅是我，他们掌握了一切。”他的眼中流露出醒悟的神情，“埃莉诺也怀疑到这一点。她要我提醒你，发报机被查获了，要当心。不过现在太迟了。”

她的头脑一片混乱，“既然他们已经掌握了一切，那还想从我这里得到什么？”

“他们想让你……”他的话音未落，走廊里传来脚步声，接着是钥匙在锁眼里转动的声音。两个穿制服的人走了进来。

那个年轻一点的军官，就是之前把她带下楼的家伙，解开朱利安腿上的绳索，把他拖出了房间。玛丽欲大声喊叫，但想起接受过的训练，控制住了自己。她转身面对着第二个军官，以前没有见过他。他年纪大一些，戴着角质框架眼镜，胸前挂满了奖章，她寻思他都做了些什么才能获得它们。

“我是帝国保安部的克里格勒少校，”军官说，“你需要点什么吗？”

让我们自由，她想，然后你去死吧。“也许来点茶？”她说，不敢相信自己居然会这么大胆。她抬起头看着他的眼睛。

他停了一下，向门口走去，打开门。“劳驾，来杯茶。”他对另一端的人喊道，然后在门口等着。玛丽快速扫视了一下房间，这个要求给她争取了一些时间，但是根本无处可去。

过了一会儿，克里格勒回来了，把茶杯递给她。她接过，并没有喝。“我们开始工作吧。”他说，示意她跟着他到办公室后面的小房间。

走进房间，她的心沉了下去。桌子上放着她的发报机。

走近时，她才发现这并不是她的发报机，箱子上的标记不同。她寻思这是谁的，落入他们手中多久了。德国人一直以特工的身份向伦敦呼叫——伦敦信以为真，现在一切都清楚了——他们冒充特工，骗取了伦敦的重要信息。发报机是他们的生命线，最终也导致了他们的失败。

“你们已经拿到了发报机，”她说道，“还想从我这儿得到什么？”

“我们需要你向伦敦方面证明，这些消息是真的。”玛丽意识到，一定是信息传输出了问题，他们想让她验证这些信息。朱利安不可能做这件事，即使他愿意。她明白他们需要她，如果她同意，也许能救自己的命，还有朱利安的命。但如果她拒绝，伦敦方面意识到出了问题，德国人必定会杀了她。

她仿佛看见乔茜的脸出现在天空中，充满不祥之兆，恳求她要坚强。她看见了埃莉诺，期望她表现出色。"不。"她大声说。她不会这么做。

克里格勒绕过桌子，站在她面前。他一言不发，狠狠地扇了她一巴掌，她从椅子上弹了起来，向后倒去摔在地板上。她的头撞在地上，茶杯摔得粉碎，热水和瓷片溅得到处都是。

克里格勒不知道的是，这不是玛丽有生以来第一次挨打。玛丽的父亲是个狂暴的酒鬼，当他从酒吧回家后，玛丽或她妈妈，谁离他近，谁就会遭殃。他经常对她们拳打脚踢；有一次竟然把她的头往墙上撞。她逃脱了盛怒的父亲，他没有打败她，现在她也不会让克里格勒打败她。

玛丽从面前的这个恶魔身上看到了父亲，她的内心变得坚硬起来。克里格勒将不得不杀了她——因为她决不会开口。

出乎意料，克里格勒弯下腰，彬彬有礼地把她扶回椅子上。鲜血从她裂开的嘴唇冒了出来。

她抬起头，看到克里格勒拿着一张单子，递过来。她扭过脸去，但他用力一推，纸刮到了她的脸。最后，她再也无法避开。这张纸不仅包含一些零碎信息，还列出了该地区每一个特工的名字，他们的化名和真实姓名。此外，德国人还掌握了所有法国联系人的名字和地址，安全屋以及储存军火和其他东西的仓库。

她盯着这张纸。有人出卖了他们，朱利安刚才已经证实了这一点。但在她面前的这张纸上，背叛的范围之大令人震惊。他们当中谁会是这样的叛徒？

“我们掌握了一切。”克里格勒得意地说。

“那么我想，”她扬起下巴挑衅道，“你们不需要我。”

克里格勒的手掌再次扇向她，她又倒在地板上。这一次，他抓着玛丽的头发，把她拎了起来。拳头雨点般重重地落在她身上。平生第一次，她祈祷死亡快点到来。她的脑海中浮现出苔丝稚嫩的面孔，于是牢牢地盯着它，让自己从这个可怕的地方解脱出来。她屏住呼吸，心里默默地数数，竭力克制自己不要叫出声来。

克里格勒突然停了下来，就像开始时一样，殴打突然结束了。她试图透过肿胀的眼睛看看清楚，喘口气，准备接下来发生的一切。

门开了，又关上了。一个警卫把朱利安扔进来，他摔倒在地上，虚弱得站不起来。

看到她血肉模糊的脸，他痛苦地大叫了一声。她坐起来，想向他走去，这时克里格勒横在他们中间，用枪指着朱利安的头，说：“赶快做，不然他就得死。”他的目光冷酷，没有一丝生气。她知道，他会毫不犹豫地杀了朱利安。

“玛丽，不要……”朱利安恳求道。

玛丽犹豫不决；她自己的生命是一回事，但朱利安是他们的负责人，她必须确保他不会出事。这与她对他的感情无关。维斯珀网络的存亡，不管剩下什么，都取决于他。“好吧，”她说道，吐掉嘴里淤积的血水，“我做。”这违背她所接受的训练，但为了救他，她愿意这么做。

警卫把她从朱利安身边拖到发报机旁。她刚伸出手，但克里格勒让她走开，自己动手把机器安装好，就像一个技术娴熟的报务员。

克里格勒掏出他们逮捕玛丽时缴获的那盒一次性密码，“发条信息，让他们知道是你，一切都好。然后发送这个。”他递给她一条信息和一块印有密码的丝绸，信息请求向一个特定地点再空投一批物资。如果她按照克里格勒的要求去做，这个诡计就会一直持续下去。特别行动处就会把特工和武器源源不断地送到德国人手中。

玛丽把信息编成电码，然后呈给克里格勒看。“你的安全标记是什么？”他用枪顶着朱利安受伤的下巴，想逼迫玛丽说出来。朱利安哼了一下，忍住没有叫出声来。

玛丽迟疑了一下，如果过于轻易地说出来，克里格勒会知道她在打马虎眼。“把第35个字母改成p，”她用手指着，缓缓地说道，“就是这里。”她没有提到第二个安全标记，但愿他不知道。

“发送。”他吼道。埃莉诺在伦敦读到这条信息，肯定会注意到缺少第二个安全标记，从而意识到出了问题。

一条信息从那边传来，她记录下来。当她用丝绸密码破译后，心中的恐惧感骤升。这是她最害怕的，也是她从未预料到的信息：“缺少第二个安全标记。”

在她身后，她感觉到克里格勒已经气急败坏。“等一下，我……”她转向他，试图找到合理的解释。

他抓住她的脖颈，扯着她的头发，头皮都快扯掉了。“你的第二个安全标记。”他突然放开她，低声呵斥道，用手枪顶住朱利安的头。

“玛丽，不要说！”朱利安喊道，“反正他们会杀了我们。”

她曾经失去过他，不能再次失去，这次将会成为永远。“用k替换c，”她绝望地说，“间隔替换。”现在德国人有了所需要的东西，可以大胆地冒充她了。

“搞好它！”克里格勒命令道。她把信息重新编码，又发了出去。

回复来了，她急忙用一次性密码破译：“已验证。即将发布信息。”

“有……”她转身对克里格勒说，发现枪口现在对准了自己。她在空中看见了苔丝的脸，临死前做最后的告别。

“你应该一开始就帮助我们。”他侧身朝朱利安挥起手臂。

“不要！”

太迟了。一声枪响，朱利安抽搐了一下，倒在地上。

“不！”她尖叫着向他冲过去。

她跪下来，把他抱在怀里。克里格勒的射击精准致命，子弹从朱利安的太阳穴和颧骨之间射入，卡在里面。她的理智告诉她，他不可能从这样的伤势中活下来，但在她心里，简直不敢相信。“坚持住，朱利安。”她恳求道。他的眼睛还睁着，但已经向上游离，渐渐暗淡下去。

“我爱你。”他轻声说。就在这里，他们之间的感情终于有了结果。或许，他以为她是他妻子里芭，但他抓住她的胳膊说：“我们应该在一起，玛丽。”从他的话里，她听到了他们之间可能发生的一切，假如情况不是现在这样。“我爱你。”他重复道。

“我也爱你。”她紧紧地抱着他，再次吻了他，知道这将是最后一次。

他的身体随即松软下来，她畏缩了一下。“我看见他们了，”他气若游丝地说，“我的妻子和孩子们。”他的手伸向面前那个无形的影像。

“别离开我。”她恳求道，本应坚强的她早已肝肠寸断。她不知道没有他，她将如何面对接下来的一切。“这不是结束。”她想起他曾说过，会有很多人站起来接替他们，此时她从他的目光中看到了这句话。他做了个鬼脸，然后神情放松下来，这是她见过的他最平静的时刻。他的呼吸停止了。她把脸埋在他的胸口。

就这样，他走了。

她轻轻地把他的头放下来。“为什么？”她尖叫着，扑向克里格勒，用指甲去抓他的脸。

“贱人！”他咒骂着，摸了摸被抓破的地方，随后示意警卫把她带走。

“我们照你说的做了！”警卫把她拖出房间时，她情绪失控地尖叫着，“我们听从了你的命令。根据《日内瓦公约》，我们是战俘。你不能这么做！”

“战俘？”他轻蔑地笑了，“小姐，你想去哪儿？你压根儿不存在。”

第二十二章　埃莉诺

1944年，伦敦

埃莉诺坐在诺格比大厦的办公桌前，审视着那些旧电文。

她感到心慌意乱，发报机被德国人查获了。朱利安和玛丽还是没有任何消息。她仔细查看维斯珀网络的过往信息，寻找更多的可疑迹象，评估可能造成的损失。她怎么会让这种事发生？保护这些女孩至关重要，是她一生的工作，但她辜负了她们，就像几十年前辜负了妹妹。

她揉了揉眼睛，站起来走进发报室。报务员们比平时更安静地坐在那里，只有发报机发出嘀嘀的声音。

“一切都好吗？”她问简。这个问题很愚蠢；简和埃莉诺一样，对于玛丽的发报机被查获感到难以接受。自从那个声称玛丽的假消息传来后，漫长的等待和担心让她脸色苍白，面容憔悴。

简摇了摇头，“玛格丽特没有按计划呼叫。”

“莫琳也没有。”另一个报务员插话说。

“可能是传输出了问题。”她说，想要安慰她们，但她的话显得很空洞。一定是出了大事。

埃莉诺沿街朝处长办公室走去，她绕过秘书，没敲门就直接说道：“长官？”

处长扬起眉毛，“特里格？进来吧。我正要去找你。”她不请自来，似乎有些奇怪；事实上，他完全没料到她会来。

“又有两台发报机失去联系。”

他在小胡子下面嘟起嘴唇，似乎并不惊讶。“有传闻说巴黎郊外又有多人被捕。”他说。埃莉诺的心揪了起来。“两名特工在巴黎郊外的安全屋被抓，其他人在东部和南部。”

她知道，不仅仅是大桥被炸引发了大规模逮捕，尽管紧随其后出现了一轮报复行动，但是一定还有别的原因。克里格勒和帝国保安部似乎突然知道在哪里可以找到他们要找的特工。埃莉诺怀疑，他们一定这么干了好几个月，只要发报机诡计奏效，就让特工们继续操作。一旦知道露馅了，也不会有什么损失。他们已经大开杀戒，根据收集到的情报，展开拉网式搜查，抓捕所有特工。虽然没有玛丽和朱利安的消息，但是他们似乎难逃厄运。

“被捕的特工是男的还是女的？”她问。

“可能都有。”处长说，“我还不知道名字。”埃莉诺感到惶恐不安，确信玛格丽特和莫琳一定会在其中。

“长官，我们必须采取措施。”他们已经通知法国的所有网络，让他们躲藏起来。这远远不够。特工应该被召回；埃莉诺已经发出要求。但距离大进攻只有几天时间了，他们不打算大规模撤离，这会引起德国人怀疑。

“我们会采取措施，”他停顿了一下，“我们将按照你的建议把他们带回家。”如果他们真的要撤走特工，情况一定很糟糕。“已经发出命令，要将剩下的人撤走。”埃莉诺觉得好像被打了一巴掌。为什么这些命令没有通过她？“这需要一点时间。”他补充说。

“多长时间？”她问道。再过一个星期，可能一个特工也没有了。

“我不知道。月球飞行中队的队长威尔·鲁尔克失踪了，有消息说一架飞机在布列塔尼上空被击落，可能是他的飞机。不过我们会尽快把特工带回家。”

埃莉诺如释重负，但很快被困惑所取代，“所有特工吗？”

他摇摇头，“只是那些女孩。他们要你停止工作。”她注意到，他说的是你而不是我们。“他们认为成立女子特工组是一个失败的试验。”

失败的试验。埃莉诺被这句话激怒了。女孩们做了许多了不起的事，完成了交给她们的一切任务。不，失败的不是女孩，不是特工，而是伦敦总部。

埃莉诺感到难以置信，“但是，距离大进攻只有几天时间了，我们在那里的工作肯定比以往任何时候都重要。”

“网络正在重组，有些会被去除。这项工作将由男特工来完成。”

“你向她们说明了吗？”她问，已经知道答案了，“我是说那些女孩。”

“还差12人。”这个数字比她预料的要大得多。他递给她一张名单，乔茜在上面，玛丽也在，她手下的12个女特工下落不明。

这在很大程度上是她自己的错。当初，让女性进入F区是她的主意。她招募了这些女孩，监督她们训练，并亲自将她们部署到被占领的法国。她看到出了问题，却没有采取更多行动。不，她应该为那些失踪的人负全部责任，她们再也不会回来了。

“也有男特工失踪。”他指出。

“是的，当然，”埃莉诺没好气地说，“但他们有军职，如果被俘，会被当作战俘对待。我得亲自过去看看出了什么问题。”

“你是说找到那些女孩？恐怕不太可能。”

“但是，长官，有12个人失踪了，”她抗议道，“我们不能就这么放弃。”

他压低声音说：“埃莉诺，别再询问那些女孩的事了，会对你和他人带来不良影响。你会失去很多东西，即便不为你自己，也要为女孩们的家人放手。你和我都清楚，如果她们被德国人抓住，很可能已经没命了。你的疑问只会给她们的家人带来更多痛苦。”

处长拿起烟斗，“调查属于高度机密，以最高级别进行处理。”埃莉诺知道，这是谎言。如果真有人在找这些女孩，他们一定会找她谈话。不，这件事被高层搁置了。“你没必要知道。”她还没来得及戳穿他，他又补充道。

“没必要？”她难以置信地问道，声音中透着怀疑，“那么，你是在命令我不要再找她们了？”

“不只如此。女子特工组已经结束，你的职位被取消了。”

“我要调走了？去哪儿？”

他转过脸去，避开她的目光。“我们奉命缩小编制。”他的口气生硬，好像在读一份并非自己所写的文件，“感谢你的效劳，但我遗憾地通知你，你在特别行动处的任职已经结束。”

她茫然地看着他，“一定是搞错了。”她已经在特别行动处工作了好几个月，不，是好几年，早在女子特工组成立前就在了，他们现在不可能把她赶走。

“我们别无选择。你有30分钟的时间收拾个人物品。”她想说点什么，但是无言以对，简直快气炸了。她站起来，愤然离开处长的办公室，回到诺格比大厦。

埃莉诺走到办公桌前，开始整理文件。她把那些失踪女孩的照片拿出来，塞进包里，知道没多少时间了。不一会儿，处长出现在门口。“我送你出去，”他说。她伸手去拿另一份文件，被他按住了，“所有东西都别动。”她这才明白他为什么跟着她。“你只能带走个人物品，不能带走文件。”他补充说，似乎预先知道她会继续寻找那些女孩。此时，一个计划开始在她脑海中形成。

“我自己能行，你不必待在这里。”她说道，希望能单独待几分钟，收拾自己需要的东西。

“我们奉命送你出去。”他说，声音里带着尴尬。她惊讶地停下来，手悬在半空中。就在一瞬间，她的整个世界颠倒了。她搜寻着他的脸，寻找答案，寻找她自以为认识的导师的一些迹象，但他的目光一片空洞。

她机械地转过身去，“我得整理一下文件。”她无法接受文件就这样乱七八糟地移交出去。

“没有必要，”他补充道，“军方会来接收所有东西。”

“为什么？”她问，“他们要把它们拿到哪儿去？”

处长没有回答。接着，她注意到一个军警站在门口，等着护送她出去。她感到心灰意冷，她就像一个外来入侵者一样，被赶出了自己创立的地方。

她离开桌子，气得浑身发抖。处长把文件递给她，“这是给你的，昨天批下来了。”她的国籍证明，她一直渴望的东西，现在似乎成了她失去那些女孩的一个可怜的安慰奖。她把它推回给他。

“对不起。”他说。

她被解雇了。

第二十三章　格雷丝

1946年，纽约

第二天下午，格雷丝爬上“地狱厨房”出租屋的楼梯。在华盛顿发生的一切以及旅行本身让她疲惫不堪，她很高兴回到家里。她渴望见到弗朗基，回到她的日常工作中。不过，今天是周五，天色已晚，而且她已经请了一天假。在周末休息一下，理理思绪，然后回去工作，倒也不是什么坏事。

格雷丝到了出租屋的顶层，把钥匙插进锁眼。她打开门，愣住了。

她妈妈坐在屋里唯一的一把椅子上，手里握着黑色漆皮手袋。

她的脑子一片混乱。她妈妈怎么知道她住在这里？她在这里多久了？格雷丝的目光飞快地从没睡过的床上转到她皱巴巴的衣服上，她想找个解释化解这个尴尬的场面，但没有找到。

“房东太太让我进来的，”她妈妈用清脆的声音说道，好像这就把一切解释清楚了。她的头发全部梳向脑后，戴着一顶橙红色的天鹅绒钟形帽，与身上那件飘逸的大衣很相配。格雷丝可以想象得到，当她说服房东让她进去时发出的迷人微笑和银铃般的笑声。

“亲爱的，我知道这样闯进来很不好，”她妈妈一边说一边捋着放在手袋上的手套，“你没有回电话，我很担心。”其实，这只是部分原因。格雷丝的妈妈想看看她在这里做什么，她的生活到底怎么样。

“你怎么知道我在这儿？”

“我去哈特福德百货商场买东西，在试衣间碰到了马西娅。”听妈妈提到帮她撒谎的马西娅，格雷丝脸红了。她想象着百货商场里的情景，马西娅一定很紧张，意外的相遇让她措手不及。格雷丝的妈妈得到地址并不难，格雷丝把它给了马西娅，让她转寄信件。

“我很抱歉没有亲自告诉你。”格雷丝坐在床边说道。

“没关系，”她妈妈答道，把手放在格雷丝的手上，“我们只是很担心。”她妈妈并非只是做做样子，她是真的关心。只不过格雷丝沉浸在自己的问题中，看不到这一点。

但这并不意味着她想回家。

“那么，你就一直住在这种地方？”她妈妈环顾着这个小房间，不由自主地皱起了鼻子，“我帮你收拾行李，我们一小时后就可以走。如果你不想跟你爸爸和我住在一起，贝尔纳黛特愿意把她的客房让给你。”格雷丝心想，和姐姐以及她三个好斗的孩子住在一起，那还不如回家。

"妈妈，我不能就这样离开，我有工作。"

她妈妈挥挥手，好像格雷丝的工作无关紧要，"你可以写张条子。"

"这不是鸡尾酒会，是工作。还有这个，"她越过妈妈，拿起去华盛顿之前放在床头柜上的报纸，"我目睹了这一切。"她指了指埃莉诺的报道。

"那个女人被车撞死了，太可怕了，这个城市太危险。我不知道你究竟为什么要留在这里。"

"被撞死的女人留下了一些女孩的照片，她们在战争中失踪了，我一直在设法查明她们遭遇了什么。"她没有提到和马克一起去华盛顿的事。

"这是你的工作吗？"

格雷丝支吾道："也不是。"她谈到这件事是想说明她留在纽约的原因，却让事情变得复杂起来。

"如果这些女孩与你的工作无关，那么她们与你有什么关系？"

她妈妈重复着弗朗基一天前在电话里提到的问题，格雷丝感到有些心烦。的确，她和那些女孩没有关系，她们是陌生人。只是她一直专注于这件事，完全沉浸在她们的世界和痛苦中，几乎忘记了自己。也许这就是吸引她的原因。"很难解释。不管怎样，现在已经结束了。"她答道。

"那么你跟我一起走？"

"我没那么说。"格雷丝没想到话说得这么刺耳。

"你应该与家人住在一起，"她妈妈催促道，"该回家了。"

"妈妈，我不想回家。"除了马克，这是她第一次对别人说出这些话。她看到妈妈脸上浮现出难过的神情，等着她再次发难，“我喜欢这里。我有工作，还有我自己的家。”这套公寓不大，但是属于她。

“其实，我有点嫉妒你，”她妈妈坦言道，表情缓和下来，“我一直想要这样的生活。”格雷丝很惊讶，她无法想象妈妈会有另外一种生活。

“我曾经参加过百老汇的试镜。”她接着说道。格雷丝想象她矜持的妈妈，一个唱生日歌只动嘴唇不出声的人，登上舞台的样子。突然间，她就像一个完全不同的女人，拥有自己的生活和梦想，一个格雷丝不认识的人。

两人沉默了几秒钟。“你不必做出和贝尔纳黛特或海伦一样的选择，”她妈妈最后说，“我只是希望你幸福。”格雷丝一直觉得，妈妈对她很失望，因为她不像她的两个姐姐，没有过上她所期望的生活。也许，那是她自己心里的期望。

“你知道，当你小时候受伤或害怕时，我可以给你一个拥抱或礼物，让一切好起来。但是，孩子们长大后，治愈他们的创伤变得越来越难。然后汤姆……”她妈妈停顿了一下，似乎说不出话来，“我觉得很无助，好像根本够不着你。”

格雷丝把手放在妈妈的手上，“这不是你的错，妈妈，没人能帮我。这是我必须独自承受的事情。”

“我给你带来了这个。”她妈妈从桌子上拿起一束塑料绣球花，这是格雷丝在家里最讨厌的东西。

不过，这也是一种姿态，认可格雷丝想要留下来。“谢谢。”她说，收下了它。

“过节时回家看看我们。”她妈妈说。

“我会的。”格雷丝点点头，尽量让自己的声音听起来很肯定。距离圣诞节还有一段时间，谁知道到时候会发生什么。

不过，她妈妈真的很用心，她也想做点努力。“也许，你可以过几周再来，我们一起去购物，”格雷丝建议道，“或者等天气暖和了，我们去参观植物园。”

“我很乐意。”她妈妈露出笑容，站起来，扣上外套的扣子，整理了一下帽子。她抚摸着格雷丝的头发，就像小时候那样，接着吻了吻女儿的头顶。“你准备好了我们就去。”她说，然后走出了公寓。

望着妈妈的背影，格雷丝心中充满了感激和宽慰。她可以做自己想做的人，过自己想要的生活。同时，她也感到有点难过，这一切意味着她和妈妈会一直相隔遥远。

格雷丝独自坐在寂静的房间里，不知怎的，屋子似乎变大了。她注意到床上放着一个白色信封，“妈妈，等等……”她想追上妈妈，告诉她忘了东西。但这封信是写给格雷丝的，寄到了她的父母家，来自华盛顿特区一个陌生的办公地址。

里面是一封律师事务所关于托马斯·希利遗产的信函，附有一张1万美元的支票。泪水在她的眼睛里打转，模糊了面前的字迹。她不知道汤姆已经料理好他的事情，或者说安排好她的生活。这些钱从何而来？她拿着支票，心里充满悲伤。即使汤姆走了，他还在照顾她。

这似乎是一个信号：是时候继续向前走了。她需要把那些女孩的事抛在脑后，专注于自己的工作和生活。别无选择，只能向前走。

格雷丝决定把照片还给领事馆。她把它们拿出来，最后再看一眼。她知道这些女孩都死了，埃莉诺背叛了她们。她永远不会知道为什么，而她已经尽了最大的努力。她的任务结束了，这就够了。

周一早上9点，格雷丝再次站在英国领事馆前。是时候归还照片，开始工作了。来到里面，还是那个接待员坐在桌子旁，“哦，你是……”

“希利。”格雷丝说道，并不诧异那女人不记得她的名字。

“你又来了。”接待员说，听起来有些不快。

“是的。不知道你们是否了解到埃莉诺·特里格的更多消息。”虽然她是来归还照片的，但还是忍不住好奇起来。

接待员犹豫了一下，似乎不确定该不该回答，“警察送来了特里格小姐的随身物品。我们还在找她的亲属。”格雷丝一直把注意力放在手提箱和里面的东西上，她没有想到埃莉诺死时可能随身带着东西。

格雷丝心底闪现出一丝希望，她努力把它压下去。她该走了，是时候离开了。但她做了那么多努力，她需要知道。“我能看看吗？”她不由自主地问，“我是说，她的随身物品。”她预料接待员会拒绝。

“为什么？那是她的私人物品，你又不是亲属。”

“因为过去几天我一直在查找埃莉诺的更多消息。我不是要拿走它们，只是看看她带了些什么。”接待员看上去无动于衷，格雷丝确信她会拒绝，“求你了，只需要一分钟。也许我能帮你们弄清楚应该把它们交给谁。”

“好吧，”接待员终于让步了，“我想如果你找到什么人，可以省去许多有关死亡证明之类的文书工作。”对她来说，埃莉诺不过是官僚机构的一个麻烦。她拿出一个大信封，“把所有东西都放回原处。”

格雷丝打开信封，里面有几张美钞和一副在车祸中撞成了碎片的眼镜。一本深蓝色护照几乎折成了两半，格雷丝拿起来，仔细地翻看。护照损毁严重，但看起来较新，上面盖有法国和德国的入境印章，日期是她抵达美国的前几周。埃莉诺来这里之前一直在旅行。为什么？

“谢谢！”格雷丝说，把护照放回信封。她拿出照片，刚要递给接待员，突然又停下来。

“你想留着它们吗？”接待员问，注意到格雷丝的犹豫。

格雷丝摇摇头，“它们不是我的了。”但随即又改变了主意，在交出照片的时候，留下那个黑眼睛女孩乔茜的照片，一个她从未料到的旅行纪念品。

第二十四章　埃莉诺

1946年，伦敦

天还没亮，埃莉诺家突然响起敲门声。“有辆车在等你。”她妈妈叫道。埃莉诺的母亲体恤女儿，几乎从不提及她一年半前离职的事，她本来就觉得那项工作不合适。埃莉诺吃了一惊，朝窗外望去。一看到那辆熟悉的黑色奥斯汀轿车，她的心跳加快了。过了这么久，总部为什么要召见她？

埃莉诺迅速穿上衣服，手指颤抖着扣好挺括的白衬衫，这件衬衫搭配她的海军蓝裙子，几乎成了她在特别行动处工作时的制服。她走近路边那辆没熄火的黑色奥斯汀轿车，一缕烟雾从驾驶室一侧的车窗飘出来，与空中的雾气混在一起。“多兹，”她招呼道，微笑着望着那个熟悉的侧影，低垂的黑色圆顶礼帽下露出几缕白发，“你来这儿干什么？”

“处长找你。”他简单地说，对埃莉诺来说这就够了。她爬进后座，关上车门。不由得想起上一次多兹出乎意料地来这里找她。但是，女子特工组已经不复存在，成为特别行动处的过眼烟云，她猜不透处长想要她做什么。

多兹发动了汽车。像往常一样，他什么也没说，两眼直勾勾地盯着马路，在街角的红色电话亭前利落地转了个弯。汽车静静地在伦敦北部店铺紧闭的街道上行驶，除了偶尔有卡车司机在装载清晨运送的货物，街上空无一人。虽然灯火管制几个月前结束了，但街灯依然昏暗，就像一种不易改变的习惯。今天是1月4日，一些窗户上还挂着圣诞装饰品。假日是一件令人沮丧的事，似乎已经没人记得该如何庆祝。埃莉诺心想，当咖啡和糖等日常必需品仍然紧缺，许多人的亲人无法回到身边，很难让人感受到节日的气氛。

直到他们到达贝克街的拐角处，她才看到发生的一切：诺格比大厦被大火烧毁了。石板瓦屋顶像打开的罐头一样掀开了，窗户烧成了空架子，窗框边缘被烟火熏得焦黑不堪。地上的石头和木头还闪着暗红色，好像关上车窗都挡不住灼热的气浪。

“怎么回事?”她大声问，寻思火灾是什么时候开始的，盘算着这件事会不会登在早报上，她认为不会。虽然埃莉诺不知道到底发生了什么事，但她很清楚，这与处长突然召见她有关。

埃莉诺急切地想下车仔细看看，但多兹没有停车，而是驶向贝克街64号，特别行动处总部大楼。他领着她穿过大门，这里只比诺格比大厦稍大一点，但显得十分肃穆。在门厅里，一群高级军官擦身而过，尽管埃莉诺看到了一些熟悉的面孔，但没有一个人和她打招呼。

多兹带她上了三楼，来到一间办公室的前厅，然后默默地关上门，留下她一个人。埃莉诺没有把大衣挂在角落里的架子上，而是搭在胳膊上。炉子发出可怕的嗞嗞声，烟灰缸里一根没有完全熄灭的香烟发出刺鼻的气味。埃莉诺走到窗前，从那里可以俯瞰大楼的后面。越过屋顶的边缘，她可以依稀看到被烧毁的房子的残骸，那是他们以前每天见面的战情室。他们曾经严密保护的地图和照片，现在像五彩纸屑一样飘出破碎的窗户。

她上次来这里，手里拿着帽子，要求去找那些女孩。真的已经过去一年半了吗？从那以后发生了很多事情，大进攻，欧洲战场胜利，最终，战争结束。她上一次来这里，处长解雇了她，无情地把她赶出曾经属于自己的地方。即使现在，一想起这件事，她都无比难过，这个痛苦的记忆，仿佛就发生在昨天。

门咔嗒一声把埃莉诺从回忆中惊醒。接待员伊莫金冷冷地看着她，就好像她们从未见过面，“他现在要见你。”

“埃莉诺。”她进去时，处长没有站起来，但在严肃的外表下，他的目光里流露出一种温暖，承认他们曾经有过交情。他解雇她那天所表现出的冷淡不见了，仿佛从未发生过一样。埃莉诺略微放松了一点。

处长示意她坐下。现在离得近了，她看到战争对他造成了很大影响，就像她自己。他的袖子卷起，衣领敞开，脸颊和下巴上的胡子茬儿表明，他从昨天起就一直在这里。他一向仪表堂堂，但此时看上去有些狂乱。

他跟随她的目光望着窗外，诺格比大厦残骸仍在冒烟。

"奥林匹斯山已经倒下。"他仍然有点难以置信地说。

这不是她的问题，她告诉自己。18个月前她就被赶出去了。她的世界被摧毁了，不是在贝克街这座燃烧的大楼，而是在被占领的黑暗的法国，她辜负了那些女孩，永远地失去了她们。但诺格比大厦是这个组织的象征，她为此付出了一切。现在它不见了，她的眼睛湿润了。

她不安地坐在椅子边上，"发生了什么事？"

"着火了。"他淡淡地说。

"可能是个意外。"她说。诺格比大厦文件堆积如山，就像一个干柴堆，而接线员不停地抽烟，安全隐患太大了。

"也许吧，"他说，但从他的语气可以听出他很怀疑，"我们会进行调查。"

这并不意味着会有答案，埃莉诺想。"长官，你为什么找我？"

"真是一团糟。"他咕哝道。他是在说火灾还是别的什么？随后，他从伊莫金放在桌边的托盘里倒了杯茶，"他们要关闭我们，整个特别行动处，白厅直接下达的命令。战争结束了，他们说不需要我们了。我们已经召回了所有特工。"

"所有你能找到的特工，"她纠正道，"其他人有消息吗？我是说，那些女孩。"

"七个女孩已经查明下落。"他说。一时间，埃莉诺心中升起希望。然后，他把名单给了她，她看到那些记号：奥斯维辛集中营，1945年；拉文斯布吕克集中营，1944年。"那些女孩被证实死亡的地方。"

死了。埃莉诺的悲伤和自责像潮水一样涌了上来，几乎要把她淹没。“剩下的五个人呢？”

“她们已经有了最终定论。失踪，推定死亡。”他直截了当地说。这样的结论糟透了，充满不祥，但又不确定。

“这样告诉家人远远不够。天哪，她们是妻子、女儿、母亲。”的确，有些家庭已经停止追问，把空棺材埋入地下，或者举行了追悼仪式。但对其他家庭来说，这些悬而未决的问题对他们打击很大。就像罗达·霍布斯的母亲，几天前，埃莉诺去她家询问情况，她一直坐在那里哭泣。“罗达是个打字员，”当埃莉诺暗示，她可能在战争中失踪了时，她母亲争辩道，“我上次见她，她说她只是把文件送到普利茅斯。”埃莉诺的眼前浮现出罗达的身影，登上载她飞越英吉利海峡的莱桑德，再也没有回来。

像罗达母亲这样的人，有权知道女儿的英勇事迹——以及她们的下落。那些女孩为了一个诺言付出了一切，却遭到背叛，想到这个，她怒火中烧。

“没有她们的消息吗？”

“既然你的安全审查已被撤销，我不该谈论这些事情。”虽然这对她来说不是新闻，但这番话却像当头一棒。“不过，我想应该让你知道——有来自集中营的报告。当然，不是档案，只是目击者的描述。他们说那些女孩被立即处决了。”埃莉诺扭过头去，感到难过。“除此之外，没有迹象表明有人活着。我认为此时还抱有希望很不明智，我们必须推断她们已经死亡。”如果几个月前他同意派她过去，也许她会发现她们中的一些人还活着。现在一切都晚了。

埃莉诺试图稳住自己的手。她接过他递过来的伯爵红茶，感到一阵暖意，等着他说下去。“我们仍然不知道她们是怎么被俘的。也就是说，德国人从一开始是如何玩冒充游戏的。”

处长清了清嗓子，“我想，你查到什么了吧？”

她下意识地挪动了一下身子，茶水洒了出来，烫到她的皮肤。“长官？”她问，好像不知道他指的是什么。她准备否认，在被解雇并被告知不要插手此事后持有任何文件。当然，埃莉诺一直没有停止寻找，她在邱园公共档案馆查阅旧报纸和档案，通过政府里的熟人打听情况。她不仅梳理了能找到的所有档案，并且找过每一个与这些女孩有关系的人，包括那些回来的特工以及没回来的特工的家人。有许多种逮捕的说法，但没有一个能说明那些失踪的女孩出了什么事，或者她们被俘的真相。

也许，她打听消息的事传到了处长那里。她现在是一个普通公民，她想，他们有什么权力禁止她？

但谁也骗不了处长。埃莉诺放下茶杯，从包里拿出一直随身携带的文件，端详了一下。她递给他一个文件夹，里面装着所有她不该知道的信息——她知道他会想看看。

处长翻阅着她的笔记，从他的表情可以看出，里面没有他不知道的东西。“就像我常说的，这些女孩太可惜了。”处长递回文件，埃莉诺紧紧地攥着它，锋利的边缘切进她满是伤疤的指尖。“我准备派遣你。”

她不敢相信自己的耳朵，“长官？”

“当然，如果你还想去的话。查明失踪女孩的下落——她们是怎么被抓获的。”他知道她非常想去。那些女孩让她精疲力竭，她迫切地想弄清她们的情况。

无数个问题在她脑海中盘旋。“为什么是现在？”埃莉诺最后问道。经历了几个月的排斥和痛苦，她需要了解原因。

“我一直想给你打电话。一方面，有人在不断地追问情况。”

“谁？”

“托格登·巴尼特。”维奥莱特的父亲。不到两周前，埃莉诺和巴尼特谈过话，她感觉到在所有父母中，他最为愤怒，最不可能放手。因此，对于女孩们发生的事，她总是巧妙地向他说出自己的怀疑和疑问，让这些想法在他脑子里慢慢发酵。作为一个局外人，他可以把这件事告诉区议员，以一种她做不到的方式推进事态。显然这一招奏效了。“你知道，大多数家庭都试图忘掉过去，”处长接着说道，“但是巴尼特先生一直在追问，他的女儿发生了什么事，她是怎么死的。没有人能给出一个满意的答案，于是他就将此事告诉了议员，他们扬言要进行议会调查。我需要告诉他们这些女孩是怎么死的，或者至少是我们查明真相的所有方法。”

但是，一个悲痛的父亲不至于让处长大动干戈派她去调查，“你说‘一方面’，还有别的方面吗？”

“是的，跟火灾有关。”

“我不明白其中的关系。”

“也许没有关系。你还记得我要你留下那些文件吗？”他问。埃莉诺点点头。命令很明确：不许动任何东西。“他们说那些文件会被打包带走。然而，几个月来，文件一直没人来取，似乎被遗忘了。前几天我突然收到消息，这些文件将在今天上午被取走供议会调查。然后就发生了这件事。”他指了指诺格比大厦。

“你认为有人故意纵火毁掉这些文件？”

他咕哝道：“警方说，起因是狭小的空间里存放了太多旧文件，但我们的检查员发现了这个。”他举起一块烧焦的金属。她认出这是他们训练特工使用的定时引爆装置。

“这不是一场普通的火灾，”处长继续说道，“这是有预谋的。我想知道是谁干的，为什么。”她这才明白，他为什么突然想派她出国。他认为这场火灾发生在她的文件即将被取走之前，可能与失踪的特工有关，尤其是那些女孩。派她去寻找答案，或许也会给他带来答案。

“你认为这和那些女孩有关？”

“我不知道，火灾发生在我们即将把文件交给议会之前。我已经派人调查此事。”

埃莉诺在心中断定，查出真相的唯一途径是在法国，那里的网络已经崩溃，女孩们被逮捕了。“我们需要知道她们是怎么被俘的，被带到了哪里，发生了什么事。”他滔滔不绝地说出她一直在问的同样问题。但最大的问题是为什么。

“你和我已经没有关系了。”她说，声音里带着无法抑制的指责。

“我们当时没有理由继续下去，”他答道，然后朝仍在冒烟的诺格比大厦摆了一下头，“但现在有了。”

埃莉诺想，12个女孩的生命应该是足够的理由，“所以，你想派我去查明发生了什么事？”

“我不能。”处长说。她的心沉了下去，他打算再次拒绝，这是个残忍的玩笑吗？“至少不是以官方身份，”他急忙补充道，“如果我派你去，纯属私下行为。怎么样，特里格？”

埃莉诺迟疑了一下。在独自寻找答案的几个月里，她几乎放弃了希望，承认自己永远不会知道真相。现在，他让她又看到了希望，这正是她想要的，努力争取的机会，现在得到了，却感到害怕。

“好吧，”埃莉诺最后说，“我去。”

“我需要答案，去找到它们，”他说，“不惜一切代价。”他的眼睛闪着怒火，虎视眈眈。既然他们要被赶走了，他已经没什么可顾忌的了。他在一张纸上潦草地写了些什么。“我任命你为空军妇女辅助队队员，可以给你一笔津贴和必要的旅行证件。距离他们关闭特别行动处还有两周时间，在那之后，我就不能付给你钱——或者给你所需要的支持了。”他急忙加了一句，知道钱对她来说没有什么意义。

她点点头，“如果能安排好，我今晚就走。”

他拿出英国护照，“这是你的，你需要这个。”她犹豫了一下。她曾经渴望得到的英国国籍，不过是对她失去的一切的提醒。但她现在需要它，她抛开伤感情绪，接过护照。

“你从哪儿开始？”

“巴黎。”也许她可以去德国，从集中营开始。但这些女孩都被部署到巴黎或周边的网络，她们在那里展开行动，结果出了严重的差错。“如果需要联系你，我发电报？”

他摇摇头，“不要。”他的意思很清楚，这样不安全。他站在那里，“再见，特里格。”他坚定地握了握她的手，“祝你好运。”

埃莉诺离开他的办公室，下了楼梯，走出总部大门。在拐角处，多兹在车旁等着她。她迅速转向另一个方向，躲进两排房子之间，免得他看见。她蹑手蹑脚地穿过小巷，朝诺格比大厦的废墟走去。大火烧毁了楼上的地板。她走过一楼的废墟，那里曾经是他们的会议室，在她的脚踝周围，瓦砾仍留有余温。她走到地下室的门所在的地方，庆幸的是，通往她的地下办公室和发报室的楼梯仍然完好无损。

她小心翼翼地走下楼梯。泥土从上面掉下来，好像楼板随时都可能塌下来。埃莉诺突然被恐惧攫获，她不是怕死，而是不想在她也许就要得到答案前失去一切。

匆忙间，她在办公室壁橱前停下来，走向文件柜，发现文件都不见了。她拉开抽屉，一直拉到尽头，清理办公室的人没有想到看看那里。有一个她留下的铁盒，没有被火烧到，里面存放着女孩们在部署前留下的最珍爱的东西。她本该在最后一天把盒子带走，但她接到命令，立即收拾行李离开，没有顾得上。她拿起盒子，盖子脱落了，一只婴儿鞋掉了出来。埃莉诺捡起来，忍住没哭出来。

一个声音从上面传来。“下面有人吗?”手电筒照着黑暗的墙壁。埃莉诺没有回答，继续收拾东西，然后再次爬上楼梯。

一个年轻警察站在顶端，惊讶地发现瓦砾中有人。“女士，你不能拿走那个，”他指着她怀里的盒子说，“这是火灾调查证据。”

“那就逮捕我吧。”说完，她抱着盒子，昂首阔步地走了。

这一次，她没有愧对那些女孩。

第二十五章　埃莉诺

1946年，巴黎

旁人可能会感到疑惑：那个每天晚上独自坐在萨瓦酒店的酒吧，端着一杯干马提尼，连续喝四五个小时的女人是谁？她可能一直在等男朋友或情人，但她的神情并不悲伤。她一个人在酒吧也没有显得不自在，只是静静地坐着，观察着下班后的人群在旋转门里来来去去。

埃莉诺接受处长派遣已经过去三周了。虽然她急于动身，却没能够立刻前往巴黎；即便是执行一项根本不存在的任务，也有各种文件和烦琐手续。然后，她必须想办法怎样到达法国。战后百废待兴，大量人员和物资需要用船运过英吉利海峡，争抢一个座位并非易事。最终，她登上了一艘运输船。她站在甲板上，不在乎海水溅到脸上，弄湿了衣服。想象一下那些在夜幕的掩护下乘飞机或直接跳伞来到这里的女孩，她对现在能相对轻松地进入法国感到惊叹。

到达之后，埃莉诺在政府机构和大使馆之间四处奔走，试图找到可能认识或听说过那些女孩的线索，至少是玛丽和乔茜，她们被部署到巴黎，在那里执行任务。逮捕英国女特工并非寻常之事，值得关注，肯定会有人记得。

然而，解放后仍在努力重建的政府机构帮不了她什么。“我在寻找德国人的逮捕记录，”两天前她在临时政府总部说，“也许是盖世太保或德国情报局？”

公务员摇了摇头，“在巴黎解放前，德国人毁掉了大部分记录。即使我们有你要的东西，文件也会被列为机密，不对外国人开放。”

毫无结果，埃莉诺又去了其他地方：市验尸官办公室，以及位于市郊的难民安置营。依然一无所获。这不仅仅是她的级别太低。（处长提供的名片上，她的身份是战争罪行调查组的特别行动处代表，没人把它当回事。）对于她的调查，人们反应冷淡，几乎充满敌意。她曾希望，对于英国特工在解放这座城市中所起的作用，他们或许会心怀感激。相反，戴高乐和他的人民把今日的解放完全归功于法国人自己的不懈抵抗。一个英国女人来这里问这问那，提醒他们外国人提供了很大帮助，根本不受欢迎。

每天晚上，她都回到酒店的酒吧，仔细阅读她的笔记，计划第二天的行动。她有意在萨瓦酒店订了房间，尽管知道处长无法负担费用。并不是因为这家豪华酒店的中心位置，也不是因为它是巴黎为数不多的厨房菜单恢复到战前的酒店。事实上，在战争期间，萨瓦酒店一直是特工和抵抗组织的聚集地，她希望他们中仍有一两个人经常光顾酒吧。

她查看了所有线索，意识到在这里等下去已经没有意义。她来巴黎快一周了，处长不能再资助她了。她考虑回家，但如果她停止寻找，女孩们的一切就结束了。其他人会继续寻找那些男特工；他们有具体的名单、任务和死因调查。没有她，女孩们将会永远消失。不，她不会放弃，但她可能需要去别处看看，租一辆车，向北前往巴黎以外的其他地区，特工也曾在那里执行任务。

在酒吧另一头，她注意到一个年轻男人，一对眸子靠得很近，身穿灰色羊毛夹克。他假装在读《世界报》，《战争罪审判!》的文章标题非常醒目。埃莉诺能感觉到那个男人在报纸上方看着她。她的肌肉绷紧了。知道自己被人跟踪了，这是他们从一开始就教给特工的东西，但埃莉诺第一次自己遇到这种事。

埃莉诺很快喝完酒，签了账单，然后穿过大厅朝电梯走去。她走进自己的房间，这里早已失去了往日的豪华，床垫塌陷、墙纸剥落，一幅破败景象。

门外传来敲门声。埃莉诺吓了一跳，赶紧从猫眼往外看，是酒吧里的那个人。真是大胆的跟踪，埃莉诺想。一时间，她考虑不回答，但那人显然看见她上楼了，他可能有她要找的信息。她把门打开一条缝，"什么事?"

"我是亨利·迪凯，曾经是法国抵抗组织成员。"以前说出这样的话，会被判死刑，现在他把它当作一种荣耀。

她犹豫了一下，不知道他是怎么找到她的，不知道他想要什么。"我是埃莉诺·特里格。"她小心翼翼地说，把门开大了一点。

他走进去，放下手中的报纸，冷冷地看着她，“你去过我工作的部门。你在巴黎到处打听情况，人们对此很反感。”

“哪些人？”埃莉诺问。

他没有回答。

“你知道战争期间维斯珀网络的特工吗？”她又问，“维斯珀？蕾妮·德马尔？”她本能地用了女孩的代号，然后想起这已经不重要，“我是说，玛丽·鲁克斯？你知道他们发生了什么事吗？”这可能是一场骗局，她尽量不要太兴奋。“如果是钱的问题……”她说，盘算着可以给他多少钱，仍有足够的钱回家。

“不是！”他恶狠狠地说，她担心冒犯了他。突然，那个男人一把抓住她的胳膊，看着他激动的眼神，她知道他被惹怒了。“来吧，”他说，“我想让你看看你手上的鲜血。”

40分钟后，埃莉诺发现自己站在巴黎盖世太保总部。

“我手上的鲜血？”当亨利·迪凯带她离开酒店时，埃莉诺疑惑地重复道，“我不知道你在说什么。”埃莉诺的确感到内疚，没有及时对发报异常采取行动，迫使处长听她的话，但这个法国人不可能知道。

当他带她走向一辆等候的雷诺汽车时，她紧张起来。决不能让袭击者把你从第一现场带走，这是间谍活动的基本原则。一旦你离开了熟悉的地区，就会变得极其危险。她不该和这个明显鄙视她的陌生人去任何地方。

“你要带我去哪儿？”她问道。他没有回答。她考虑反抗，甚至大吵大闹阻止他。但是，他可能有那些女孩的消息。

亨利驾车穿过暮色中的巴黎街道，一言不发。在最初几天的调查中，埃莉诺奔波于一座座政府大楼，没有过多地关注这个城市。此时，她仔细观察窗外的景色，一方面让自己冷静下来，一方面是记住行驶路线，以防需要找到回去的路。街上颇为热闹，穿着时髦的情侣们在咖啡馆玻璃窗后面聊天，店主们拉下遮阳篷准备打烊。然而，战争阴霾似乎还笼罩着一切，抹去了昔日的欢乐色彩。

最后，汽车转向一条宽阔的住宅街道。街角的路牌上写着“福煦大街”，埃莉诺立刻明白他们要去哪里，心顿时揪紧了。战争期间，她在情报报告中读到过福煦大街84号的消息，它曾是德国反间谍机构“帝国保安部”的巴黎总部。

汽车在一幢五层楼房前停了下来，每层楼都带有铁艺阳台。别紧张，她想，强迫自己呼吸一下。帝国保安部已经不复存在，亨利·迪凯是抵抗组织成员，是盟友，至少曾经是盟友，他把她带来肯定是为了寻找答案。

埃莉诺下了车。冬天的空气异常冷冽，一阵刺骨的寒风刮过宽阔的林荫大道，吹进她的身体。门口上方的旗杆光秃秃的，毫无疑问，一年前那里曾飘扬着纳粹的旗帜。亨利打开楼门，她纳闷他怎么会有这个权力。门厅里一片寂静，看上去和其他改建成办公用的房子没什么两样，然而，埃莉诺读过太多这里审讯囚犯时发生的暴行。她心里直打战，跟着亨利上了楼，努力使自己镇定下来。

“到了。”他打开二楼的一扇门，让她进去。这是一间办公室，不比总部处长的办公室大，有一个写字台，还有一张小桌子和几把椅子。这间办公室几个月前就被德国人遗弃了，但墙壁上仍散发着烟味、尿味，以及其他金属和腐烂的味道。

接着她在角落里看到了它，他们的一台发报机——毫无疑问，就是它导致了他们的失败。“这台发报机……德国人是怎么得到的？”

“我们认为德国人渗透到马赛。马赛的特工被逮捕后，德国人拿到了发报机。然后，通过冒充不同的报务员，他们获得了空投武器甚至人员的地点，进而俘获了更多特工以及发报机。我想这一台是后来得到的。”

“他们怎么能冒充特工呢？发报机具有安全功能，需要一次性密码、晶体管和安全标记。”

“我花了很多时间琢磨这个问题。有些晶体管在频率上相互重叠，编写电文的密码似乎并非独一无二。所以，即使没有她的丝绸密码或晶体管，你也有可能以特工的身份进行呼叫。”这是一个马虎的细节，埃莉诺责怪自己没有及时处理。“那安全标记呢？”

“我不知道，你说说看。”

埃莉诺走向发报机。她轻轻地抚摸着它，一个电键弯曲了。她的思绪回到了阿里塞格庄园，那天她拆散玛丽的发报机，测试她是否具备做特工的条件。这时，她确定无疑地知道玛丽被德国人逮捕了。

“你看到那个报务员了吗？”

亨利摇摇头，“我没有亲自在这里，我们有个线人，一个为德国人做饭、搞卫生的女人。她告诉我们，有一个英国女人被带到这里，但她拒绝合作，拒绝发送信息，一直抗争到最后。”

埃莉诺清了清嗓子，“维斯珀也在这里吗？”

一提到这个名字，亨利的表情严肃起来，“是的。”

“他们被关在哪里？”

他带她走出房间，上了一段狭窄的楼梯，又上了一段。不一会儿，她站在一间阁楼里。真想象不到，这就是审问头号通缉犯的帝国保安部总部拘留室。屋里放着六张类似于女孩们在阿里塞格庄园训练时睡的单人床，角落里有一个满是灰尘、堆满书的书架。没有床单、衣服和其他私人物品。但是，铁床的框架上刻着字母和其他标记，这些都是来过这里的人留下的痕迹。离她最近的那张床的床垫沾有血迹。埃莉诺向窗外望去，越过屋顶隐约可以看见埃菲尔铁塔的顶端。她想象在这里度过最后时光的人，如此近距离地观赏巴黎的壮丽景色，却陷入深深的绝望之中。

“这就是他们在审讯期间被关押的地方。几天，最多一周，然后就被德国人处决了。”

“在这里？”

“有些人去了巴黎南郊的弗雷纳监狱。还有一些人，比如维斯珀，在这里被枪杀，射中头部。”他毫无惧色地说。

埃莉诺知道维斯珀死了，但直到这一刻才知道是怎么死的，“那个报务员呢？”

“不知道，我想，是在弗雷纳监狱。监狱清空后，关押在那里的人被送往纳茨维勒集中营。”他说。

听到法国领土上集中营的名字，埃莉诺不寒而栗，据说许多被俘的男特工都死在那里。但她感到困惑，“为什么不是拉文斯布吕克妇女集中营？纳茨维勒集中营只关押男犯，不是吗？”

“也许是他们没想让她们活很久。德国人杀了她们，没留下任何记录，即‘夜与雾’计划。”

“夜与雾”，埃莉诺在总部听说过这个计划，目的是让囚犯消失得无影无踪。她强忍住快要夺眶而出的眼泪。“多久？”她问亨利，“大进攻前多久，她们从这里被带走的？”

“不超过几个星期。”

她倒抽了一口气，她们差点就熬过来了。

“你知道，死的不只是他们。”亨利突然说道。

她点点头，“我知道。你们也失去了很多人。”这是另一个事实；当特工们努力解放欧洲时，平民也陷入交火之中，不只是游击队员，还有普通男人、女人和孩子。有些人是在破坏活动中因间接伤害而死，譬如，炸弹爆炸时的工厂工人，或者脱轨火车的司机，还有一些人因德国对抵抗组织的报复而丧生。丘吉尔曾说要让欧洲燃烧起来，但残酷的事实是，无辜者也被烧死了。

埃莉诺站在阁楼中央，仿佛看见玛丽站在吱吱作响的椽子下，寒冷而孤独。或者还有别人和她在一起？埃莉诺永远无法知道。

她是怎么被捕的？战地出了严重的问题，没有人幸存下来讲述这件事。埃莉诺死死地盯着墙壁，希望玛丽能穿越时空开口说话。但是，房间一片寂静，也许玛丽自己至死也没明白。

也许她留下了什么线索。埃莉诺扫视着房间，寻找某种藏匿处。她用手沿着镶有木板的墙壁摸了摸。

"我向你保证，我们彻底搜查过了。"亨利说。埃莉诺不理会他，又开始在地板上摸索，不在乎双手沾满了灰尘。他不像她那样了解这些女孩，猜不到她们会怎么藏东西。她摸到一块不平整的地板，把它撬开后，露出一个凹陷的空间。她抬头看了看亨利，他的脸上露出惊讶的神情。但是，里面空空如也。

她用手沿着床架边缘摸了摸，上面是特工和其他囚犯刻的粗糙的线条，像伤疤一样凸起。她跪下来仔细查看，有些是做的记号，好像在数日子，另一些则是他们的名字，还有"相信"一词的字样。她没有看到玛丽的名字，接着走到下一个床架，在那里发现了一个熟悉的笔迹，写着"波德莱尔"。法国19世纪最著名的现代派诗人。

埃莉诺回忆起玛丽的招募报告，在一家咖啡馆里读法国诗歌。她走到书架前，扫视着书名，大部分是法文。她拿出一本法国诗集，浏览了一下目录，找到了一首波德莱尔的诗《恶之花》。埃莉诺迅速翻到那一页，果然，有些字母下面淡淡地画了线，她按照这个方式拼出：L-O-N-D-O-N。玛丽试图暗示有关总部的事情，是什么呢？放在以前，它看起来像是在呼救，但此刻听到亨利的话，似乎完全是另一回事：这是玛丽对背叛了她和其他特工的那些人的谴责。她是说伦敦的某个人是罪魁祸首吗？

她颤抖着合上书，抬头看着亨利，"之前你说我手上沾着血，"亨利似乎没有刚见面时那么生气了，她并不想再挑起这一切，但她必须知道原因，"这话是什么意思？"

"我做情报员的时候，经常在这里和盖世太保总部之间传递信息。德国人如此随意地向伦敦呼叫，为什么没人注意到并阻止它？德国人无法自己使用发报机，他们需要帮助，特里格小姐，一定是你们这边的人。他们可以轻易地呼叫并且获取信息。”此时他的声音几乎是在恳求，“一定有人知道。”

“这就是你来找我的原因吗？”看来亨利并不是来帮助她，而是在寻找答案。

“我哥哥是抵抗组织成员，在大进攻前的扫荡中被俘，那是在维斯珀网络瓦解之后。他再也没有回来。”

“我很抱歉。但是，你不能因此责怪我们。”

“真有趣，你在打听那些女孩，”他继续说道，“我是说，她们都由你负责。以你的背景，很可能就是你，也许你就是知道内情的人。”

“什么？”埃莉诺脸涨得通红，“你不可能认为……”他在暗示，不仅伦敦，埃莉诺本人也背叛了那些女孩。“我没有背叛她们。”但辜负了她们也同样糟糕。“我得走了。”埃莉诺说，突然觉得需要远离亨利·迪凯和他的指责。她跑下楼梯，从福煦大街的那幢房子出来，沿着街道不停地跑。她回过头，看到亨利没有跟着她，松了一口气。

转过拐角，她放慢了脚步。天已经黑了，街灯在人行道上投下黄色的光影。埃莉诺头脑一片混乱，总部的背叛，这个想法简直不可想象。但维斯珀也暗示过这一点，他说，由于担心泄密，他不能把他的怀疑告诉伦敦的任何人。而在那本诗集里，玛丽最后的绝望留言似乎做了同样的暗示。埃莉诺想象着在诺格比大厦举行的会议，一个为战地特工制订计划的核心圈子，他们当中有人会是叛徒吗？

埃莉诺到了凯旋门附近。一辆孤零零的出租车停在普雷斯堡路上，她坐了进去，告诉司机去萨瓦酒店。如果总部有人背叛了女孩们，这就可以解释为什么她们会一个个接连被俘，她们的投递箱和安全屋遭到了破坏。这或许也可以解释，为什么有人想把诺格比大厦和所有档案化为灰烬。

她终于到了旅馆房间，一屁股坐在椅子上。亨利已经证实那些发报机向伦敦发送了消息，但她仍不明白帝国保安部是怎么做到的，他们一定得到了某种帮助。她一直都知道，由于她没有极力说服处长，因而未能来得及查明真相，但是，她故意背叛这些女孩的说法像刀子一样刺痛了她。至此，她要找的答案依然毫无进展。

房间的椅子上放着亨利的报纸，她拿起来，扫了一眼德国战争罪审判的报道。她感到惊讶，法国报纸竟然把它放在如此显要的位置；这种审判有过那么多，已经司空见惯。但是，这一次不同，被告是帝国保安部头目汉斯·克里格勒，他曾在法国北部盘踞了数月之久，很可能是F区沦陷的罪魁祸首。她在诺格比大厦的档案里见过他的照片，以及他虐待囚犯的详细报道。

埃莉诺紧紧握着这张报纸。克里格勒还活着，即将接受审判，他一定知道玛丽的遭遇——以及背叛她的人是谁。

埃莉诺要去德国寻找答案。

第二十六章　玛丽

1944年，法国

在阴森可怖的弗雷纳监狱，玛丽抬起头，试图集中注意力。她头痛欲裂，口干舌燥。令她惊讶的是，埃莉诺站在那里。

“埃莉诺……”她是怎么找到她的？埃莉诺拿出一个水壶，玛丽大口喝着，清凉的水顺着嘴角淌了出来。

玛丽低下头，感觉到脖子下面与后背连接处疼痛难忍，那里有个伤口尚未愈合。“我辜负了你，”她轻声说，“对不起。”

“穿好衣服，我带你回家。”

玛丽睁开眼睛，影像渐渐消失了。她伸出手来，面前空空如也，埃莉诺不在那里。当她意识到自己身在何处，发生了什么事情时，痛苦袭上心头。在福煦大街接受审讯后的第二天早晨，她被人从阁楼带走，随即投入监狱。她不知道他们是怎么处置朱利安的尸体的。

那是近一个月前的事了。从那以后，几乎每天晚上她都梦见埃莉诺来救她，带她回家见女儿。

叫喊声把她从睡梦中惊醒。“出来!”有人用德语吼道，不是管理弗雷纳监狱的伪军，而是德国人。当门打开时，每个牢房的铁栏杆都被撞得叮当作响。

玛丽急忙坐起来，发生了什么事?有一瞬间，她寻思法国是不是解放了。据她所知，自从她入狱后，大进攻就开始了，盟军正缓慢地向巴黎逼近。但她周围的人都板着面孔，眼睛黯淡无光，充满恐惧。在这间牢房里，这些瘦弱的女人有的在收拾自己的东西，有的在小纸片上写笔记。有一个人拼命想要吞下偷偷保存的珠宝。这些都是每个女人在心里排练了几百次的最后准备，知道这一天会到来。她们听说监狱要被清空的传言看来是真的。

玛丽挣扎着站起来。她是最后一批来到牢房的人，已经没有睡觉用的薄草垫了，于是在地板上睡了三个多星期。她安慰自己说，没有肮脏的草垫也好，免得染上虱子。但是，在狭小的空间里住这么多人，这是不可避免的事。现在她的头皮上满是小虫子，她厌恶地挠了挠头。

她看着这些女人跑来跑去，尽可能为转监做些准备，好像会有什么改变似的。牢房里总共有十几个人，她们在这里的时间比她长，个个骨瘦如柴，身上满是虱子叮咬的包和被殴打的伤痕。玛丽了解到，她们都是法国人，有些是抵抗组织成员或游击队员配偶，有些是帮助反抗德军的普通妇女。几乎没有犹太人，那些可怜的人已经被送到东部。

此时，这些女人匆匆行动起来，把字条从监狱窗户的狭缝里塞出去。它们都是些便条，用木炭或鲜血写在任何能找到的东西上，询问亲人的情况，或者试图传递信息，或者只是写着“我在这里”，后面跟着一个名字，因为很快她们就不在了，需要有人记住她们。

玛丽一动不动地站着，毫不理会周围的喧嚣，准备再次被迫带往未知的地方。她考虑拒绝离开，德国人肯定会像对待朱利安那样，当场枪毙她。她想起他的最后时刻，生命从他身上慢慢消失，她的心在尖叫。他看起来是那么安详。没有他，所有的希望都破灭了，也许这样最好。

不，不是所有的希望。如果盟军逼近巴黎，德国人肯定会提前撤离战俘。解放不会太遥远，如果有机会回到女儿身边，玛丽必须全力以赴。

自从几周前她来到这里，牢房门一直锁着，现在砰的一声打开了，“出来！”她周围的女人蜂拥而上，没有人愿意落在最后。在阴冷潮湿的中央走廊里，女人们从其他牢房拥出来，与她们会合在一起，形成一股温暖而涌动的潮流。

玛丽被人群推着往前走，她被什么东西绊了一下，差点摔倒。只见一个女人躺在地上，蜷缩成一团，病得太重或伤得太重，无法继续往前走。玛丽犹豫了一下，不想落在后面。但如果这个女人留在这里，肯定会被杀掉。玛丽急忙跪下来，想帮助这个女人。然后，她尖叫了一声，认出这个人。

是乔茜。

玛丽愣住了，不知是幻觉，还是又在做梦。她跪下来，抱着乔茜，“你还活着！”乔茜就像一具骷髅，几乎认不出来，一动也不动。“是我，玛丽。”她继续说道，乔茜没有回应，似乎不认识她。

乔茜张开嘴，但说不出话来。尽管情况糟糕，但乔茜至少还活着，玛丽心里充满了喜悦。怎么会呢？一个月前，她被宣告失踪，推定死亡。玛丽也有许多问题想问，但乔茜没有力气说话，更不用说描述所经历的恐怖。玛丽想告诉她发生的一切，包括朱利安的牺牲。

现在没时间了。他们正在清空整个监狱，命令人们往前走，到外面的卡车上。要么服从，要么被践踏，要么被枪杀。“来吧，”她拉着乔茜站起来，“我们得走了。”

“我走不了。”乔茜喘着粗气说。玛丽想把她扶起来，但差点被压垮。她身后传来一声枪响，提醒她如果不走会发生什么。

“你能做到。”玛丽绷紧膝盖，再次试着把乔茜扶起来。她想起乔茜架着她跑下苏格兰山坡的情景，似乎那是很久以前的事了，现在轮到玛丽坚强起来。

“来吧！”她对乔茜说，几乎能感觉到苏格兰高地的清风催促着她们，一起慢慢走向等待着她们的命运。

透过钉了板条的车窗，玛丽可以依稀看到微弱的光亮，不知道是日出还是日落。卡车将她们从弗雷纳监狱运到庞坦火车站，装进火车车厢。火车在车站停了好几个小时，在夏日强烈的阳光下烘烤。当它最终离开时，以缓慢的速度向东移动，有时一停就是几个小时，然后又莫名其妙地开动起来。过了一些时候，玛丽猜想，她们已经从法国进入德国。门开过一次，送进来一桶水和一些陈面包，根本不够分给每个人。玛丽口干舌燥。

有些人在呻吟，有些人沉默不语，听任命运的摆布。空气中弥漫着越来越浓的怪味。从恶臭判断，有人死在车厢里，可能不止一个人。玛丽不得不站起来，鼻子紧贴着小窗户。乔茜倒在她旁边的地板上。

玛丽肚子一阵痉挛，疼得皱起眉头。在车厢的另一头有个水桶，可以用来解手。但是，她不敢片刻丢下乔茜。一时间，她担心会弄脏自己。接着，血水从腿上灼热地流下来，真丢脸，她来月经了。她夹紧两腿，感觉裤子慢慢被浸湿了。

她弯下腰靠近乔茜，把手放在她的嘴边，确保她还在呼吸。乔茜现在发着高烧，全身散发着热气。玛丽将一块湿布放在乔茜滚烫的额头上。她不知道乔茜怎么了；没有明显的伤口，可能是伤寒或痢疾。她靠近一点，根本不顾会不会被传染上，“乔茜，你还活着。我很高兴找到了你，我们一直以为……”

乔茜虚弱地笑了笑。“我去和游击队接头……”她停下来舔舔嘴唇，喘了口气，“但那是个圈套。德国人知道我要去那里会面，他们在等着我。他们知道我是谁，知道我的真实身份，甚至知道我是半个犹太人。告发我们的人仍然逍遥法外，我们得想办法给朱利安捎个口信。”

乔茜不知道情况。一时间，玛丽想隐瞒真相，担心她受不了，但她不能。“朱利安死了。”

乔茜皱起眉头，“你确定？”

“我亲眼看到的，”泪水顺着玛丽的脸颊流下来，“他是在我怀里走的，一切都是我的错。”她坦白道，“帝国保安部获取了我们的一台发报机，他们指使我向伦敦呼叫，这样伦敦就不会产生怀疑，就会继续发送信息。我试图不加安全标记，让总部知道这是假的。然而，德国人识破了我的诡计，杀了朱利安。”

“你做得没错，”乔茜挣扎着安慰玛丽，实际上应该反过来。“你不要责怪自己，朱利安肯定希望你这么做，他不会让你为他放弃行动。”

接着，乔茜的神情变得冷漠起来。“一切都结束了。”她平静地说，仰面躺着，积聚的那点力气似乎消失了。玛丽想争辩，但做不到。她跌坐在车厢地板上，挤在乔茜的身边。她摸索着握住乔茜的手，两人默默无语地坐在那里，火车在铁轨上哐啷哐啷地响着，垂死的女人令人哀怜的呻吟不绝于耳。

乔茜闭上眼睛，似乎睡着了。看着她，玛丽心都碎了。乔茜在她们当中最为出色，现在却躺在这里，奄奄一息，活像一具干瘪的尸体。一个18岁的女孩应该怀揣着少女梦，而不是面对生命的终结。

“现在我们可以在伦敦跳舞了，”玛丽自言自语道，“和一个美国佬在丽兹酒店逍遥一夜。”这是个老笑话，她们在阿里塞格庄园辛苦训练后经常开这个玩笑。

乔茜半睁着眼睛，勉强挤出一丝笑容，这次更像是做了个鬼脸。她想说话，但说不出来，喉咙里发出一阵咯咯的响声，那是生命即将到达终点的声音。

“乔茜……”玛丽很想问问她的生活以及在战地看到的一

切。乔茜会知道如何往前走，如何在险境中生存。但她快不行了，无法回答。

突然，远处传来隆隆的爆炸声，车厢里响起一阵窃窃私语。“盟军轰炸机。”有人低声说。人们欢呼雀跃，这真的是期盼已久的解放吗？这个消息传了很久，玛丽几乎不再相信了。

她们的快乐是短暂的，爆炸声又响了，这次离得很近。车顶上的木板掉了下来，玛丽用自己的身体护住乔茜，以免她被雨点般落下的碎片砸到。“我们被击中了！”有人喊道。还没有，玛丽想，但这只是时间问题。车厢左右摇晃，开始侧翻，玛丽挣扎着挡住向她们倾泻而来的人潮。

然后爆炸停止了，车厢平静下来，车体倾斜，摇摇欲坠。门开了，一阵冷风吹来，让人松了口气。“出来！快点！”门口传来了疏散命令。玛丽迷惑不解，德国人为什么会那么在意载满囚犯的火车翻车或被炸弹击中？她站起来往窗外望去，发现前面的铁轨已被破坏，火车无法继续通行。

其他女人顺着车厢倾斜的斜坡往上爬，听从命令撤离。乔茜躺在地板上，一动不动，她死了吗？“快点，乔茜。”玛丽哀求道，心里害怕极了。她试着去拉乔茜，但是车厢倾斜角度太大，根本拉不动。

一个德国人发现车厢里还有两个女人，于是爬了进去，咆哮道：“出去！”

“她病了，动不了。”玛丽喊道，恳求开恩。她立刻意识到自己错了，体弱者和受伤者对德国人来说都是废物，不值得关心，要立即除掉。

那个德国人朝乔茜狠狠踹了一脚，几乎把她整个身体踢了起来。“不！”玛丽叫道，扑到乔茜身上。

“快走，不然你也一样。”德国人命令道。玛丽没有回答，只是紧紧地抱住乔茜。她不会就这样丢下战友。那个士兵抬起脚又踹了一下，玛丽感觉到一股嗖嗖的气流，她的肋骨一阵剧痛，那里还残留着在福煦大街被殴打的瘀伤。她蜷缩成一团伏在乔茜身上，准备再挨一脚，不知道还能承受多久。她从眼角瞥了一眼，看到德国人伸手去拿枪。一切就这样结束了，至少，她和乔茜在一起，而不是一个人。

“对不起。”玛丽低声说，想到了自己的女儿，她根本不应该离开她。

另一个德国人爬上车厢，发出一阵声响。“别浪费子弹，”他对那个士兵说，“如果她们想死在空袭中，就随她们去吧。”

但那个士兵不肯罢休，他粗暴地抓住玛丽，试图把她从乔茜身边拖走。玛丽挣扎着不肯起来，随后感到身下有动静。她低头一看，乔茜的眼睛睁得大大的，目光清澈而平静。突然间，她们又回到了苏格兰，两个人躺在那里，在黑暗中交谈。乔茜的嘴唇在翕动，显然在说：快跑。

玛丽感觉到，她们中间似乎有个又圆又硬的东西。乔茜怀里抱着一个黑色金属物，一枚手雷，就像她们在阿里塞格庄园训练时用的那种。她无法想象，乔茜怎么能一直把它带在身边，但她知道，这么做就是为了这一刻——她的最后一搏。

“不！”玛丽叫道，但是太迟了，乔茜已经拔掉了安全针。

玛丽从乔茜身边站了起来，仿佛被一双看不见的手推着，穿过聚集在周围的德国人。

她纵身跃向车厢门口，跃向远处的阳光。她不再懦弱无能，她能做到。为了苔丝，为了朱利安，为了乔茜，为了他们所有人。

车厢爆炸了，玛丽被抛入黑暗中。

第二十七章　埃莉诺

1946年，德国

三天后，埃莉诺开着租来的吉普车，在昔日的达豪集中营南入口处停下来。

离开萨瓦酒店后，埃莉诺在巴黎东站登上一列几乎空无一人的火车，经过一天一夜穿越法国。当火车在黑暗中接近德国边境时，她浑身僵硬起来。德国在她心里留下了巨大阴影，它是许多苦难和罪恶的根源。自从与母亲及妹妹塔季扬娜一起逃离波兰时穿过这里，她就再也没有来过。像那时一样，她觉得自己被人追赶，好像随时会有人追上她，拦住她。但是，入境很顺利，警卫敷衍地检查了一下护照，没有问她为什么来这里。

到了斯图加特后，她换乘另一列火车前往南方。火车艰难地在松树覆盖的巴伐利亚山丘蜿蜒而行，走走停停，绕过自上次盟军空袭以后仍未修复的轨道。最后，她在慕尼黑火车站下了车，那里现在只有一座大楼残骸，以及一个孤零零的破旧月台。她读过德国被轰炸的报道，但眼前的满目疮痍仍让她始料不及：一栋栋被炸毁的建筑，瓦砾成堆，一片荒芜。相比之下，伦敦大轰炸最黑暗的日子可以说是小巫见大巫。她想从德国人的痛苦中得到一些快乐，毕竟，是他们的国家造成了所有的苦难。但那些都是普通民众，在严冬时节露宿街头，只能穿着单薄的衣服抵御寒冷，尤其是那些在火车站乞讨的孩子，让她心如刀割。这个曾经的侵略强国已经轰然倒下。

没人知道埃莉诺要去德国。她考虑过把这个消息电告处长，说明自己要去哪里，请求授权许可。但是，他说过要保持行动隐秘。即使他想帮助她，也很难再这样做，他可能会阻拦她。在巴黎调查是一回事，而去德国的特别法庭打探则完全是另一回事。

但是，不告诉他，意味着她在这里没有正式身份。埃莉诺坐在没熄火的吉普车里，对着达豪集中营的铁丝网陷入沉思。集中营看起来和照片上一模一样，一片片低矮的木制房屋，现在被一层白雪覆盖，天空阴沉灰暗。埃莉诺几乎能看见不到一年前被关在这里的受害者，男人、女人和孩子都光着头，骨瘦如柴，穿着单薄的条纹囚服。那些幸存下来的人早已被解放，但她几乎能感觉到他们深陷的眼睛盯着她，质问为什么这一切没有早点到来。

“证件。”警卫说。

埃莉诺把处长在她离开伦敦前给她的证件递给警卫。当他查看时，她屏住了呼吸。“这个昨天过期了。”

“是吗？”埃莉诺故作慌张地说，“哦，天哪，我还以为今天是27号。”她试着露出最甜美的微笑，女人的这一招对她来说很生疏，“我相信如果你和上司核实一下，就会知道一切正常。”她装模作样地说。警卫不确定地回头看了看集中营入口处那座巨大的砖房。一个宽阔的拱门将它一分为二，拱门上方耸立着一座阴森森的方塔，达豪集中营曾经是一个生产军火的工厂。当她驱车经过冰冷的石路来到集中营时，两边的房屋让她唏嘘不已；她在想，这里的人在战争期间看到、知道、想到些什么，他们对此做过些什么？

警卫仔细看了看证件，似乎不知道该怎么办。他是害怕在晚餐时间打扰上司，还是害怕要走一长段雪路，抑或是擅自离开岗哨，她无从知道。“这样吧，”她主动说道，“先让我进去，明天一早我再来一趟，然后解决这件事。”埃莉诺并不清楚她进去要做什么，但她知道，如果她想找到克里格勒，就必须经过警卫这一关。

“好吧。”警卫把证件还给她。埃莉诺轻轻地吁了口气，他竟然放她进去了。

然而，正当她准备发动引擎时，另一个声音喊道：“停下！”一个男人走到车前，拉开车门，“请出来，女士。”他说话带着美国南方口音，她在电影里听到过。他比警卫年纪大，军装肩章显示是少校军衔。“出来。”他重复道。她下了车，拍了拍头上缭绕的香烟烟雾。“未经许可，任何人不能通过。”他责备警卫，“即使是个漂亮女人。”埃莉诺不知道该高兴还是生气。“而且一定要检查车辆。明白吗？”

“是，长官。”

少校跺了跺靴子上的雪。虽然气温低于零下10摄氏度，他却没穿大衣，“这事我来处理。”当警卫退到小屋时，少校回到埃莉诺跟前，“你到底是什么人？”

看着他那双锐利的眼睛，她明白说谎没有意义，“埃莉诺·特里格。”

他扫视着她递过来的文件，“嗯，印章倒是一个不少，虽然都有些烂了。我叫米克·威利斯，来自战争罪调查组，是个纳粹猎人。”她疑惑地歪着头。“我追捕纳粹混蛋，像大海捞针一样，将他们从藏身之处挖出来，至少是在这么做。现在我被美国陆军军法署派到这里，协助他们做好审判工作。”他的脸色阴沉，刚长出的短胡须有些花白，“你想要什么？”

“我是英国人，来自特别行动处，负责招募、派遣女特工。”

“我想它已经关闭了。”他的声音敏锐而严肃。

“是的，但我的前上司温斯洛上校派我去调查。”她从包里拿出照片，“这些女特工失踪了，下落不明。”她说，“我在法国得到消息，有些人可能被押送到了这里。”她没有说出来这里的真正原因。

他把香烟扔在地上，用脚跟把它踩灭，“这里没有德意志帝国的受害者，他们都被送到了难民营。其实你已经知道了。”他平静地看着她，“你到底想要什么？”

显然，没人能愚弄米克·威利斯。“汉斯·克里格勒关押在这里，我想和他谈谈，问问那些女孩的情况。”

“这是不可能的。首席检察官查理·丹森下达命令，任何人不得接近他。”埃莉诺心里充满了沮丧。她一直遭受拒绝，先是英国人，然后是法国人，不下几十次，但美国人都是富有善心的救援者，她以为他们也许会给她机会。

“听着，你得走了，但你今晚回不去了。我可以给你提供一张床和一顿饭，明天一早你就得走。明白吗？”

埃莉诺张开嘴想要抗议。她不打算离开，她要和克里格勒谈谈，不达目的决不罢休。不过，她从米克紧绷的下巴看出，他是不会同意的。在这里住一夜倒是可以让她有时间想想办法，于是她说：“太好了，谢谢！”

她以为他是让她步行跟着，然而，他绕到吉普车的驾驶室一侧，“可以吗？”她点点头，爬进副驾驶座。“我们的营房离这儿足有半英里远，”他一边沿着营地周边行驶，一边解释道，“我们住在一个以前的党卫军营房里。”随着汽车往前开，她对展现在面前的集中营的规模感到惊讶，这里远比她想象的要大得多。

他把车停在一幢长长的木制平房前。她欣慰地注意到，房子就在集中营的铁丝网外面。“跟我来。”他领着她进去。这是一间办公室，金属桌上一盏万向灯发出微弱的光亮，一个空罐头盒里满是烟头和烟灰。一面墙上钉满了头像，都是仍然在逃的德国人。“我去给你安排房间。在这儿等着，别动任何东西。”

埃莉诺尴尬地站在房间中央。她很想翻翻桌上的文件和档案，但又不敢。

几分钟后，米克回来了，对埃莉诺说：“他们会给你弄张床。最好在食堂关门前吃点东西。”说完走出办公室，她跟在他的后面。他们走进摆满长条桌的餐厅，这让她想起阿里塞格庄园，几乎能听到女孩们的欢笑声。

餐厅是自助式的，米克递给她一个托盘，领着她穿过队伍。服务员问都没问，随意地给她盛了一些肉和土豆。“我们的住处还不错，”他们在一张桌子旁找到两个座位坐下后，米克说，“比起我们在巴斯托涅的散兵坑度过的冬天强多了。当然，食物还是很糟糕。”埃莉诺想起在慕尼黑火车站附近看到的那些饥饿的孩子，皮肤苍白，瘦得皮包骨头，心里抽搐了一下。她想，与那些苦难的犹太人相比，这根本算不了什么，他们之前就关在这个集中营里，与他们所坐的地方近在咫尺。

米克狼吞虎咽地吃了起来。“对不起，我刚才太粗鲁了，”他边吃边说道，“整项工作简直一团糟。目前纽伦堡大审判备受人们关注，但那些真正的禽兽，实施杀戮的卫兵，都在这里，而我们始终束手无策。下周就要开庭了，工作一直没有停过，大家都筋疲力尽。”他停下来，上下打量着她，“你看起来气色也不好。”他直率地说。

她没有理会他令人不快的评论，“我昨天早上从巴黎一路奔波来到这里，现在看来，马上又要回去了。”

“天一亮就走。”他附和道，嘴里嚼着食物。埃莉诺意识到，他并不是粗鲁无礼，只是吃饭很快，就像那些打过仗的人，不知道这顿饭能吃多长时间，或者下一顿要到什么时候。“不能有任何事情干扰审判准备。”他停顿了一下，“我听说过那些女特工。”埃莉诺感到惊奇，除了特别行动处，几乎没有人知道她的计划。“我在报告中看到，一些女人和男人一起被捕了。当然，我不知道她们是不是你的人。”他急忙补充道。

“她们都是我的人，快告诉我。”她命令道，一时心急忘了礼貌。

“我们审问了一个卫兵，他说有几个女人被带了进来。”

“什么时候？”

他挠了挠头，“可能是1944年6月或7月初，这里出现女人并不稀奇，山那边有她们的整座营房。”他指着漆黑一片的外面，埃莉诺的心抽搐了一下。她来找克里格勒时，并没有意识到，她偶然发现了女孩们永远消失的地方。“但是，这些女人从未登记，也未进过军营，她们被直接带到审讯室。”埃莉诺不寒而栗，她听说过这种将囚犯折磨致死的地方。“再没有人见过她们，除了一个在那里做劳工的囚犯，我们有他的证词。”

“我能看看吗？”

他沉吟片刻，“给你看看倒也无妨，反正你明天就要走了。吃完饭你可以看一下。”

她把托盘滑过桌子，然后将椅子往后一推，“我吃完了。”

米克又吃了一口，站起来把盘子收拾干净。他领她回到之前的办公室，屋内到处堆放着文件，埃莉诺总是把东西整理得井井有条，在她看来，他可能无法找到任何东西。然而，他走到文件柜前，毫不犹豫地打开抽屉，拿出一个薄薄的文件夹递给她。

埃莉诺打开来，这是一个在达豪集中营做劳工的波兰人的证词。她浏览了几页，里面讲述了他被迫做的可怕事情，在囚犯被杀后把尸体放进焚尸炉。

一句话引起了她的注意：“一天晚上，三个女人被运送过来。她们很引人注目，衣着考究，其中一个有一头红发。”那应该是莫琳。

埃莉诺继续读道："她们没有表现出恐惧，手挽着手穿过集中营，尽管背后被枪口对着。这些女人没有登记为囚犯，而是直接被带到医务室，紧挨着我干活的地方。一名警卫命令她们脱掉衣服进行体检，我听到一个女人问：'Pour quoi ?'"

为了什么？埃莉诺在脑子里翻译了一下，又接着读下去："回答是'为了查伤寒'。之后，我再没听到任何动静，然后尸体就被送到了我这里。"

埃莉诺放下文件。她们被注射了某种东西，据说是一种药物。她知道女孩们已经死了，现在事情的真相呈现在她的面前，几乎令她难以承受。

但是，她仍然不知道她们当初是怎么被俘的。她竭力克制住自己的感情，把注意力放在此行的目的上，"我需要见克里格勒。"

"见鬼，埃莉，"米克愤愤地说，这是第一次有人这么叫她，她想告诉他别这样叫，随后改变了主意，"你真是个难缠的女人。"米克拿出一包香烟，递给她一支，她摆了摆手。她只在把女孩们送上飞往法国的飞机的晚上吸过烟；从那以后再没抽过。他给自己点了一支，"我已经说得太多了。那些女孩被德国人杀害了，真是可惜，但至少你现在知道了。这还不够吗？"

"对我来说不够。我想知道一切，包括他们是怎么抓住这些女孩的，所以我需要和克里格勒谈谈。半小时，我只有这点要求。你声称一定要将这些人绳之以法，但那些惨死在他们手下的人呢？"

米克猛吸了一口烟，然后缓缓吐出烟雾，“女特工没有官方身份，除了你看到的那份报告，我们对发生的事一无所知，好像证据随她们一起消失了。”埃莉诺想，这正是德国人想要的结果，也是女孩们遭受的另一种不公正对待。“我理解你对这些女孩的感情，令人钦佩，”米克继续说道，“但你必须有大局意识。这些人屠杀了成千上万，不，是数百万人。克里格勒是罪魁祸首，我不能为了帮你，做出妨碍把他送上法庭的事，尤其是当我们还没准备好……”他停下来，似乎意识到自己说得太多。

“没错，”埃莉诺说，“你们对克里格勒的指控——理由不够充分，是吗？”

“我不知道你在说什么。”他的声音有些发颤。

“克里格勒，”埃莉诺抓住机会不放，“他不开口，你们就没有证据给他定罪，是吗？”

“即使如此，检方的案子属于机密。你知道，我不能说。”

“我获得了白厅的最高许可。”曾经获得，她暗暗纠正自己，“如果你告诉我，也许我能帮上忙。”

他连忙举起双手，“好吧，好吧，我明白了。这里不行。”他示意两人出去谈。埃莉诺迷惑不解：办公室的门关着，似乎是谈话的好地方。米克认为谁会听到？

“是克里格勒。”来到外面时，他说。现在天完全黑了，空气变得更加寒冷。米克说话时，面前升起一团团雾气。“对他的指控没有我们希望的那么有力。”他最终承认，“克里格勒巧妙地掩盖了自己的罪证，他的几个下属都不愿意指证他。”帝国保安部是一个组织严密、纪律严明的群体，他们宁死也不会出卖上司。“我们想方设法从他嘴里套取信息，步步紧逼，施加压力，但他死活不开口。”克里格勒本人就是审讯高手，他比任何人都懂得如何顽抗。事实上，埃莉诺从未迫使任何人招供，但她在特别行动处待了很长时间，知道如何瓦解证人的心理防线。

米克接着说道：“战争罪法庭认为这个案子太大，我们应付不了，想把它转移到纽伦堡。但是慕尼黑第三陆军司令部对我们施加压力，要求我们把案子留在这里，争取赢得达豪集中营审判的胜利。”

“我可以帮你们。”埃莉诺提议道，没有考虑自己是否真的能帮上忙。她把身子凑过去，回想起克里格勒在伦敦的卷宗，里面详述了他的残暴行为，“你需要知道克里格勒的背景、询问的线索、盘问的细节。这些我都清楚。”埃莉诺目睹了克里格勒和帝国保安部那帮混蛋从伦敦拉开战幕，就像在下一盘棋。虽然她仍然不知道那些女孩是如何被出卖的，但她对克里格勒和其他人的罪行了如指掌。“我可以帮你弄到文件。”又一个唬人的把戏；能提供的证据都随诺格比大厦一起烧毁了，她不可能在距离审判不到两天的时间里帮他拿到。“我会为你作证，签署宣誓书。你得深入他的大脑，找出最重要的东西，他灵魂中的黑暗面。”

“那就告诉我怎么做。”

她摇摇头，“除非你答应我，让我和他单独待10分钟。”

“你凭什么认为他会跟你说话？”

“因为我了解他。”她说。这听起来很可笑。

“你从没见过他。”

“你在欧洲追捕的纳粹分子呢？你也没见过他们吧？但你了解他们，他们的家族史、他们的背景、他们的罪行。”米克点点头。“对我来说，克里格勒就是这样。”

“他和别人不一样，不会认罪。”

“试一试也没什么坏处。”

“真是胡来！”

“非常不正统，”她表示赞同，“你到底要不要审判？”他没有回答。“听着，我没有时间了。如果你不让我见他，我就去找下一个线索了。”这是虚张声势。达豪集中营是她最后的机会，但愿他不知道这一点。

“不管怎样，不可能让你见他。天一亮，他就要转到纽伦堡去了。”

埃莉诺意识到，她来得正是时候。她根本不可能在纽伦堡接触到克里格勒，“那么现在让我和他谈谈。”

“10分钟，”他让步了，“而且我要在场。”

“15分钟，”她说，“你可以在门外听。”

“你总是这么难搞吗？”

她没有理会这句话。她总是被人说难搞，就是因为做了男人做的事。“如果你在的话，他不会开口。”她解释道。

他盯着她看了好一会儿。“我看不出你能怎么做。”他说。她屏住呼吸，等着听到“不”，等着被拒绝，就像过去一年半里多次经历的那样。“但我没有别的选择了。不过，现在不行，”他缓缓地说，“半夜露面太引人注目。我们将在明天早上5点离开，所以我们必须在送他去纽伦堡之前赶到那里。”她现在就想见克里格勒，但她点了点头，知道最好别继续逼他。

米克把她领进另一座房子，沿着过道往前走。她看得出来，这里在战后重新粉刷过，打扫得干干净净，使它适合盟军军官居住，抹去这里发生的可怕事情。他打开一扇门，里面是一个小房间，有一张床和一个盥洗台。“明天早上见。”他说完关上了门。

在冰冷、消过毒的营房里，埃莉诺没有睡，只是等着时间过去。她躺在床上，想象着劳工证词描述的女孩们来到集中营的情景，她们是几个人一起来的，这使她感到些许安慰。但是她们怎么会遇到一起？她们不太可能在同一个地方被捕。埃莉诺一遍又一遍地想：如果她们早点得到消息，获知发报机被查获了，那是个圈套，情况会怎么样？她们可能会分散开，躲藏起来。然而，她们被逮捕了，大多被杀害了。这是她的错，她本可以继续追查下去，迫使处长或他的上级早点听她的话，但她没有，那些女孩为此付出了代价。

终于，松树覆盖的巴伐利亚山丘上空泛起粉红色，埃莉诺梳洗一番，换了身衣服。她来到外面，空气清新，带着一丝潮湿，好像又要下雪了。

周围一片寂静，米克正在车外等她，嘴里叼着香烟。见埃莉诺过来，他打开车门，请她上车。埃莉诺克制住向他要一支烟的冲动。吉普车启动了，朝着她前一天到达的大门驶去。他们穿过门口时，谁都没有说话。

他把吉普车停好，下了车。她跟在后面，塞进靴子的裙边掉了出来。此时，他们在集中营里，他一言不发地领着她穿过警卫室拱门，他们的靴子在雪地上嘎吱作响，打破了寂静。她寻找门口上方无耻的“劳动带来自由”标语，但它不见了。大门里面是一排排营房，她瞪大眼睛，仿佛随时会有一个女孩从里面走出来。

“带我看看，”她对米克说，“带我看看所有地方。”虽然这并不能找到问题的答案，但她需要看看女孩们死在哪里。

他在他们前面从左到右画了一条线，说：“到达的人沿着这条路，穿过党卫军营房旁边的火车站入口。”埃莉诺想象着那些女孩筋疲力尽，不知所措，被迫一直往前走。

米克领着她走过半圆形的营房，在最后一处停下来。“这是审讯区，她们会在这里受审，然后被杀。”他的声音冷静，不动感情，“后面有个焚尸炉，尸体都被抬到那里。”埃莉诺要求看所有地方，他就一个不漏地让她看看。她惊恐地摸着砖头。

“就是它吗？”她指着一座低矮的建筑，上面的烟囱泄露了秘密。

“焚尸炉，没错，囚犯们称之为‘最短的逃跑路线’。”

“我想看看。”她绕过去看了看这个扭曲的、烧黑的金属物，然后跪在地上，用手指筛着碎石。

“来吧，”他扶她站了起来，“我们只有一点时间，他们很快就要把克里格勒带走。没人知道我让你进来了。”

他把她带到右边，那里的一处营房用带刺的铁丝网围了起来，“这就是我们关押他和其他等待审判的战犯的地方。”

“那就不在审讯室了？”她问。这似乎很合适。

“但愿如此。我们需要保留它作为证据。”

看守营房的士兵不安地看着他们。“没事。”米克说着，向他出示了证件，警卫退到一边。米克转向她，“你确定要这么做吗？”

她抱着胳膊，“你这是什么意思？”

“我做这个已经很久了，一次次让人心碎，”他阴沉地说，“真相有时与你想象的完全相反。”

开弓没有回头箭，埃莉诺默默地想。她可以一走了之，但她想到爱问问题的玛丽，一直想知道真相，想知道特工们要去哪里，要做什么。她必须查明原因。“我准备好了。”

“那就来吧。”埃莉诺挺起胸膛。进入营房，地上满是尘土，石墙上散发出一股腐烂的气味。他领着她沿着走廊，在一扇紧闭的门前停下来，“就是这儿。”它和其他房间不同，用钢筋加固，中间有一个窥视孔。

埃莉诺向里望去。一看到汉斯·克里格勒，她立马认出了他，往后一缩，倒抽了一口冷气。她在报告中多次看到的那张脸就近在咫尺。他看起来还是那样，也许瘦了一点，穿着卡其色囚服。盟军报复战俘的传言时有所闻，但是，除了左脸颊上有一道粉红色的伤疤，克里格勒的状态看起来不错。他的样子很普通，就像战前在巴黎或柏林街头看到的书店老板或商人，并非她想象中的那种恶魔。

米克点头示意，“你可以进去。”

埃莉诺停住了，出乎意料地僵在那里。她盯着那个男人，他可能知道她一直在寻找的所有答案。这是她第一次不愿意知道真相。她可以回去，告诉一些家庭，她找到了女孩们的死亡地点和死因。这是事实，对大多数人来说，这就够了。但接着，她看到了女孩们的父母，看到他们眼中的痛苦，询问为什么会这样。她对自己发誓，一定要将事情查个水落石出，否则决不罢休。

牢房是一个长方形的小房间，有一张床和一条毯子，一盏小台灯，角落里还放着咖啡壶。“我们就是这样关押犯人吗？”

“这是《日内瓦公约》，埃莉，他们都是高级军官。我们尽量遵守法则，避免受到虐囚的指控。”

她摇了摇头，“那些女孩肯定没有这样的待遇。”

“你最好进去，”米克催促道，不安地回头看了看，“我们时间不多了。”

埃莉诺深吸一口气，推门进去。“克里格勒先生，”她以平民的身份称呼他，拒绝使用他的军衔。他转向她，面无表情。“我是埃莉诺·特里格。”

“我知道你是谁，”他彬彬有礼地站着，仿佛是在咖啡馆，相约一起喝咖啡，“很高兴终于见到你了。”他的语气很随便，毫不畏惧，近乎亲切。

“你知道我是谁？”她有些措手不及。

“当然。我们什么都知道。”她注意到他用的是现在时。他指着咖啡壶，“如果你想喝，我可以再要一杯。”

她想说，我宁愿喝毒药也不愿和你一起喝咖啡。不过，她摇了摇头。他呷了一口，做了个鬼脸。“比维也纳老家的咖啡差远了。我和女儿很喜欢去斯特芬广场的一家小咖啡馆，吃萨赫蛋糕，喝咖啡。”他说。

“你女儿多大？”

“11岁。我有四年没见过她了。不过，你不是来谈孩子和咖啡的，你想打听那些女孩的事。”

好像他一直在等她，这让她感到不安。“女特工，”她纠正道，“那些再也没回去的人。我知道她们都死了。”她补充道，不想听他说这些话，“我想知道她们是怎么死的——怎么被抓的。”

“毒气或枪击，这里或别的集中营，这重要吗？”他冷静的语气让她脸色煞白，“她们是间谍。”

“她们不是间谍。”她怒不可遏。

“那么，你怎么称呼她们？”他回击道，“她们穿着便衣，在德占区行动。她们被抓获并被处决了。”

“我知道，”她缓了缓说道，“但她们是怎么被抓的？”他转过头去，依旧顽固不化。“你知道，那些女人有的也有孩子，就像你女儿一样。那些孩子再也见不到妈妈了。”

她看到他的眼神起了变化，流露出一丝恐惧。“我也见不到我女儿了，我就要被绞死了。”他说。

但愿上帝是公正的。“那也不一定。如果你合作，也许会判终身监禁。为什么不告诉我真相？”她竭力劝说道，“我想知道的事与检方无关，”她接着说，一时忘了她答应米克会帮助他，“你已经没什么好怕的了，其他人都已被捕或身亡。”

“有些秘密必须带进坟墓。”

哪些秘密？她在想。一个人到了生命的尽头，为什么要选择保持沉默？

她决定换一种策略。她伸手从包里拿出照片，递给克里格勒。他一张张翻看着，然后停下来，举起其中一张。

“玛丽，”那家伙说，眼里流露出认出她的神情。他指着自己脸上难看的伤疤，“她用指甲疯狂地抓我。”给他留下了永久的疤痕，“最终，她还是照我们说的做了，不是为了救自己的命，而是为了救他的命。”

“维斯珀？”

他点点头，“我还是杀了他。”克里格勒的情绪似乎高涨起来，“这不是私人恩怨，”他继续说道，声音不带丝毫感情，“我不再需要他……或她了。”

“玛丽呢？”她问道，害怕得到答案。

“她和其他女人一起从弗雷纳监狱押送过来。”

“什么时候？”

“5月下旬。”

这比埃莉诺想象的早得多，那时朱利安刚从伦敦飞回巴黎。

“那时你们已经查获了发报机？”

他点点头。

“但我们仍在接收信息。”也在发送信息，她默默地说。战争期间她的所有担忧都是真的。

“根据得到的消息，我们在马赛查获了第一台发报机。但由于伦敦已经知道那个网络遭到破坏，所以用它传输信息就没有意义了。我们进行反复尝试，直到找到维斯珀网络使用的频率，然后冒充报务员，让伦敦向我们传送信息。”

冒充游戏，就像亨利在巴黎所说的。埃莉诺回想起自己的怀疑，玛丽的有些信息听起来还不错，有些则完全不像她。正如她所怀疑的，它们实际上是由德国情报部门操控发送。起初，埃莉诺对她的担心保持沉默，后来当她说出来时，处长未予理会。现在，它们摆在她的面前，就像桌上摊开的一手好牌。要是她按照自己的怀疑采取行动，迫使处长查清楚发生了什么事就好了。

不过，没有时间内疚；她与克里格勒的短暂会面很快就要过去了。“但是怎么做到的？我在巴黎听说你们查获了发报机，可以向伦敦发送信息。但你们没有安全标记，怎么能做到呢？”

“我们也没想到能这么做。”他的脸上掠过一丝微笑。她控制住自己的手，免得抽他一巴掌。“英国人有太多方法能够识破一切。起初，我们以为他们只是粗心，没注意到。后来我们才明白，实际上伦敦有人希望我们得到这些信息。”

“什么？怎么会这么说？”

“1944年5月中旬，有一次我离开了总部。我的一个副手，一个十足的笨蛋，得意忘形。他给伦敦发了一个信息，承认我们在发报机的另一端。我发现后，以叛国罪将他送上了军事法庭。”

“伦敦到底是谁？”埃莉诺自己发送过很多信息，但她根本不知道这个冒充游戏。

“我不知道。反正有人知道，而且一直在传送信息。”

埃莉诺回想那些有权对维斯珀网络呼叫的人，她自己，简，还有处长，就这么几个人。她确信没有人会这么做。

埃莉诺还没来得及问下去，米克敲了敲门，示意她出来。“时间到了，”当她不情愿地走到走廊上时，他说，“找到你要找的东西了吗？”

“我想是的。”埃莉诺头晕目眩，克里格勒说德国人告诉伦敦他们获取了发报机，伦敦知道这一切。她感到既惊愕又困惑，行动的每一天她都在总部，她从来没有想过——更别提听说过——这样的事。

米克期待地看着她，等待着他需要的信息。她为女孩们感到难过，竟忘了打听她答应过米克的问题。不过没关系，她已经有了他需要的答案，“他承认杀害了朱利安·布鲁克豪斯。他说，1944年5月，他在巴黎帝国保安部总部亲自枪杀了他。”

米克瞪大了眼睛，“你10分钟就搞定了？”

她点点头，“如果他否认，就告诉他，我将谈话悄悄录了音，我准备出庭指证他。”前半部分是撒谎，后半部分不是。

米克转身朝牢房走去，“在车辆到来之前，我得进去和他谈谈。如果你不想等我，我让一个勤务兵送你回基地。”

“我等着。”她说。她现在有的是时间。

几分钟后，米克走出牢房，“克里格勒要求再见你一次。”她吃了一惊，走进去，再次面对她遇到过的最邪恶的人。

“我打算和这些美国人合作。”他的表情严肃起来，她知道米克已经向他提出杀害朱利安的证据，“在此之前，我想帮助你。”她知道，这是个谎言，他想让女孩们的真相跟他一起进坟墓。不过，此时他的眼睛里充满了恐惧。“如果我这么做，你能替我说句好话，求得宽大处理吗？”

“好吧。”她永远不会原谅克里格勒，不会让他重获自由。但是，让他在囚禁中度过余生似乎更有惩罚力度。

这个德国人眼里流露出激动的神情。他把什么东西滑过桌子，掉在了地上，他把它踢向她。是一把小钥匙。她无法理解，他怎么能在被捕和审讯期间一直保存着它。“苏黎世的瑞士信贷，”他说，“9127号保险箱。”

“这是什么？”她问。

“可以说是一份保单，”他不无神秘地说，“文件里有你一直在找的答案。”埃莉诺的心狂跳起来。“我不会获得自由了，但我要将玛丽和其他四个人的下落告诉你——以及她们的女儿。”这也许是一个小小的忏悔。

他的话似乎有些不对劲。“你是说有五个女孩吗？”他点点头。“你确定吗？”

“她们一起离开了巴黎，我亲自签署的命令。其中一人死于车厢爆炸。”

应该是四个人到达这里。“但证人的报告只提到了三个女孩。另一个呢？”

“从未得到解释。从多方面来看，她已经死了。但是，据我所知，她可能还活着。”

埃莉诺一跃而起，冲出牢房，从米克身边跑过去。

第二十八章　埃莉诺

1946年，苏黎世

埃莉诺穿过帕拉德广场，朝瑞士信贷总部大楼走去时，天空飘起了雪花。远处，圣母大教堂敲响了9点半的钟声，她在一群西装革履去上班的银行职员们之间穿梭而行。

在雾霭中，埃莉诺乘火车南下，离开了德国。火车穿过积雪覆盖的瑞士阿尔卑斯山，就在一年前，它为许多人提供了一道天然的逃生屏障。整个旅途中，她一直紧握着克里格勒给的那把钥匙。

当她逃离克里格勒的牢房时，米克在后面追上她。“你认为这是真的吗？”她大声问他，“你认为还有一个女孩活着吗？”

“这很难说。”米克犹豫了一下，“我想说‘是’，但你知道概率有多大。他是个骗子，即使他说的是真的，在火车上还有第五个女孩，也不意味着她还活着，否则她早就出现了。她没能到达集中营的原因会有很多，都不是什么好事。我只是不想看到你受伤害。”

“保险箱里也可能什么都没有。”她等着他反驳，但他没有。

“所以不要去，”他说道，“留在这儿，帮我们完成审判吧。”

“如果克里格勒给了你一条线索，有关你的一个手下，你会置之不理吗？”

“不，我想我不会。”他明白，哪怕只有一线希望，她也会去寻找失踪者，“那就去那里看看，快点回来。你是一个出色的女人，埃莉诺。我们可以长期用像你这样的人，我们可以用你。”米克催促道，“你的经验会对我们大有裨益。”

他真的想要招募她吗？埃莉诺受宠若惊，思忖着这个提议。被特别行动处解雇后，她就没有工作了，家里也没什么事可做。这工作对她很适合。

“我很荣幸，”她摇了摇头，“可我不能接受，至少现在不能，希望你能原谅。你们的工作很重要，但是我有自己的工作，还没有完成。”

“‘还要赶多少路才能安眠。’”他表示理解，借用了美国诗人罗伯特·弗罗斯特的诗句。

“没错。”她答道，有点喜欢上他了。他们志同道合，都在独自寻找真相。尽管她刚认识米克，但他似乎比任何人都更了解她的感受，她很遗憾要离开他了。

离开达豪集中营后，她迫切地想寻找克里格勒所说的可能还活着的失踪女孩。除了他的话，她没有任何线索，没有任何文件或证人。那个苏黎世的保险箱，他暗示里面有她想要的有关发报机的答案，强烈地吸引着她。

此时，她走进银行，高跟鞋发出咔嗒咔嗒的声音，在高高的天花板上回响。墙上挂着几幅色调暗淡、镶着金框的油画，画面上的男人神色忧郁。她经过两根巨大的柱子，走进一个标有“保险库”的房间。

在大理石台面的柜台后面，一个戴条纹领带的男人从眼镜上方看了看，一言不发地递给她一张白纸。她把保险箱的号码写在上面，递还给他。他看了看，埃莉诺以为会被问她是谁，保险箱是不是她的。但那人转过身，消失在一扇门里。这就是这家银行的运作方式，她暗暗地想，不问名字，不问问题，瑞士银行的美丽与邪恶。透过柜台后面的门口，她可以看到高高的一面墙金属箱，就像陵墓里的小墓穴。她在想，那些没能活着看到战争结束的人，会在里面隐藏着其他秘密吗？

几分钟后，银行职员拿着一个密封的长方形盒子回来了，盒子顶部有两道锁。埃莉诺拿出克里格勒给她的钥匙，他怎么能在囚禁期间一直藏着它呢？

银行职员拿出第二把钥匙，把它插进一个锁眼，然后示意埃莉诺也这么做。她试着把钥匙插进另一个锁眼，但似乎插不进去。她的心怦怦直跳，米克说得对，克里格勒骗了她。但仔细一看，她发现钥匙已经磨损，而且有点生锈。她擦拭干净，试着把它弄直，然后插进去。

埃莉诺和银行职员一起转动钥匙，盒子砰的一声打开了，那人从里面拿出一个小盒子。然后，他拿着钥匙走了，留下她一个人。

埃莉诺颤抖着双手打开保险箱，里面有一沓德国马克，现在一文不值，还有一沓美元。埃莉诺把美元塞进口袋，这是血腥钱，但她不在乎。她要把这些钱送到留下孩子的女特工的家里，那些孩子现在都没有妈妈了。

在钞票下面，有一个信封。埃莉诺小心翼翼地打开信封，里面有一张纸，又薄又旧，似乎一提起来就会撕破。她轻轻地把它展开，仔细看了看，眼里充满了泪水。在她面前，明明白白，是她一直在寻找的答案，正如克里格勒所承诺的，一切都有了答案。

这是一条从巴黎发往伦敦的电文，日期是1944年5月8日："感谢你们的合作以及送给我们的武器。SD。"

这就是克里格勒提到的他的一个下属发出的信息，公然向伦敦表明发报机已被查获，上面盖有"伦敦已收到"的字样。她从未见过这条信息。但是，伦敦有人明知德国人获取了发报机，仍允许继续传输信息。

克里格勒为什么要交给她？当然不是什么洗心革面，一种突然的利他行为，也不可能完全出于他对审判的恐惧。不，这是英国政府所犯罪行的真相，他们手上沾满了鲜血，披露这个秘密是他的最后一击。埃莉诺在想，如果她没有来达豪集中营，他会怎么办？他可能还有别的方法把消息传出去，或者他会把这个秘密带进坟墓。

但是该怎么办呢？她必须想办法揭露真相，联系上那些最重要的人。一旦真相大白，对处长和她自己，对他们所有人来说，都意味着完蛋。

不过，埃莉诺对那些女孩做出过承诺。她别无选择，必须澄清事实。

她擦去眼里的泪水，从保险库里走出来。

第二十九章　格雷丝

1946年，纽约

格雷丝往咖啡里倒了些糖，看着它们迅速溶化掉。她抬起头，望着弗朗基在对面弓着身子翻阅文件，暖气片发出不均匀的嗞嗞声，心里感到很舒服。

她把照片留在英国领事馆，已经过去了整整一周。她曾怀疑是否会很难恢复正常，就好像女孩们的事从未发生过。不过，她又回到了过去的生活，就像穿上了舒适的鞋子。她的房间里摆放着妈妈带来的塑料绣球花，感觉比以前更像家了。

尽管如此，她还是经常想到马克，他醒来后发现她不见了，一定很困惑。她原以为他会打电话来，但始终一片寂静。她也想到那些女孩，想到埃莉诺，不明白为什么她要背叛她们。

格雷丝把这些让她进行疯狂探寻的问题抛到一边，继续给住房委员会打印信件。弗朗基穿过房间，递给她一份文件，

“我希望你能帮我填一下这张表。”她打开文件，里面是儿童援助协会的一份儿童安置资料。格雷丝有些惊讶，通常他们会把这类事情交给西蒙·怀斯，他是家庭法专家，住在勒德洛。然而，当格雷丝看到表格上的名字时，才明白为什么弗朗基要处理这件事。被收养的孩子是塞缪尔·阿特舒勒，他被安排和弗朗基本人一起生活。

“你要收留萨米？”她问，简直不敢相信。

“这孩子应该有一个稳定的家，对吗？你说介入这种事让人难过，这触动了我。”格雷丝的思绪回到在华盛顿时他们的电话交谈。她说这话是一种告诫，却起了相反的作用，让他毅然决然投入其中。“所以我打算收留他，如果他们允许老单身汉领养孩子。”

她伸出手，紧紧握着他的胳膊，钦佩之情油然而生，“他们会的，弗朗基，他们肯定会的。有了你，他就是最幸运的孩子。我马上把它打出来，亲自递交过去。”

下午快2点时，格雷丝从法院回来了。办公室里空无一人，弗朗基留了张字条：“我去给孩子的新房间买些东西，马上回来。”字里行间透露着兴奋和期待。

她的肚子咕咕直叫，提醒她还没吃午饭。她拿起装着鸡蛋沙拉三明治的袋子，朝门口走去。在弗朗基回来前，该去楼顶吃点东西了。

她打开办公室的门，突然愣住了。在走廊里，站着马克。

“你好……”她含混地说。他们上次在街上相遇是巧合，现在他特意来找她了，惊讶、高兴和愤怒似乎一齐涌上她的心头。他是怎么找到她的？她的妈妈，也许是房东太太，这并不难。

“你走了。”他说，听起来更多的是受伤而不是责备。

“对不起。”

“是我说了什么？或做了什么？”

“不是。”她看得出，他一定一直很困惑，“我们之间的事，嗯，感觉有点复杂。然后，我发现了这个。”她把手伸进包里，拿出证明埃莉诺有罪的电文。她回到纽约后差点把它毁了，但她没有，尽管努力把这件事抛到脑后，她还是一直把它带在身边。“发现了埃莉诺的真相，加上我们之间的一切，我实在受不了了，不知如何是好。”

“所以你就离开了。”

“嗯。”但逃跑无济于事，埃莉诺的内疚感依然存在，真真切切，格雷丝对马克的感情也是如此。“请原谅我的不辞而别。”

“没关系。我们每个人都有埋藏在心底的事情，我也有很多你不了解的方面。”他停顿了一下，“我们在华盛顿时，你问起我在战争罪法庭的日子，我当时不想说，现在不妨谈谈。你知道，战争爆发时，我正在法学院读书。我想参军，但父亲坚持要我暂缓一下，完成学业后再去打仗。他倾其所有供我上学，我只有成为一名律师，才能维持家里的生活。于是，我加快学习进度，提前结束学业。我毕业当天就应征入伍，他们把我安排到军法署工作。但是，那时一切都结束了，只剩下扫尾工作。我在法兰克福接触的第一个案子是‘奥本斯审判’，你听说过吗？”

格雷丝摇摇头。

“我想你没听说过，他们竭力阻止它出现在报纸上。奥本斯是解放拉文斯布吕克集中营连队的一名美国士兵，他和战友们对目睹的一切深感痛恨，心理变得不正常。当他们逮捕了一名在集中营当警卫的德国人时，奥本斯残忍地开枪杀了他，这违反了一些基本规则。”

格雷丝脸色苍白，想象着像汤姆一样的好人，只是情感陷得太深。

“我想起诉这件事，这不是打仗，是不折不扣的谋杀。但是，我的上司根本听不进去。他们只关注审判德国人，不想冲淡盟军的胜利。我揪住这件事不放，于是他们就编了一个故事，说我这么做是因为我有德国血统。”她回想起他的姓：多尔夫，早就猜到他是德国裔，但不想多问。“他们称之为叛国罪。”

“所以你辞职了？”

“是的，在他们对我进行军法审判之前。你一定认为我是个胆小鬼，很抱歉没有早点告诉你。”

“不，我认为你的行为很勇敢。但是，你为什么现在告诉我？”

“我觉得你在为汤姆的死自责，所以一直在逃避。但这一切不是简单的对与错，包括你的选择，我的选择，还有埃莉诺的选择。我相信，她那么做一定事出有因。”

“也许吧。”

“你不相信我？”

“我不知道该相信什么了。不过，我很高兴你能来。”她脱口而出，没意识到自己在说什么，脸一下子红了。

“真的吗？”他走近一步，“我也是。”

“即使事情很复杂？”

“我并不在乎。”

他把她搂在怀里，他们一动不动地站了几秒钟。她抬起头，四目交会。他看上去好像要吻她，这一次她真的很想让他吻她。他低下头时，她闭上眼睛，两人的嘴唇紧紧贴在了一起。

突然，他们身后传来声响。“格雷丝，你能相信我给萨米买了辆自行车和……”弗朗基的声音越来越近，马克和格雷丝急忙分开，但已经晚了。

格雷丝清了清嗓子，“弗朗基，这是马克·多尔夫，他是我丈夫的朋友。”这个解释似乎让事情变得更糟。

她看着弗朗基来回打量着她和马克，准备听他说什么。从他的表情，她看不出他是生气还是觉得好笑。

“我没想到你这么快就回来了。”她说。

“是啊，嗯，还记得你让我去查那个女人吗？”弗朗基不安地看着马克，不确定是否应该在他面前说。

“没关系。马克什么都知道。”

“早些时候我去了趟移民局，查看萨米的收养文件。我在海关见到我的朋友，他找到了她的入境档案。”

“埃莉诺的？”

“没有太多内容。她是在死前一两天乘飞机来美国的。”

格雷丝点点头，心又沉了下去。她从领事馆看到的护照上也知道这些。她到底期望什么？一张海关申报单很难看出埃莉诺心里在想什么，她在纽约做什么，以及这是否与她背叛女孩们有关。“谢谢!”她对弗朗基说，仍然很感激他的帮助。

“在文件里只找到这个。”他从夹克里掏出小记事本，打开，指着上面的记录，“这是她在美国的目的地。”格雷丝扫了一眼，顿时激动不已。布鲁克林的一个公寓。在它下面，弗朗基潦草地写着日志中的条目:“接收人。”当她读到下面的名字时，汗毛都竖起来了。

“我得走了，”格雷丝说着，伸手去拿她的包，“谢谢你!”她在弗朗基的脸颊上吻了一下，用力过猛，他向后靠在椅子上。

“你想让我和你一起去吗?”马克在她身后高声问道。

但是格雷丝已经跑出门外。有些事必须女人独自去做。

第三十章　埃莉诺

1946年，伦敦

“埃莉诺，”处长从桌子上抬起头来，“没想到你这么快就回来了，法国之行怎么样？”她离开苏黎世已经四天了，现在突然站在他的办公室门口，手里拿着文件。

“在法国什么也没找到。”

他向后靠在椅子上，伸手拿起烟斗，“哦，那太糟了。我很感谢你的努力，但我们都知道，这么长时间过去了，到头来可能都是白费功夫。希望它至少让你的疑问画上了句号。”

“我可没说白费功夫，”她打断他的话，“我说在法国什么也没找到，但后来我有机会去德国，见到了汉斯·克里格勒。”

“德国。”处长停顿了一下，手里握着没有点燃的烟斗，“克里格勒正在纽伦堡受审，不是吗？你怎么能见到他？”

“我见到了。就在他被转移之前，我在关押他的达豪集中营与他进行了交谈。他让我拿到了这个。”她把在瑞士信贷银行拿到的文件递给他，“你明知道德国人获取了我方发报机，却一直在发送机密信息。”

“埃莉诺，这太荒谬了!”他从她手里接过电文，咆哮道，“我这辈子从没见过这份文件。”

她伸出手来，但她要的不是那份电文，“传输日志。让我看看。别告诉我它在大火中烧毁了。”没等他回应，她继续说道，“我知道你留了一份。”处长毫无惧色地看着她，然后，表情变得有些无奈。他转向身后的文件柜，旋转密码锁，扭动把手，柜门砰的一声打开了。他把厚厚的文件递给她。

埃莉诺一页一页地翻阅着伦敦和F区之间的传输记录，它们都按日期排列。然后，她找到了，一份她从克里格勒那里得到的电报副本。伦敦的确收到了，和克里格勒给她的一模一样，除了盖着“已收到”印章，以及钉在后面的一张纸。第二张纸上写着:“信息未经证实。”这是收到消息的报务员发出的警告，而上面的批复是:“继续传输。”有人不顾这条信息有诈的警告，发布了继续传输的命令。虽然她从来没有见过它，但这个备忘录是用埃莉诺自己的信笺打印的。

“你一直瞒着我。”

“我没让你参与。”他纠正道，好像这有什么区别似的。她一直在传输信息，却不知道她一再向处长提出的担忧，实际上已经被德国人自己证实了。然而，她的上司对她隐瞒了这些消息，这样他们就可以继续传输。这导致女孩们被捕，付出了生命代价。她早就怀疑出了问题，认为电报不可靠，但是，她自己的部门心甘情愿地让手下去送死。这个想法太令人震惊了。

“你知道如果我看到这个，我会彻底停止传输。你本应该停止这一切，你在向德国人发送敏感信息，将我们的所有特工置于危险之中。”

他站了起来，“我别无选择。我是奉命行事。”有多少次，她在被俘德国战犯的报告中读到这样的字眼，他们说自己无能为力，别无选择，只能亲手犯下暴行。处长坐直了身子，“即使没有命令，我还是会这么做。我们意识到德国人获取了发报机，这是一个向他们提供作战信息的机会——这些虚假信息会在大进攻前把他们的防御引向别处。它确实奏效了，如果德国人没有误以为我们在其他地方集结了兵力，盟军的伤亡会更惨重。如果不是那个该死的报务员多事，标出这条信息应该来自汤普金斯，这一招会一直起作用。它起作用了。”他重复了一遍，仿佛是为了说服自己。

“对于那些女孩来说，不是这样，”埃莉诺厉声说道，“对于那12个没能回家的女特工，对于像朱利安那样被杀的其他特工，不是这样。”伦敦通过无线电向德国人提供的信息透露了他们的位置和行动，直接导致了他们被捕。

“有时候，必须牺牲一些人，换取更大的利益。”他冷冷地说。

埃莉诺瞠目结舌。她一直全力支持处长的工作。他处理棘手工作的策略方式，缜密细致地部署特工，这些都赢得了她的极大尊重。不过，她从来没有想到他会这样：冷酷，利欲熏心。“这太离谱了。我要去白厅。”

“告诉他们什么？这是一个秘密计划，获得完全批准。你认为授权从何而来？”批准这项计划的不是处长，而是政府最高层，这时她才看清了背叛的严重程度。

“我去告诉媒体。”必须想个法子才行。

“埃莉诺，你有没有想过自己在这件事中所扮演的角色？你知道电报可疑，但你继续用相同的频率将信息传送给同一个报务员。”

埃莉诺惊呆了，“你不会是在暗示……”

“你甚至发送了一条信息，表明朱利安将返回战地。当报务员说要改变着陆地点时，你也同意了。你害死了朱利安，埃莉诺。你没有施加更大压力，因为你知道，从很多层面看，不管怎样，任务必须向前推进。”

“你竟敢这样？”埃莉诺气得满脸通红，“我绝对不会做危及朱利安和女孩们的事。”

“别搞错了，你的名字出现在所有发送的信息中。如果这件事泄露出去，全世界都会知道你是罪魁祸首。我从来没想过会变成这样。”处长接着柔声说道，“你离开特别行动处的时候，我以为一切都过去了，但你还是不肯放手。然后出现了维奥莱特父亲的事。他向区议员提出了疑问，他们说要进行议会调查。我把能拿到的文件都送到华盛顿去了。”

“其余的都烧了。”她说。他没有回答。这一切太可怕了，简直令人难以置信——处长毁掉了诺格比大厦，将真相永远埋葬。“你也把我送走了。”当意识到这一点时，她慢慢地说道。

“有人向我汇报，说你一直在打听情况，”他承认，“你不愿放过这件事。我以为让你离开伦敦，去法国调查一下，能争取一些时间。”他没料到她会去德国与克里格勒见面，但是她去了，而她了解到的东西改变了一切。

“那么我们该怎么办？”她问。

“毫无办法。议会将进行调查，但什么也找不到，然后一切都会过去。”

“什么意思？我们必须让人们知道真相，告诉议会。”

“为了什么，好让他们进一步诋毁我们在特别行动处做的工作？他们总是说我们无足轻重，甚至还会坏事，我们要给他们提供证据吗？特别行动处是我的遗产，也是你的。”他会不惜一切维护它。“真相改变不了什么，女孩们已经死了。”

但是对她来说，真相胜于一切。

“那我自己去。”这句威胁的话在她对发报机产生怀疑时就说过。如果她当时能说到做到，坚持到底，有些女孩今天可能还活着。但她没有。这一次不再是空洞的威胁，她已经无所顾忌了。“我自己去议会。”

“你不行。你的话和我的相悖，你认为他们会相信谁？一个心怀不满的前秘书，还是出色地领导特别行动处的授勋上校？”他说得对，她太有可能背叛那些女孩，真的没有道理反驳他。

除非有目击者。“克里格勒说，其他人都在集中营丧生了，但是有一个女孩没有到达那里。她可能还活着。你知道这事吗？”

处长脸上掠过一丝不安，“战后不久，我接待过一个女孩的来访。她想得到帮助，加快办理赴美签证。我帮了她，因为这似乎是我应该做的事。”更有可能的是，他很高兴把她送得远远的。

“是哪一个？”埃莉诺问。

“说来也奇怪，一个你最不看好的人。讽刺的是，德国人伪造了她的电报——玛丽·鲁克斯。”

她惊讶地捂住嘴，克里格勒的话是真的。

“她在帝国保安部审讯和弗雷纳监狱中活了下来。像石头一样坚强，撑到最后，真是幸运。”

埃莉诺内心充满喜悦，但很快就被愤怒所取代。处长早已知道，却没有告诉她。“你跟她说了什么？我是说，关于逮捕的事。”

处长神情有些闪烁，“我什么也没告诉她。”

她再也不相信他说的任何话了，“她在哪儿？”

“别打扰她。让她继续她的平静生活吧。”

但是只有玛丽知道埃莉诺与背叛女孩们无关，她是唯一能证实维斯珀网络事情真相的人。“给我地址。”她从他的表情可以看出他要拒绝，“否则我就离开这儿，直接去议会。”她伸出手来。

他想要争辩，随后疲惫地转向身后的文件柜。他拿出一张字条，递给她，“埃莉诺，我很抱歉。”她接过来，没有回应。

她把字条塞进包里，开始了最后一段旅程。

星期二上午快8点半时，埃莉诺站在中央车站中央，焦急地等待着。离开英国前，她给玛丽发了封电报：“即将赴美，需要你的帮助。请于2月12日上午8点半在中央车站信息亭与我会面。”

埃莉诺提着手提箱，犹豫不决地站在车站中央。她乘坐的飞机闷热、嘈杂，中途在香农、甘达尔和波士顿停留，最后抵达纽约。昨天晚上到达后，她在机场附近订了一个房间。大钟的指针已经指向8点半，她焦急地四处张望。

5分钟过去了。10分钟过去了。为什么玛丽没来？她没有收到电报吗？处长给她的信息可能已经过时，或者有误。也许玛丽对埃莉诺很生气，误认为她做了什么，根本不想见她。

埃莉诺放下沉甸甸的手提箱，搁在长椅下面。她环顾四周，考虑着自己的选择。圆形信息亭旁边有一块留言板，上面贴满了小纸片。她走过去，上面有一些失踪士兵和难民的家属张贴的寻亲照片，还有不少有关会面和错过会面的便条。她扫视了一下，没有看到任何写给她的东西。

她离开留言板，心灰意冷。已经快9点了，远远超过了她和玛丽约定的见面时间。结论只有一个：玛丽不会来了。

她必须见到玛丽。埃莉诺把手伸进包里，掏出处长给她的那张字条，上面写着玛丽在布鲁克林的公寓地址。她可以直接登门造访。但如果玛丽不想见她呢？得知玛丽还活着时，她心里产生了一线希望。对埃莉诺来说，玛丽还活着，不愿见她或原谅她，这种想法简直无法承受。

她环视了一下车站，想要放弃。如果玛丽根本不愿见她，这样做有什么意义呢？

埃莉诺挺起胸膛，鼓足勇气。她必须见到玛丽，解释清楚到底发生了什么。这不仅仅是关于玛丽的感受或宽恕；她需要玛丽证明战争期间发生了什么。有了玛丽的帮助，她们就可以揭露那场导致许多女孩丧生的背叛的真相。

埃莉诺决定，去玛丽的公寓，让她听听自己的解释。她开始穿过车站。到了车站外面，她停下来分辨方向。她看着路人，想找个人问路，随即走向一群在公交车站等候的通勤族。“对不起，”她对一个正在看报纸的男人说，但他似乎没有听见。当她转身去找别人时，发现拐角处有一个电话亭，也许接线员有玛丽的电话号码。

埃莉诺穿过马路走向电话亭。但走了一半路，她又迟疑起来；也许最好是去找玛丽，而不是打电话给她，以免被拒绝。她犹豫不决地站在电话亭和公交车站之间。当她转身朝公交车站走去时，马路对面的什么东西吸引了她的目光。一个戴着紫红色印花围巾的金发女人一闪而过，就像玛丽第一天来诺格比大厦时戴的那条围巾。

她还是来了！埃莉诺的心狂跳起来。“玛丽！”埃莉诺一边喊，一边从马路对面往回走。那女人转过身来，埃莉诺满怀希望地朝她奔去。一辆汽车在大声按喇叭，似乎变成了咆哮。埃莉诺转过身，已经太迟了，那辆车朝她飞驰而来。她下意识地举起双手做了个保护的姿势，接着听到一声尖锐的刹车声，感觉浑身一阵剧痛。

然后，她就什么都不知道了。

第三十一章　格雷丝

1946年，纽约

当公寓的门打开时，格雷丝倒抽了一口气，“玛丽·鲁克斯？”

那女人目光闪烁，眼睛里带着一丝恐惧，但更多的是无奈，“是的。”

一时间，格雷丝僵住了，感到难以置信。在过去的几个星期里，她常常看到玛丽的形象，先是在那张旧照片上，后来归还照片后，那个形象还不断浮现在她脑海中。现在这个女人活生生地站在她面前，她看上去和照片上几乎没有什么不同，嘴巴和眼睛周围有些浅浅的皱纹，双颊凹陷，鬓角过早地长出了白发，仿佛短短几年的磨难已经永久地留在了她脸上。

“你是谁？”那女人问。她的英国口音优雅，但并不夸张，和格雷丝想象的完全一样。

格雷丝犹豫了一下，不知道如何解释她在这件事中的角色。“我是格雷丝·希利，我想……”她停了下来，拿出她留下的那张照片。

“哦！”玛丽用手捂住嘴巴，“这是乔茜。”

“我可以进来吗？”格雷丝轻声问。

玛丽抬起头，“请进。”她把格雷丝领进屋里。这间公寓和格雷丝的寄宿公寓差不多大，干净明亮，屋里陈设简单，没有摆放照片或其他纪念品。后面有一扇门，透过门缝可以看到一间小卧室。格雷丝寻思，玛丽是不是在这里住的时间不长，还是像她自己一样，根本没有把它当成真正的家。

玛丽举起照片，“就这一张吗？”

“还有其他人的，包括你的，我把它们留在英国领事馆了。我一直想把这些照片还给对的人，”格雷丝解释道，“是你吗？”

“我不知道。”玛丽看上去真的很不确定。“我想只剩我一个人了。”

怎么会呢？格雷丝想问。玛丽被列入“夜与雾”被杀人员名单中，但这个问题似乎过于唐突。“你能告诉我战争期间发生了什么事吗？”她问道。

“你知道我是特别行动处的特工？”玛丽问道。格雷丝点点头。“我是被一个叫埃莉诺·特里格的女人招来的，因为我法语说得很好。”格雷丝想让玛丽说说埃莉诺的事，随后决定别打断她。“训练结束后，我被派往法国北部，在F区的维斯珀网络做报务员。”玛丽说起话来低声细语，娓娓动听，不难想象她流利地说法语的样子。“我们的负责人是一个叫朱利安的人。在大进攻前，我们炸毁了一座大桥，目的在于牵制德军的战斗力。”

玛丽停了一下，“但是，我们的小组遭到了破坏，我们都被捕了，至少朱利安和我被捕了。他们枪杀了朱利安。”说到最后一句，玛丽眉头紧锁，仿佛想起这些又让她回到了过去。格雷丝为这个可怜的女人感到心痛，她经历了太多苦难。“我在巴黎接受审讯，然后被送进监狱。我在那儿又见到了乔茜，但她已经快不行了。”她的话里充满了悲伤，似乎以前从未和别人说过这些事。

“乔茜是另一个特工？”

玛丽擦了擦眼睛，“也是我最亲密的朋友。我们被送上火车，开往一个集中营。乔茜成功地引爆了一枚手雷，炸毁了那节车厢。爆炸发生后，我失去了知觉。几周后，我在一个谷仓里醒来。德国人没有找到我，或者扔下我等死。一个德国农民在瓦砾下发现了我，把我藏了起来。我一直待在那里，直到身体恢复。那时，大进攻已经来临，我找到了一支英国部队，告诉他们我是谁。”

“然后呢？”

“然后我就回家了。我坐火车到了国王十字车站，没有人来接我。我没指望会有欢迎队伍，没人知道我回来。于是我接上女儿苔丝，很快动身去了美国。”

“那么你再也没回过特别行动处？”

“只回过一次。我请处长帮忙加快办理我们去美国的文件。那儿已经没人了，埃莉诺被解雇了，其他人都走了。”

公寓门突然咔嗒一声响了，一个不到8岁的小女孩走了进来。“妈咪！”她喊道，带着一点英国口音，扑向妈妈张开的双臂。

她身子往后一缩，疑惑地看着格雷丝。“你一定是苔丝。”格雷丝说。这孩子长得很像妈妈，格雷丝不由得笑了。“我是……”她支吾着，不知该如何向小女孩解释她的造访。

“一个朋友。”玛丽替她说道。

苔丝似乎对这个解释很满意，“妈妈，5J公寓的朋友埃丝特请我过去玩，还要在她家吃晚饭。我可以去吗？”

“7点以前回家，”玛丽说，“再让我抱一下。”苔丝蜷缩在妈妈怀里，很快就跑开了。“我会珍惜见到她的每一天。”苔丝走后，玛丽对格雷丝说。

“我还有一些照片。”玛丽站起来，突然转移了话题。她走到衣橱前，拿出一本发黄的相册，犹豫不决地递了过去。与埃莉诺的那些古板的照片不同，这些都是抓拍的照片，就像一部电影，记录了网络成员在一起的时光。有一张小伙子们在球场打橄榄球的照片，另一张是一群人围坐在桌旁喝酒，可能是在牛津或剑桥，而不是在法国执行任务。“这些男孩用我们训练时给的微型照相机拍照。最后一天，我从朱利安那里拿到了胶卷。我把它放在他们根本想不到的地方，直到我到了美国，才拿去冲印出来。”

“带着这些东西不是很危险吗？”

她耸耸肩，“当然。但是，很难解释那几个月战地的情况。所以这个险值得冒，有人需要知道。”

以防他们都没能活下来，格雷丝想。她想象着那种孤独和恐惧，这些点点滴滴的战友情谊多么重要。“这是朱利安？”

格雷丝问。

“是的。威尔永远在他身边，你不会想到他们是表兄弟。”玛丽说。那是两个20多岁的年轻人，其中一个皮肤白皙，有一点雀斑，嘴角挂着淡淡的微笑。另一个身材高大，颧骨突出，目光阴沉锐利。在另一张照片上，他深情地望着玛丽。“他好像很喜欢你。”格雷丝说。

“是的，”玛丽说得很快，似乎有点尴尬，“他很爱我，”她的声音充满感情，“我也爱他。这似乎很奇怪，我们的感情在很短的时间里迅速升温。”她补充道。

“一点也不奇怪。”格雷丝说。

“我眼睁睁看着他死去，”玛丽接着说道，“我把他抱在我怀里。这是我唯一能做的事。”

“这多么让人难过。”格雷丝回想起失去汤姆的情景，但是像玛丽那样，目睹惨剧发生，会让人无法忍受。“他的表弟威尔呢？”

“说实话，我不知道。他本来要飞回法国接我，但我被捕了。离开伦敦之前，我打听过他的下落，然而他消失了。”她的表情严肃，格雷丝能看出，在失去朱利安和乔茜的同时，威尔的神秘遭遇也在困扰着她。

“这一切发生在什么时候？”

“1944年5月。”

“大进攻前几周。”

“我们没有看到这一切。”维斯珀网络所做的工作，包括炸毁铁路线，向游击队提供武器，阻止了大批德国军队快速到达诺曼底和其他海滩。他们拯救了成百上千盟军士兵的生命，而德国人本来会早早地在那里等着他们。但是，大多数人都不知道他们为此所做的努力。

“我们遭到了背叛，”玛丽直截了当地说，“我被捕后被带到福煦大街时，那里有我们的一台发报机，他们逼着我向伦敦发送信息。为了向伦敦表明这边出了问题，我有意没有提供我的安全标记——我应该给出的用来验证身份的暗码。但是，他们无视我发出的信号，回电说我把它漏掉了，最终导致德国人枪杀了朱利安。好像英国人知道发报机被查获了，但还是想继续发送。”

“你知道是谁背叛了你们吗？”格雷丝问。她不敢告诉玛丽是埃莉诺，希望她已经猜到了。

“离开伦敦之前，我问过温斯洛上校，他是特别行动处的处长，埃莉诺的上级。起初，他矢口否认总部有任何背叛行为，当我把在战地了解到的一切告诉他时，他暗示是埃莉诺。他给我看了埃莉诺签发的一份备忘录，命令继续发报，即使伦敦知道发报机已被查获。”玛丽的眼里噙满了泪水，“我简直无法想象。这根本讲不通。”

“你不相信是埃莉诺？”

玛丽断然摇了摇头，“不，打死我也不会相信。”格雷丝感到迷惑不解。玛丽亲眼见过那份文件，暗示与埃莉诺有关。玛丽被忠诚蒙蔽了双眼吗？“为什么呢？”

“当我在帝国保安部总部最后见到朱利安时，他刚从伦敦回来，在那儿他见过埃莉诺。他临死前告诉我，埃莉诺一直很担心发报机的安全。尤其担心我的电文出了问题，提醒我要小心。当然，那时已经太迟了。但她试图提醒我，所以我知道她不是幕后黑手。”

“如果不是她，那是谁呢？”

“我不知道。温斯洛上校让我去美国，寻找新的生活，不要沉溺于过去。我这样做了。我按他的要求把我的地址告知他，他每月寄来一张津贴支票。我以为一切都过去了，直到收到埃莉诺的电报。”玛丽走到壁橱前，打开门，露出格雷丝最后一次在中央车站看到的手提箱。

格雷丝愣住了，“它一直在你这儿。”

“埃莉诺发电报说她要来纽约。”

“她怎么找到你的？”

“我想是处长吧。他知道我要去纽约，帮我办理了赴美签证，找到我并不难。埃莉诺在这方面很在行。”格雷丝点点头，终于明白埃莉诺为什么要来纽约。“在电报中，她约我去中央车站见面。我有点不想见她，”玛丽说，“这是我生命中痛苦的一章，我已经把它永久地封存在心底——或者我以为是这样。”

“那么你没去见她？”

“不，我去了。我无法逃避。电报要求我8点半和她见面，但是我女儿苔丝生病了，没去上学。9点钟以后，我才找到人照看她，然后赶去车站，而埃莉诺已经不在那儿了。我想她会设法再联系我，埃莉诺在这方面很执着。但我找不到她，所以就离开了。那天晚些时候，当我知道发生了什么事后，我又回去了。”

“就在那时你把手提箱拿走了。”

“是的。那天上午我见过它，但离得较远，没在意它是谁的。后来，听到这个消息后，把两件事联系起来，我意识到那是她的手提箱。发生了这样的事之后，我不能就这样把它留在那里。”

“你介意我看看手提箱吗？”

玛丽摇摇头，“我还没有打开。我受不了。”

格雷丝把箱子侧过来，打开搭扣。里面的个人物品摆放整齐，原封未动。格雷丝扫视着里面的东西，不愿把它们弄乱。在背面，一双白色婴儿鞋叠放在下面。

“那是我的，”玛丽突然说道，伸过手去，“那是我女儿的。埃莉诺没有孩子，这双鞋是她替我保管的。”

“那么她带着它是出于情感原因？”

“埃莉诺从不多愁善感，她做任何事都有目的。”玛丽笑了笑，把鞋翻过来，这时，一条项链从鞋里掉出来。“我的项链，”她捡起带蝴蝶吊坠的项链，“埃莉诺竟然替我保管着。”她强忍住泪水，把项链戴在脖子上。接着她又看了看那双婴儿鞋，脸上流露出恍然大悟的神情，开始用手指熟练地在鞋底上摸索，“鞋子是最好的藏匿处。”

鞋跟里有一张字条。玛丽小心翼翼地把它展开，拿给格雷丝看。这是格雷丝发现的文件的油印复件。格雷丝把手伸进手提箱，想看看埃莉诺还会带来什么。她掏出一个小笔记本。“她总是带着一个笔记本。”玛丽笑着回忆道。

格雷丝翻了翻。“议会将对这些女孩的遭遇举行听证会。看……”她指着埃莉诺的批注，“需要玛丽证实处长的角色。”

“所以，她不是来告诉我发生了什么，她需要我证明她与冒充游戏无关。”

“你相信她吗？”

玛丽拂去眼睛上的头发，“当然，处长的说法根本没道理。朱利安临死前告诉我，埃莉诺很担心无线电，但他们不让她停止传输。不管是谁干的，都不会是她。”玛丽的脸沉了下来，“埃莉诺需要我，我却辜负了她。现在一切都晚了。”

“也许并不晚。”格雷丝突然说道，心里有了个主意。埃莉诺至死都在为女孩们抗争，就像她生前一样。

“当然晚了，埃莉诺已经死了。”

“没错。但是，她最想要的是什么？”

“了解真相。”

“不，是让真相大白于天下。她死得太早，没来得及做到，但我们可以替她做。”格雷丝站起身，向玛丽伸出手，“跟我来。”

第三十二章　格雷丝

1946年，纽约

一个月后，格雷丝下班走出“布勒克尔父子”公司，乘地铁北上到42街和莱克星顿大街。她到了那条街上，发现马克在拐角处等着她。“你可真是神出鬼没。”她揶揄道。当然，这是个玩笑，这一次她期待见到他。那天，格雷丝把他丢在弗朗基的办公室去找玛丽，想办法帮助她，待她回到办公室时，发现他不见了。他告诉弗朗基，他需要回华盛顿办事。她打电话向他道歉，不想让他认为他们的亲吻让她不快（恰恰相反）。他很理解她，虽然那天晚上他要回华盛顿工作，但是他答应下次来纽约时一定告诉她。

马克没有食言。昨天晚上，他打电话说要来城里工作，问她能否和他见面喝一杯，格雷丝立刻答应了。这一天上班的时间似乎过得很慢，她小心翼翼地不弄乱鬈发或弄脏妆容。她很兴奋要见到他，她会开始习惯每隔几周的有趣会面，一切随心而至，自然而然。

“这么说，是英国政府背叛了那些女孩？”

格雷丝点点头，“他们想让德国人觉得一切都好，网络还在运行。所以他们继续呼叫，好像一切正常。他们继续发送信息，部署特工和武器，希望无线电一切照旧，这样就可以传达大进攻行动时间的虚假信息。”

“但是那意味着让特工们落入陷阱。”

“是的。”即使面对绝对的证据，这仍令人难以置信。格雷丝不寒而栗，女孩们被逮捕了，特别行动处任由她们消失，正如“夜与雾”计划。“政府竟然会对自己的人民做这样的事……”格雷丝喃喃地说。当然，这是战争的教训。人们无法相信德国人对本国人民所做的事情。在其他国家也是如此，包括奥地利和匈牙利，人们开始攻击在他们身边生活了几个世纪的犹太邻居。

“谁能说一定是英国人？”马克说，“在大进攻前，美国人也极有可能误导德国人。他们也许也参与了冒充游戏，我们永远无法知道。”

他们会吗？格雷丝思忖道。如果拉克尔能把他们带进五角大楼档案室……她把这个想法从脑子里赶走，“为什么战后真相没有被揭露出来？”

“没有人愿意回想过去。要知道，一切都变了。俄国人突然变成了苏联人；许多德国科学家，曾帮助杀害了数百万人，被带往美国从事原子弹研究，而不是被起诉。英国政府很乐意将这一切埋葬。”

“除了埃莉诺。她不愿放过这件事。他们故意操纵冒充游戏，破坏她所创造一切——埃莉诺想让真相大白于天下。”

“你见到玛丽后情况怎么样？”

“我们意识到事情的真相，埃莉诺在这件事上是无辜的，我知道我们需要完成她未竟的工作——把真实的故事传达出去。我帮玛丽准备了一份关于战争期间发生的事情的证词，弗朗基通过一个熟人联系了英国驻华盛顿大使，将玛丽的声明提交给议会。”格雷丝曾经寻思玛丽是否需要回伦敦作证，不知道这个可怜的女人是否能够回到她离开的国家。幸运的是，她们后来得知，有这份声明就够了。不知道它是否会有所帮助。

但是，就在几天前，弗朗基收到消息。“女孩们的最终定论已被更改，从‘失踪，推定死亡’变为‘阵亡’。”这两个字意义重大。“乔茜将获得乔治十字勋章的提名。”

“埃莉诺呢？”他问。格雷丝摇了摇头，她将成为一个过眼烟云，只有少数人知道。当然，这正随了她的心愿。

大部分真相已随埃莉诺一起逝去，永远不会为人所知。当然，还有许多事情他们永远也不会知道。有谁知道英国的真相？是军情六处蓄意做出牺牲特工的决定，还是特别行动处背叛了自己？

但这是一个清算，一个开始。

“请给我来两杯香槟，”马克对侍者说，“我们得庆祝一下。”此时他们坐在斯泰尔斯酒馆里，这是一家朴实无华的小酒馆，离中央车站不远。

“你是因为案子来纽约的吗？”他们的酒送来后，她举起杯子问道。

“不完全是。我得到了战争罪法庭的一个职位。不是纽伦堡，是一个附属法庭。”

“哦，马克，太棒了！”

“我应该谢谢你。和你一起查明埃莉诺和那些女孩的真相，让我意识到自己多么怀念这种工作。我决定再试一次。”

格雷丝举起酒杯，说道：“为了你的新职位。”

“为了第二次机会，”他话中有话地说，他们碰了碰杯，“我很想见你。”

格雷丝意识到，他是在离开前来看看她。她的手悬在半空中，他要回欧洲去了。她呷了一口酒，气泡使她鼻子发痒。她没有权利介意，他们在一起度过了短暂的时光，她不能期望太多。不过，她已经习惯了他，得知他要离开，没想到自己会这么难过。

“我在想……”他结结巴巴地说，“我在想你是否愿意和我一起去。”

“什么？”她以为自己听错了。去华盛顿是一回事，但要改变她的生活，搬到欧洲……和他在一起，则完全是另一回事。

“我可以为你在法庭安排一个职位。你的调查技能会让我们如虎添翼。”她考虑了一会儿。

“你甚至可以继续调查特别行动处和其他女孩的情况。”他把机会摆在她面前，就像许下了诺言。她在内心想抓住它，跟随他去欧洲，继续她的探寻之旅。但是，她不会这么做。

“格雷丝，你我之间有些特别的东西。”她喘不过气来，他说出了他们俩的共同感受，之前一直将它埋藏在心里。“自从几周前遇见你的那一刻，我就感觉到了，你呢？”

“嗯。”她也感觉到了，无法否认。

“生命短暂，别让这样的东西与我们擦身而过。”他说，“为什么不试试呢？”

他提供的不仅是一份工作，而是一种新生活。随马克一起搬到欧洲，这主意听上去有些疯狂。然而，她的内心却很想答应他。埃莉诺和女孩们的故事已经结束，没有什么能阻止她。

只是现在该书写她自己的故事了。“马克，我很荣幸，我非常想这么做。”他脸上充满了希望。格雷丝畏缩了一下，鼓起勇气准备接下来要说的话，“但是我得在这里料理一些事情。”办公室里每天都挤满了客户。弗朗基正忙于让萨米适应学校生活，比以往任何时候都更需要她。“我不是说不，只是现在不行，也许几个月后，事情稳定下来再说。”

但是，他们都知道，谁也无法保证未来。他无奈地从桌旁站起来。

“最后一件事，”当他们走出酒吧时，她说，“我想为埃莉诺的葬礼做点什么，如果还有可能的话。”她应该有一个刻着她名字的真正的墓地，让人们记住那些被抛弃的女孩。格雷丝从钱包里拿出汤姆的律师给她的支票，签上字交给他。

他看着它，轻轻吹了声口哨，“那将是一个隆重的葬礼。”

“请你把剩下的钱寄给玛丽，用来照顾她的女儿。”虽然玛丽很感激格雷丝为埃莉诺和女孩们所做的一切，但格雷丝看得出，她想要摆脱过去。格雷丝决定不再打扰她，让她继续自己的生活。

“我会把它办妥。”

“再见，格雷丝。”他说，紧盯着她的眼睛。他又吻了她一下，吻得很甜，吻了很久。

她克制住再次靠近他的冲动，知道如果她现在不走，可能永远都不会走了。“祝你好运，马克。”

她穿过大街，朝中央车站走去，无所羁绊，无所畏惧，然后进入车站大门，奔向等待她的生活。